Das Buch

In Banyuls-sur-Mer, am südwestlichsten Zipfel Frankreichs, ziert eine feine Schneeschicht den sonst so sonnenverwöhnten Strand. Perez, Hobbyermittler und Kleinganove, hat alle Hände voll zu tun, sich gegen die ungewohnten Witterungsbedingungen zu wehren, als sein Freund Mata, Taucher am Meeresbiologischen Institut der Côte Vermeille, spurlos verschwindet. Wenig später wird ein toter Professor in einem Pool gefunden, und hochgerüstete Boote befahren das Mittelmeer zwischen Frankreich und Spanien auf der Suche nach einem mysteriösen Wrack. Gemeinsam mit seiner Stieftochter und seinem Schwiegersohn macht sich Perez auf die Suche nach Mata und gerät in einen rasanten und komplexen Fall, der immer mehr Rätsel aufgibt. Welche Nachforschungen hat der Professor angestellt? Was hat es mit dem berüchtigten und geheimnisumwitterten Klub auf sich, zu dem die Chefs der Bergungsunternehmen gehören sollen? Und was hat das alles mit Mata zu tun?

Der Autor

Yann Sola lebt und arbeitet in Deutschland und an der Côte Vermeille in Frankreich. »Letzte Fahrt« ist nach »Tödlicher Tramontane« und »Gefährliche Ernte« sein dritter Roman um den Privatermittler Perez.

Yann Sola

LETZTE FAHRT

Ein Südfrankreich-Krimi

Kiepenheuer & Witsch

Verlag Kiepenheuer & Witsch, FSC® N001512

2. Auflage 2018

Umschlaggestaltung: Sabine Kwauka
Umschlagmotiv: © privat
Karte: Oliver Wetterauer
Gesetzt aus der Scala Serif
Satz: Buch-Werkstatt GmbH, Bad Aibling
Druck und Bindung: CPI books GmbH, Leck
ISBN 978-3-462-05101-8

PROLOG

I

Perez spuckte in die Taucherbrille, verrieb die Spucke mit der Kuppe des Zeigefingers, von der Mitte der Glasfläche in konzentrischen Kreisen zum Rand hin, und spülte dann mit Meerwasser nach, bevor er das breite Gummiband umständlich über seine Locken zog. Einen Wimpernschlag später erfasste ihn eine Beklemmung, die sich in wild rudernden Armen Bahn brach.

Neben ihm im knietiefen Wasser stand sein Lehrer Francesc Puig. Braun gebrannt, in einem knappen Badeslip, der nicht zu seinem Alter passte.

»So was trägt man nicht«, hatte Perez noch an Land genuschelt und sich angewidert abgewandt. Die Übungsstunde fand in Paulilles statt, keine fünf Meter vom Strand entfernt. Perez' rundlicher Leib steckte in einem menschenunwürdigen Neoprenanzug, eine Zehn-Liter-Sauerstoffflasche zerrte an seiner Schultermuskulatur und ließ ihn tief in den Sand einsinken. Er schwitzte, wie er noch nie in seinem Leben geschwitzt hatte.

Als Puig bemerkte, wie panisch sich der im flachen Wasser kniende Perez benahm, rief er:

»Stell dich nicht an, Perez«, und lachte laut und schadenfroh. »Klemm dir endlich das Mundstück zwischen die Zähne und tauch ab.«

Perez blinzelte durch die trotz aller getroffenen Maßnahmen stark beschlagene Taucherbrille zu seinem angeblichen Freund auf und schüttelte wütend den Kopf, um keine dreißig Sekunden später genau das zu tun, was Puig ihm aufgetragen hatte.

Kaum klemmte der Lungenautomat zwischen seinen Zähnen, saugte Perez auch schon wie ein Asthmatiker Luft ein.

»Ruhig atmen, gaaaanz ruhig.« Puig legte sich im Stile eines Yogalehrers, der seinen Schülern die Bauchatmung erklärt, die Hände auf den Bauch. »Nicht saugen, gaaaanz ruhig atmen, schön mit Gefühl.«

In diesem Augenblick wurde Perez von einer unsichtbaren Kraft unter Wasser gedrückt.

Vergeblich kämpfte er dagegen an, doch die Kraft drückte ihn unerbittlich nach unten, und was er dort sah, verstärkte sein Unwohlsein nochmals gewaltig. Erst starrte er nur in den Sand zu seinen Füßen, kleinste Steine nahmen die Dimensionen mächtiger Felsbrocken an. Dann erst wurde er der Fische gewahr, die sich vor ihm zum Angriff sammelten.

In Todesangst tastete Perez nach der Sauerstoffflasche auf seinem Rücken, nur um unmittelbar darauf Puigs Fußgelenk umklammert zu halten. Es war sein Freund, der ihn unter Wasser drückte. War sie das, die Rache für das, was in den letzten Monaten zwischen ihnen vorgefallen war? Perez spuckte den Lungenautomaten aus, versuchte zu atmen, bekam Wasser in die Lunge, drohte zu ersticken ...

II

... und erwachte mit einem spitzen Schrei.

Er drückte seinen schweißnassen Körper in eine sitzende Position. Sah sich verwirrt im Schlafzimmer um, während er durch den staubtrockenen Mund zu atmen versuchte. Er wischte sich die Stirn und strich sich die schweißnassen Haare aus dem Gesicht.

Es klingelte an der Haustür. Er reagierte nicht. Das Läuten wurde drängender, die Abstände zwischen den Intervallen verkürzten sich. Irgendwem war es verdammt wichtig, zu ihm vorzudringen.

Perez taumelte hinüber zum Fenster, öffnete die Schlagläden und wurde von einer kalten Bö erfasst. Er beugte sich über die Brüstung. Unten standen, in feinstem Ornat, seine leibliche Tochter Marie-Hélène, die Tochter seiner Lebensgefährtin Marianne, Stéphanie, sowie sein Freund, Geschäftspartner und Koch Haziem. Alle drei fuchtelten wild mit den Armen in der Luft, als sie seiner ansichtig wurden.

Perez verstand weder, was sie riefen, noch bot ihm diese Aufstellung irgendeine Orientierung. Seine kleine Familie bis auf Marianne vollständig vor der Wohnungstür versammelt? Aus dem Lärm, den die drei verursachten, drang immer wieder ein Wort an sein Ohr: *Aquarium.*

Langsam dämmerte es ihm.

»Wie spät?«, rief er nach unten.

»Viertel vor elf«, brüllte Stéphanie zurück. »Hast du uns etwa vergessen?«

»Quatsch«, rief er und stand auch schon unter der Dusche.

Um Punkt elf trat er aus der Tür.

»Gehen wir? ... Was seht ihr mich so an? Warum die Hektik?«, fragte er und versuchte sich an einem Lächeln, nach dem ihm nicht war. Der Albtraum wirkte noch nach.

»Papa!«, sagte Marie-Hélène streng. »Die Eröffnungsfeierlichkeiten beginnen um elf.«

»Ach was«, sagte er. »Los zum Wagen, in zwei Minuten sind wir drüben.«

»Mit dem Auto?«, riefen alle im Chor, als sei es der größte Unsinn seit Einführung der Parkscheibe in Banyuls vor wenigen Monaten.

»Wie sonst? Zu Fuß vielleicht? Das Aquarium liegt jenseits des Baillaury, schon vergessen? Mindestens einen Kilometer entfernt. Außerdem ist es kalt wie in Sibirien.«

Fünf Minuten später parkte Perez den Wagen direkt vor dem *Tresor,* einem alten, vergessenen Bunker, in dem seine Delikatessen lagerten. Er grenzte unmittelbar an das Gebäude des neuen Aquariums.

»Schon da«, sagte er. »Mesdames, Monsieur, allez-y, on attaque!«

*

»... Meine Damen und Herren, die Entscheidung von Professor Lacaze-Duthiers für Banyuls war richtig, wenn man auch sagen muss, dass sie auf eine nicht ganz regelkonforme Art und Weise zustande kam. Sicher wissen die meisten hier im Saal, dass das erste *Observatoire Océanologique,* besser bekannt als *Laboratoire Arago,* in Port-Vendres stehen sollte. Nachdem Lacaze-Duthiers die *Station biologique de Roscoff* am Ärmelkanal gegründet hatte, wollte er eine weitere hier an der Côte Vermeille einrichten, weil unser Meer einen Artenreichtum aufweist, wie er kaum andernorts an der französischen Mittelmeerküste zu finden ist. Ein Institut für Meeresbiologie und Ozeanografie im Département Pyrénées-Orientales.

Nun war der Hafen von Port-Vendres seit jeher einer der wichtigsten Häfen der Region, und in jenen Tagen, wir sprechen von den 1880er-Jahren, kam man, wollte man wirtschaftlich wachsen, um einen Ausbau nicht herum. Damit geriet der Standort der neuen meeresbiologischen Forschungsstation der Sorbonne in Gefahr. Das erfuhren natürlich auch die Verantwortlichen von Banyuls, man sagt, der Tramontane habe es ihnen zugetragen ... Jedenfalls machten sie dem Professor ein Angebot, das dieser schlichtweg nicht ablehnen konnte: eine schöne Summe Geldes, eine Art Lebensrente auf zwanzig Jahre und einen Standort für das *Laboratoire* nach eigener Wahl. Die Entscheidung war gefallen, bereits 1882 wurden die Türen für die Öffentlichkeit geöffnet.

Ja, so eine korrupte Vergabepolitik erregte schon damals die Gemüter und provozierte eine gewisse Feindschaft zwischen den Nachbarorten. Heute wäre so etwas undenkbar. Ein Neubauprojekt wie dieses, das wir nun

gleich eröffnen werden, durchläuft unzählige streng ge-
regelte Prozesse, von der ersten Anfrage über die öffentli-
che Ausschreibung, Informationsabende für interessierte
Bürger und unzählige Vorstellungen in den diversen Gre-
mien und Ausschüssen, bis es endlich zur Genehmigung
kommt. Ich schwöre also bei meinem Leben ...« Der Direktor reckte die Hand zum Schwur in die Höhe. »Ich be-
ziehe lediglich mein Gehalt, keine Leibrente oder ander-
weitige Vergünstigungen!«

Allgemeines Geraune im Saal. Man sah dem Gesicht
des Redners – ein Pariser durch und durch – an, dass er
mit dieser launigen Pointe auf fröhliche Lacher des Pub-
likums gesetzt hatte. Stattdessen schien man sich im
Saal über seine Naivität zu amüsieren. Die Leute stießen
einander an, schüttelten wissend die Köpfe. Perez entfuhr
ein leises »Pah«.

»Nun ja«, fuhr der Direktor ein wenig irritiert fort, »auf
vielfachen Wunsch möchte ich noch erklären, woher der
Name *Arago* stammt. Es ist, wie in manchen Reiseführern
behauptet, kein Schreibfehler und sollte nicht *Aragon* heißen. Professor Lacaze-Duthiers hat sich aufgrund seiner
Bewunderung für den Astronomen, Physiker und Politiker François Arago für diesen Namen entschieden. Arago
stammte aus Estagel, einem kleinen Dorf nordwestlich
von Perpignan, und forschte unter anderem mit seinem
Freund und Kollegen, dem großen Alexander von Hum-
boldt, über den Erdmagnetismus.

Der Forschungsstation in Banyuls wurde bereits im
Jahr 1883 ein Aquarium angeschlossen, das es sich zur
Aufgabe gemacht hat, alle in der *Réserve Marine* beheima-
teten Lebewesen, Pflanzen wie Tiere, zu zeigen. Zu jener

Zeit eine echte Sensation. Man darf nicht vergessen, dass es noch keine Unterwasserfotografie gab – wie Sie sicherlich wissen, wurde auch das erste Unterwasserfoto überhaupt hier in Banyuls gemacht –, und so war das Einzige, was die Menschen aus dem Meer kannten, das, was die Fischer in ihren Netzen hatten. Unter diesem Aspekt ist es nicht erstaunlich, dass Lacaze-Duthiers im Jahre 1898 von über eintausend Besuchern pro Tag berichtete.

Aber nun genug Geschichtliches! Ich freue mich, nach nur drei Jahren Bauzeit dieses wunderbare, hochmoderne Aquarium der Öffentlichkeit zugänglich machen zu dürfen. Hier zeigen wir nicht nur die Vielfalt des Meeres und geben mit den neuesten technischen Mitteln der Museologie Anschauungsunterricht, wir beherbergen in unserem ozeanografischen Institut zudem auch drei Forschungszweige der Pariser *Université Pierre-et-Marie-Curie*. Hier finden einhundertsechzig Wissenschaftler, Techniker, Rechercheure und Hilfskräfte Beschäftigung. Unsere Arbeit beruht auf drei Säulen: Forschung. Unterricht. Beobachtung. Wir kümmern uns um die Meeresbiologie, die Biotechnologie und die Biochemie. Eintausendfünfhundert Studenten aus aller Welt kommen nach Banyuls, um die Ökologie des Mittelmeers zu erforschen, dessen Mikrobiologie, die Ozeanografie und vieles mehr. Und nicht zuletzt sind wir stolz, eine der bestausgestatteten Bibliotheken zur Ozeanografie unser Eigen zu nennen. Über zehntausend Werke, darunter nahezu fünfhundert Originale aus dem 17., 18. und 19. Jahrhundert. Man kann ohne Übertreibung sagen: Die Bibliothek bildet das Rückgrat unserer Forschung.

Meine Damen und Herren, haben Sie vielen Dank für

Ihre Geduld. Bitte sehen Sie sich um, lassen Sie sich inspirieren von der faszinierenden Unterwasserwelt Ihrer Heimat. Sollten Sie Fragen haben, helfen Ihnen unsere jungen Museumsmitarbeiter gerne weiter. Mit großer Freude erkläre ich das neue Aquarium für eröffnet!«

Während Marie-Hélène und Stéphanie mit einem iPad in der Hand von Becken zu Becken zogen, begeistert von der modernen Technik und dem künstlich erschaffenen Ebenbild der Natur hinter den Scheiben, und während Haziem gedankenverloren vor einem Becken mit zarten Seepferdchen stand, streifte Perez unruhig durch die Räume. Das Meer war nicht sein Element und dessen Bewohner nur dann interessant, wenn sie tot, geschuppt und ausgenommen vor einem begabten Küchenchef lagen.

Nach einigen Gesprächen mit Bekannten und Freunden, seinen Kollegen vom Conseil Municipal sowie einer verflossenen Liebschaft sah er ganz am Ende des Raums Timoteo Mata stehen, einen alten Schulfreund. Erst bei dessen Anblick wurde ihm bewusst, dass sie sich schon eine Ewigkeit nicht mehr gesehen hatten. Perez schritt auf den kleinen, hageren Mann zu.

»Du bist ja noch dünner geworden«, sagte er zur Begrüßung und klopfte ihm vorsichtig auf die Schulter.

Mata kniff die Augen zusammen, als erkenne er sein Gegenüber nicht. Dann verzog er den Mund zu einem Grinsen.

»Perez!«, sagte er. »Was machst du denn hier? Doch nicht etwa Fische gucken?«

»Meine Töchter wollten unbedingt, dass ich mitkomme. Ich kann ihnen nichts abschlagen. Mein Gott,

Timi, wir haben uns eine kleine Ewigkeit nicht mehr gesehen. Geht's dir gut?«

»Ça va. Geht ganz gut.«

Perez schaute ihm prüfend in die Augen. Darin loderte plötzlich ein Feuer, das dort vorher nicht gewesen war.

»Die Tage der Entbehrung sind bald vorüber, Perez«, sagte Mata und drückte den Rücken durch. Er sagte es in einer Art, die verriet, dass er kaum an sich halten konnte.

»Von welcher Entbehrung sprichst du?«

Mata antwortete mit einer wegwischenden Handbewegung. »Ich bin vor einiger Zeit auf eine Sache gestoßen, also, wenn du wüsstest, was das ist ...«

»Timi! Du redest ja immer noch wie in der vierten Klasse. Erzähl's mir oder lass es bleiben.«

Mata fasste Perez am Arm. »Ich kann dir im Augenblick nichts Näheres dazu sagen. Zunächst war alles sehr schwierig, aber jetzt, Perez, jetzt habe ich es geschafft. Ich habe einen Partner für diese Sache gewinnen können, weißt du ... einen finanzstarken Partner. Mit ihm an meiner Seite ...«

Perez' Gedanken schweiften ab. Geldgeschäfte, mein Gott, konnte es Langweiligeres geben? Und Mata, der hatte doch früher nicht mal vier und vier zusammenzählen können. Sein Magen knurrte. Kein Frühstück und bis jetzt, es war inzwischen halb eins, auch noch kein Mittagessen. Sein Blick suchte über Matas Schulter hinweg nach Haziem. Das *Conill*, sein kleines Restaurant, das Haziem führte und das Dreh- und Angelpunkt aller seiner Unternehmungen war, müsste eigentlich längst geöffnet haben. Er hatte ganz vergessen, mit Haziem darüber zu sprechen.

»... na ja«, hörte er Matas Stimme in seine Überlegungen eindringen, »es könnte also sein, dass noch ein paar Anteile gezeichnet werden können. Wenn das der Fall sein sollte, kann ich dir nur raten einzusteigen, Perez. Es wird das Geschäft deines Lebens.«

Endlich entdeckte er Haziem. Perez zeigte auf den groß gewachsenen Maghrebiner. Mata drehte sich um.

»Das da drüben ist mein Freund Haziem. Sprich ihn an. Er versteht 'ne Menge von Geldgeschäften. Ich bin dafür nicht geeignet. Okay? War schön, dich mal wieder zu sehen. Mach's gut, Timi.«

EINE WOCHE SPÄTER

KAPITEL 1

»Mann, ist das kalt«, brummte Perez. Die Mietwohnung hatte keine Heizung.

Er durchsuchte den Schrank nach warmer Kleidung. Vor langer Zeit hatte hier mal eine Jeans gelegen, daran erinnerte er sich genau. Ansonsten besaß er noch einen Anzug. Er hatte ihn vor Kurzem auf der Hochzeit seiner Tochter Marie-Hélène getragen. Der Rest waren Shorts, Slipper für die Füße und gestreifte Oberhemden. Irgendwo musste der Pullover sein, den Marianne ihm vor langer Zeit geschenkt hatte. Er fand ihn schließlich hinter ein paar aufgestapelten Kartons.

Für gewöhnlich kannten die Bewohner der Côte Vermeille keinen Frost, nur höchst selten einmal fiel das Thermometer unter zehn Grad. Es war das Mittelmeer vor der Haustür, das im Winter für Wärme und im Sommer für eine frische Abkühlung sorgte. Aber an diesem Morgen schien entweder der Mechanismus der Natur gestört, oder aber Perez hatte sich eine Erkältung zugezogen.

Als er versuchte, sich in die Jeans zu zwängen, wäre er fast gestürzt. Sie zu schließen war unmöglich. Beleidigt sah er das Kleidungsstück an.

»Na dann ist es eben nicht kalt«, entschied er. Er zog die gewohnten Shorts an und stieg in seine ausgelatschten

Espadrilles. Dann schnell das Hemd, bis oben geschlossen, und darüber den Pullover. »Lächerlich«, rief er seinem Spiegelbild entgegen, bevor er aus der Wohnung ging.

Unten öffnete er die Haustür und blieb wie angewurzelt stehen. Er machte einen Schritt zurück ins Haus, verschloss die Tür schnell wieder, zündete sich eine Zigarette an und überlegte. Nach dem letzten Zug unternahm er einen erneuten Anlauf.

»Merde!«, rief er in die kalte Luft. Während das Wort mit dem Atemhauch gemächlich in Richtung Meer waberte, fluchte er weiter. »Was in drei Teufels Namen ist das denn?« Er stand ähnlich ratlos vor dem ganzen Weiß, wie Timoteo Mata früher vor der Lösung einer Rechenaufgabe gestanden hatte.

»Schnee!«, brüllte er ins makellose Blau des Himmels. Niemand antwortete. »Hilfe«, schickte er zögerlich hinterher, doch wer hätte ihm helfen sollen? In der Nacht waren sicher an die zehn Zentimeter grellweißer Neuschnee gefallen. Und wenn Minusgrade schon unbekannt waren, dann bedeutete Schnee in Banyuls eine Ungeheuerlichkeit.

Erst jetzt bemerkte er, dass er nicht allein in der winterlichen Tundra stand. Ein Mann von gegenüber war ebenfalls vors Haus getreten. In Parka, Pudelmütze und Handschuhen. Trotz der Snowboard-tauglichen Ausrüstung stand der Nordmann hilflos vor seinem eingeschneiten Wagen.

»Und jetzt?«, rief Perez über die Straße hinweg.

Der andere schüttelte den Kopf. Er wischte den Schnee von der Fahrertür, riss sie auf und stieg ein. Obwohl Perez entsetzlich fror, wollte er sich den Ausgang der zu erwartenden Rutschpartie nicht entgehen lassen. Doch dazu kam es erst gar nicht.

Der Motor würgte ein paarmal, bis schließlich ein metallisches Klicken der Zündung das Ende aller Aktionen verkündete. Der Mann stieg wieder aus und trat die Tür mit einem lauten Fluch zu, rutschte dabei aus und landete auf dem Hosenboden. Perez ging zurück in seine Wohnung.

Nach einmaligem Läuten nahm Kommissar Boucher das Gespräch an.

»Es hat geschneit«, sagte Perez in einer Mischung aus Verzweiflung und Vorwurf.

Boucher lachte laut auf. »Perez, guten Tag! Ja, es hat geschneit, so was kennt ihr hier unten nicht, stimmt's?« Wieder lachte er laut, er schien sich prächtig zu amüsieren. »Im Elsass haben wir jedes Jahr Schnee gehabt. Einmal, lassen Sie mich nachdenken, muss so 2010 oder 2011 gewesen sein, damals war derart viel Schnee gefallen, dass ich für die Befragung eines Verdächtigen durch das Fenster im ersten Stock ins Haus klettern musste. Können Sie sich das vorstellen?«

Perez dachte nicht daran, auf eine so unsinnige Äußerung zu reagieren. Schnee bis zur ersten Etage, ja wo kommen wir denn da hin?, dachte er.

»Nun, das scheinen Sie sich offensichtlich nicht vorstellen zu können«, fuhr der ehemalige Straßburger Polizeichef fort, »aber, mein Lieber ...«

»Wir haben den 16.«, ging Perez trocken dazwischen.

»Et alors?«

»Unsere Verabredung ...«

Boucher stutzte kurz, dann entfuhr ihm: »Wir treffen

uns gleich zum Essen. Oh Gott, wenn ich das vergessen hätte, wie peinlich. Bitte sehen Sie es mir nach. Hier auf der neuen Wache herrscht das blanke Chaos. Umso besser, dass Sie angerufen haben. Hat der Schnee doch sein Gutes. Und Sie sind eingeladen, das habe ich nicht vergessen, keine Widerrede«, fügte er an, als hätte Perez dieses kleine, aber nicht unwesentliche Detail vergessen können. »Aber nun verraten Sie mir, was unsere Verabredung mit dem Schnee zu tun hat?«

»Ich fahre einen Kangoo. Ein altes Fahrzeug mit müder Batterie und abgenutzten Reifen. Wahrscheinlich kann ich es unter den Schneemassen nicht einmal mehr finden. Bei solch einer Naturkatastrophe setzen sich ohnehin nur Selbstmörder ans Steuer. Ich kenne niemanden«, schloss Perez, »der sich bei einem solchen Wetter auf die Straße traut, absolut niemanden.«

Nachdem Perez das darauf einsetzende keckernde Möwengekreisch als Lachen identifiziert hatte, löste der Elsässer das Problem.

»Ich hole Sie ab«, sagte Boucher. »Für den Notfall habe ich Schneeketten, werden wir aber für das Fitzelchen Schnee nicht brauchen. Also machen Sie sich keine Sorgen, die Polizei, dein Freund und Helfer, ist im Anmarsch.«

*

Perez hatte sich angesichts der bevorstehenden Reise in eine ungewisse Zukunft doch noch an den Inhalt der mit Klebeband fest verschlossenen Kartons erinnert, die seit Jahren im Schrank hinter seiner Kleidung aufgestapelt standen. Das meiste, was er darin fand, zog er jetzt an: eine hellgraue Pluderhose – seine Freundin Marianne würde das Teil als ausgeleierte Jogginghose bezeichnen –, einen schweren grüngrauen Wollmantel, der allein einen der Kartons ausfüllte und übel nach Mottenpulver müffelte, sowie klobige Schnürstiefel. Die Klamotten hatten zu seiner Einkleidung beim Militär gehört. Zwar hatte er nicht länger als drei Tage in der Kaserne verbringen müssen, bevor er unehrenhaft entlassen worden war, aber Hose, Mantel und Schuhe waren ihm geblieben.

Wohlgemerkt, er trug alles, was er zuvor schon getragen hatte, noch unter den Militärklamotten, und so eingepackt verstärkten all die Kleidungsstücke seinen Körperumfang um einiges. Einmal im Restaurant, würde er sich auf der Toilette in den gewohnten Perez zurückverwandeln. Deshalb steckten seine Espadrilles auch in der Manteltasche.

»Haben Sie zugenommen?«, fragte Boucher zur Begrüßung, als Perez vierzig Minuten später in dessen Wagen einstieg.

»Können wir?«, fragte Perez, ohne auf Bouchers unverschämte Bemerkung einzugehen. »Ich bin sehr hungrig. Wegen des Schnees konnte ich nicht frühstücken.« Boucher sah ihn fragend an. »Der Weg zum *Catalan* ist viel zu gefährlich«, erklärte Perez. Das *Café le Catalan* gehörte seinem Schwiegersohn Jean-Martin und seiner Tochter Marie-Hélène. Dort pflegte Perez sein Frühstück einzunehmen und seine morgendliche Zeitungslektüre zu zelebrieren.

»Na, dann mal los«, sagte Boucher mit einem spöttischen Lächeln auf den Lippen. »Ich werde Sie in ein Restaurant führen, das seinesgleichen an der Côte Vermeille sucht. Sie werden überrascht sein, mein lieber Perez. Aber Sie haben es sich verdient.«

Boucher spielte auf den letzten Fall an, den Perez auf nicht ganz ungeschickte Art und Weise aufgeklärt hatte und der dem Kommissar, obwohl nahezu unbeteiligt an den Ermittlungen, erhebliche Reputation eingebracht hatte. Dieses Essen sollte eine Art Dankeschön sein, ohne dass der Kommissar es je so ausgedrückt hätte. Ein Restaurant an der Côte Vermeille, das Perez nicht kannte, musste allerdings erst noch eröffnet werden. Doch er ließ dem Kommissar seine Freude.

Nach einer ziemlichen Rutschpartie, die, wie selbst Kommissar Boucher zugeben musste, nicht völlig gefahrlos verlaufen war, landeten sie gegen 12.30 Uhr wohlbehalten im *La Bartavelle*.

Das kleine Restaurant lag mitten im historischen Ortskern von Argelès, also weit genug vom Campingplatztourismus von Argelès-Plage entfernt. Hier einen Platz zu ergattern war tatsächlich Glückssache, Beziehungen halfen dabei nicht. Boucher musste sich also sehr früh um einen Tisch bemüht haben, was Perez zu schätzen wusste.

Perez mochte den stämmigen hoch talentierten Koch und seine quicklebendige, stets fröhliche Frau sehr. Natürlich stand das *Bartavelle* auf der Liste derer, die er mit seinen Delikatessen belieferte, und ebenso natürlich aß er dort, wann immer er die Waren anlieferte.

Und so war es nicht verwunderlich, dass das Besitzerehepaar alles stehen und liegen ließ, um Perez gebührend zu begrüßen. Hinter Boucher stehend, winkte Perez heftig ab. Er wollte doch dem Kommissar den Spaß nicht verderben.

»Bonjour, Madame«, fing der auch gleich an. »Mein Name ist Capitaine Boucher, ich hatte für zwei Personen reserviert. Ich möchte meinem Freund hier Ihre vortreffliche Küche zur Kenntnis bringen.«

Élodie, so hieß die junge Frau, schloss aus Bouchers Worten und Perez' Gesten das Richtige und tat erfreut über den neuen Gast.

Die Speisen waren vorzüglich, wenn es auch Perez nicht entsprach, an fein gedeckten Tischen zu sitzen. Er schätzte das Essen viel zu sehr, als dass er dabei auf Etikette achtete. Und auch auf die ausufernden, wenn auch kompetenten Erklärungen zu den Gerichten und vor allem den dazu passenden Weinen hätte er verzichten können.

Mit dem ersten Glas Wein wurde Boucher förmlich.

»Mein lieber Perez«, begann er, »ich erhebe mein Glas auf Sie, meinen Gast heute Mittag. Ich möchte Ihnen mit diesem kleinen Mahl für Ihre famose Arbeit danken. Mir ist bewusst, dass jener Fall meinen Vorgesetzten zumindest den letzten Impuls gegeben hat, mir die Leitung der neuen Gendarmerie in Port-Vendres anzubieten. Ich will nicht sagen, dass ich den Posten sonst nicht bekommen hätte, aber ... danke für Ihre Unterstützung.«

»Keine Ursache«, murmelte Perez. »Wirklich. Machen Sie kein Aufhebens darum. Schade nur, dass Sie Ihr schönes Büro in Banyuls räumen mussten.«

»Man kann nicht alles haben.«

»Und mal sehen, vielleicht kommen Sie ja doch noch eines Tages nach Paris.«

Boucher war seinerzeit nicht nach Paris befördert worden, weil er sich mit dem Bürgermeister von Straßburg angelegt hatte. Zumindest hatte er es Perez gegenüber so dargestellt.

Perez speiste mit Lust und Heißhunger und fand auch, nach einer Phase der Eingewöhnung, in ein interessantes Gespräch mit Boucher. Schließlich war er an Polizeiarbeit interessiert, und so ließ er den Kommissar, befeuert von seinen neugierigen Fragen, über die unterschiedlichen Dezernate ebenso referieren wie über die verschiedenen Ansichten darüber, was gute Polizeiarbeit ausmachte, die Boucher sowohl im Elsass als auch zuvor in seiner eigentlichen Heimat, der Bresse, kennengelernt hatte.

Nach der Vorspeise verschwand Perez und tat das, was er längst hätte tun sollen: Er entledigte sich der Militärklamotten. Und als hätte sie ihn erst jetzt erkannt, wollte sich die achtjährige Tochter des Hauses nach seiner Rückkehr voller Freude auf ihn stürzen – normalerweise brachte er ihr immer etwas zum Naschen mit, wenn er eine Bestellung auslieferte –, aber ihre aufmerksame Mutter konnte die Kleine gerade noch daran hindern. Ihr Weinen, das für einen kurzen Moment zu hören war, tat Perez in der Seele weh und hätte ihn um ein Haar zur Aufgabe seiner Maskerade gebracht.

Élodie trat gerade mit zwei Desserttellern an ihren Tisch, als Bouchers Telefon klingelte. Er entschuldigte sich blumig und wirkte zu Beginn des Telefonats noch beschwingt. Im Laufe des Gesprächs verdunkelte sich seine Miene jedoch zusehends.

»Es tut mir leid«, sagte er zerknirscht, nachdem er geendet hatte. »Ich fürchte, Sie müssen ohne mich zu Ende essen. So eine Sch... Entschuldigung. Ist doch zum Verrücktwerden: Kaum hat man sich mal gemütlich niedergelassen, passiert da draußen ein Verbrechen. Und bei einem Toten ...«

»Mord?«, sagte Perez einen Tick zu laut. Die Köpfe in dem voll besetzten Raum wendeten sich ihnen zu. »Wer wurde ermordet?«, zischte er.

»Keine Ahnung. Muss kein Mord sein. Ein Mann wurde tot in einem Swimmingpool gefunden. Wenigstens hier in Argelès«, fügte Boucher an, als ob das die Sache besser machte.

»In einem Swimmingpool?«, fragte Perez zweifelnd.

»Stimmt. Jetzt, wo Sie es sagen ... Das ist ungewöhnlich um diese Jahreszeit! Vielleicht wollte der Tote Schlittschuh laufen und ist ins Eis eingebrochen.«

Da ist er wieder, der eigenartige Humor der Menschen aus dem Norden, dachte Perez. Boucher grinste nicht einmal.

»Sie können mich hier nicht zurücklassen«, sagte Perez bestimmt. »Schon vergessen, Sie sind mein Chauffeur. Wie soll ich nach Hause kommen?«

Boucher fuhr sich durch die roten Haare. Er dachte kurz nach. Willigte dann in das Unvermeidliche ein.

»Dann kommen Sie eben mit«, sagte er. »Aber Sie warten im Wagen, damit das klar ist. Am Tatort haben Sie nichts zu suchen.«

»Natürlich nicht«, sagte Perez in stiller Vorfreude.

KAPITEL 2

Die Ansammlung der Polizeifahrzeuge, die hintereinander am Straßenrand der viel befahrenen Straße geparkt standen, markierte den Tatort.

»Arme Leute, vermute ich«, sagte Perez.

»Wie kommen Sie darauf?«

»Würden Sie Ihr Haus an einer Nationalstraße gegenüber von einem Gewerbegebiet bauen? Sehen Sie das Schild an der Mauer: *Quincaillerie Hubert*. Eisenwaren, damit ist heutzutage kein Geld mehr zu verdienen.«

Boucher zuckte mit den Schultern, holte in einem weiten Bogen aus und steuerte sein Ungetüm mit Anlauf die steile Rampe hinauf. Fast wären sie rückwärts zurück auf die Straße gerutscht. Perez krallte sich am Haltegriff über der Tür fest.

Die vereiste Betonpiste war der Grund, weshalb die übrigen Polizeifahrzeuge unten an der Straße geparkt waren. Normale Dienstfahrzeuge im Süden verfügten über keinerlei Winterbereifung.

Von einem Haus war hier oben allerdings nichts zu sehen. Auch fehlte jeglicher Eisenschrott, den man hier doch eigentlich erwartet hätte. Stattdessen schlängelte sich ein schmaler Weg zwischen Bäumen hindurch in Richtung des Waldgürtels, der Argelès von Argelès-Plage trennte.

Erst der Dachfirst, der bald hinter einer enorm hohen Hecke auftauchte, verriet die Lage des Hauses. Zusätzlich zur Hecke war es von einer mächtigen Mauer umgeben. Wer hier lebte, wollte sich offenbar sicher fühlen. Das rostige Metalltor an der Straße und das verrottete Firmenschild waren nichts als Camouflage.

Boucher brachte seinen Allradwagen im zertrampelten Schnee vor dem mächtigen Portal aus Zedernholz zum Stehen.

»Perez!«, sagte er scharf.

»Ja«, antwortete Perez.

»Sie bleiben im Wagen!« Perez schwieg. »Perez?«

»Machen Sie wenigstens die Heizung an«, brummelte er und vermied es, den Kommissar anzusehen.

Boucher stieg aus, holte den Schlüssel aus der Tasche und schien für einen Moment zu wünschen, er könnte Perez im Wagen einsperren. Schnell entschwand er in Richtung Eingang.

Perez wartete einen Moment, dann öffnete er die Tür. »Will mich bloß mal strecken«, murmelte er.

Perez zog sich die Militärklamotten wieder über, bevor er die Vorderfront des zweistöckigen Gebäudes abschritt. Es war groß, aber nicht protzig. Im Stil eines katalanischen Landhauses entworfen, geschmackvoll und zurückhaltend. Seine Außenmauern leuchteten im strahlend hellen Rot, für das die Côte Vermeille berühmt war. Perez versuchte durch die Fenster einen Blick ins Innere des Hauses zu werfen, was ihm aber aufgrund seiner Körpergröße misslang.

Zwei große Pinien und eine Reihe Zypressen umrahmten das Haus und spendeten Schatten, ohne bedrohlich zu wirken. Entlang der Mauer wuchsen unterschiedlichste Sträucher. Oleanderbüsche, Bougainvillea, eine kleine Dattelpalme sowie Feigenkakteen. Alles wirkte organisch, und doch war es sorgsam konzipiert worden, etwas zu sorgsam vielleicht.

Als Perez um die nordöstliche Hausecke bog, breitete sich vor ihm das riesige Gartenareal aus. Direkt vor ihm stand eine Gruppe von Polizisten und starrte auf ein Loch – der Swimmingpool. Sprach man hier überhaupt noch von Pool, fragte sich Perez angesichts der Ausmaße der Schwimmanlage. Sicher an die zwanzig Meter in der Länge und fünf Meter in der Breite maß das Becken, das einer Kleinstadt als öffentliches Freibad zur Ehre gereicht hätte.

Einer der Flics wurde auf Perez aufmerksam, schien aber keinen Grund zu sehen, ihm den Zugang zu verweigern. Im Gegenteil begrüßte er den Neuankömmling durch ein Kopfnicken. Perez, derart willkommen geheißen, schritt furchtlos weiter auf den Pool zu. Solange ihn niemand daran hinderte, sah er keinen Grund zur Zurückhaltung. Im Rücken der bis auf Boucher uniformierten Gendarmen und Polizisten blieb er stehen.

Im Pool befand sich kein Wasser, Schlittschuh war hier also niemand gelaufen. Jungfräulicher Schnee bedeckte den Boden des gefliesten, etwa drei Meter tiefen Beckens. Mitten im gleißend hellen Schnee lag ein Mann seltsam verrenkt auf dem Bauch, sein Gesicht war nicht zu erkennen. Um seinen Kopf herum eine Blutlache, wie Ölfarbe auf einer Malerpalette verspritzt. Perez' Gefühl schwankte zwischen Faszination, in einem so frühen Stadium der Ermittlung dabei zu sein, und Beklommenheit.

»Gibt es schon einen Hinweis, um wen es sich handelt?«, hörte er Boucher fragen.

»Vielleicht der Hausherr«, antwortete einer der Beamten.

»Vielleicht reicht mir nicht. Wann kommt der Doc?«

»Steckt irgendwo im Verkehr fest. Der Schnee ...«

»Mein Gott, das bisschen Weiß ...«, schimpfte Boucher.

Perez trat ein wenig zur Seite, sodass er das Gesicht des Kommissars sehen konnte. Es war knallrot. Zusammen mit dem roten Haar und den Sommersprossen ergab sich ein Effekt, der ideal zur Côte Vermeille passte.

»Name?«, fragte Boucher in diesem Moment.

»Das Haus gehört einer Familie Delhaize. Belgier. Sind ziemlich bekannt in der Gegend. Eigentlich, so sagte man uns, kommen sie nur im Sommer für ein paar Wochen her. Madame Delhaize bleibt wohl gerne länger. Monsieur, wie seine Geschäfte es zulassen.«

»Haben Sie schon versucht, die Delhaizes zu erreichen?«

»Nein, wir wollten eigentlich auf die Gerichtsmedizin warten. Also zunächst natürlich auf Sie, Monsieur le Capitaine«, beeilte sich der Sprechende hinzuzufügen, »und dann auf die Spurensicherung. Sobald die den Tatort freigeben, können wir den Mann umdrehen. Vielleicht hat er ja Papiere bei sich.«

»Delhaize sagen Sie?«, fuhr Boucher fort. »Und eine bekannte Familie? ... Das gibt Ärger! So was rieche ich gegen den Wind. Wer hat den Toten gefunden?«

»Die Haushälterin.«

»Et alors?«

»Sie steht unter Schock. Malherbes hat ihr einen Tee gekocht. Sie liegt drinnen auf der Couch. Armes Mädchen.«

»Na dann wollen wir uns mal etwas näher mit diesem *Mädchen* befassen«, sagte Boucher und wandte sich zum Gehen. Als er Perez entdeckte, stoppte er abrupt mitten in der Bewegung.

»Das darf doch wohl nicht wahr sein«, zischte er. Seine Augen funkelten zornig, seine Gesichtsfarbe wechselte von Leuchtendrot zu Purpur. »Ich hatte Sie um etwas gebeten, Perez«, sagte er so leise, dass niemand der Umstehenden seine Worte verstehen konnte.

»Sieht irgendwie hübsch aus«, stammelte Perez und deutete auf den Toten im Pool.

KAPITEL 3

Kaum war Boucher im Haus verschwunden und die Polizisten wieder untereinander ins Gespräch vertieft, schlich Perez zu einem offen stehenden Fenster. Wahrscheinlich hatte dieser Malherbes es geöffnet, um der schockstarren Haushälterin etwas frische Luft zu verschaffen. Und da alle Fenster auf der Rückseite des Hauses bodentief waren, erlangte Perez einen guten Blick auf das Geschehen. Gleichzeitig lag das Fenster so, dass er weder von den Beamten am Pool noch von Boucher gesehen werden konnte.

Das Innere des Hauses war so geschmackvoll eingerichtet, wie das Äußere es hatte vermuten lassen. Kein Pomp, keine neureichen Materialien, weder Carrara-Marmor noch Goldtapete. Keine schlechte Kunst an den Wänden, sondern alles stilvoll nach den Vorbildern alter Herrschaftshäuser gestaltet. Helle Farben, viel Licht, wenige, dafür aber geschmackvoll ausgewählte Möbel auf sehr schönen alten Fliesen. An der Wand hinter der beigen Couchlandschaft hing ein sicher vier Meter langes Gemälde. Es zeigte ein schmales Langboot. Darunter ein historisches Paddel, das zur Periode, in der solche Boote benutzt worden waren, passte und aussah, als hätte es jahrelang am Strand gelegen und auf den Künstler gewartet. Von Sonne und Meer ausgebleicht.

Sehr schön, dachte Perez. Ein solches Stück moderner Kunst würde ihm auch gefallen. Allerdings würde das Bild in seiner kleinen Wohnung bis hinaus ins Treppenhaus reichen.

Die Frau versuchte gerade, sich aufzusetzen, Boucher stand vor ihr und kehrte Perez den Rücken zu.

»Geht es?«, hörte er den Kommissar fragen. »Würden Sie mir Ihren Namen verraten, Madame?«

»Mademoiselle«, hörte er die Frau antworten. Ihre Stimme klang fest.

»Pardon. Alors, Ihr Name?«

»Noémie Schneider.«

»Staatsangehörigkeit?«

»Ich bin Französin. Mein Urgroßvater war Schweizer.«

Die Frau war zierlich, hatte volles schwarzes Haar, zu einem Pferdeschwanz gebunden. Sie trug keinerlei Makeup. Unterhalb ihres linken Auges ein Muttermal, das ihrem Gesicht etwas Auffälliges verlieh.

»Mademoiselle Schneider, Sie sind die Haushälterin der Familie Delhaize, ich nehme an, das ist korrekt?«

»Ich bin die Putzfrau. Ich komme einmal die Woche und lüfte das Haus, wenn die Herrschaft nicht da ist. Im Sommer komme ich täglich. Ich putze und koche. Genauer gesagt, ich treffe die Vorbereitungen. Kochen tut Madame dann selbst. Sie haben fast jeden Abend Gäste, sonst gehen sie ins Restaurant.«

»Und Sie haben den Toten gefunden?« Die Frau nickte.

»Ein Schock für Sie, das verstehe ich gut. Man findet nicht jeden Tag eine Leiche. Ist es Monsieur Delhaize?«

»Nein!« Sie wirkte überrascht. »Die Familie ist nicht

hier. Nein, dass ist ein Fremder, ich kenne ihn nicht. Man sieht ja auch nur ...«

»Den Rücken, ja. Also ist es nicht Monsieur Delhaize ... Vielleicht ein Bekannter der Familie? Ein Freund?« Die Frau zuckte mit den Achseln. »Ist Ihnen sonst etwas aufgefallen? Gab es vielleicht Zeichen eines Einbruchs, Fußspuren, ... irgendetwas, das uns weiterhelfen könnte?«

Die junge Frau fing an zu weinen. Perez schloss es aus dem Taschentuch, mit dem sie sich die Augen tupfte.

»Nein«, hörte er sie sagen. Deutlich leiser als zuvor.

»Nein, was? Keine Fußspuren?«

»Es war doch alles zugeschneit.«

»Ja, der verdammte Schnee, der macht es euch hier unten leicht.«

Der spinnt, dachte Perez. Als ob der Schnee im Elsass keine Fußspuren bedecken würde. Und was war das überhaupt für eine blöde Frage? Natürlich mussten dort Fußspuren zu sehen gewesen sein. Der Tote war sicher nicht aus einem Flugzeug gestürzt und im Pool gelandet.

»Dann sind Sie bitte so freundlich und geben mir die Telefonnummer von Monsieur und Madame.«

Die Frau nickte, während sie ihr Mobiltelefon aus der Hosentasche zog, kurz darauf herumtippte, bevor sie Boucher die Nummer nannte.

»Sie bleiben hier sitzen, bis wir draußen fertig sind. Vielleicht brauche ich Sie noch.«

Boucher wandte sich zur Tür, vermutlich um zu schauen, ob die Experten inzwischen eingetroffen waren. Und tatsächlich kamen die vier Personen just in diesem Augenblick um die Hausecke gestapft. Perez war sofort in den Schutz der Außenmauer zurückgetreten.

»Na endlich«, rief Boucher und deutete auf den Pool. Dann drehte er sich wieder zu Mademoiselle Schneider um. Perez ging erneut auf Position.

»Was sind das für Leute, Ihre Herrschaft?«

Noémie Schneiders Mundwinkel zuckten, als wollte sie sagen: Na, reiche Leute eben.

»Geht's etwas genauer?«, Boucher dachte nicht in diesen Kategorien.

»Sie bezahlen mich gut«, war die Antwort.

»Haben Sie noch eine andere Arbeit als diese hier, Mademoiselle?«

»Ich pflege meinen kranken Vater.«

»Verstehe. Madame Delhaize, sagten Sie, verbringt den Sommer hier?« Sie sah ihn fragend an. »Richtig, das haben ja gar nicht Sie gesagt, aber es ist doch so, nicht wahr?«

»Meistens kommt sie im Mai und bleibt bis September. Zwischendrin fliegt sie schon mal woandershin, um Urlaub zu machen.« Boucher räusperte sich. »Letztes Jahr musste ich sie nach Barcelona zum Flughafen bringen. Von dort flog sie übers Wochenende nach New York, zusammen mit einer Freundin aus Madrid.«

»Aus dem Urlaub in den Urlaub«, sagte Boucher mehr zu sich selbst. »Ist sie streng zu Ihnen?«

»Nein.«

»Sie ist also nett und freundlich?«

»Nein.«

»Mademoiselle ...«

»Sie beachtet uns nicht.«

»Uns?«

»Patrice, den Gärtner, und mich.«

»Patrice und weiter?«

»Patrice ... Ich weiß es leider nicht. Ich kenne ihn eigentlich gar nicht, er kommt meist nur an den Wochenenden, wenn ich freihabe.«

Boucher entwich ein resignativer Zischlaut. »Und Monsieur, ist der nett oder abweisend oder übersieht er Sie auch?«

»Er ist nicht oft da.« Perez entging nicht, dass sich die Körpersprache der Frau veränderte, als die Rede auf den Herrn des Hauses kam. Aus Niedergeschlagenheit war Anspannung geworden. Boucher schien das nicht zu bemerken.

»Nett? Abweisend ...?«, fragte er.

»Monsieur le Capitaine. Bitte geben Sie mir etwas Zeit ...«

»Capitaine Boucher«, rief einer der Polizisten von draußen durch die Tür. »Wir sind jetzt bereit, den Mann umzudrehen.«

Boucher sah noch einmal auf Noémie Schneider hinab, bevor er hinaus und durch den Schnee hinüber zum Becken ging. Perez beobachtete noch, wie die junge Frau zum Telefon griff, bevor ihn der Tote doch wieder mehr interessierte als die Haushaltshilfe.

»Na dann mal los. Drehen Sie ihn um«, rief Boucher vom Poolrand den Beamten zu. Er ging in die Hocke.

Vier Hände bewegten den Mann. Die Mediziner traten beiseite, sobald die Leiche auf dem Rücken lag. Im Schein der Januarsonne erkannte man nun alle Details. Das nasse lange Haar, den verfilzten Bart, der das Gesicht fast vollständig bedeckte, die gebrochenen Augen.

Mitten in die aufkommende Stille hinein ertönte Perez' Stimme.

»Der Professor«, sagte er tonlos und hob vor Schreck die Hand vor den Mund.

Alle Blicke richteten sich auf ihn. Erst jetzt schienen sich viele der Beamten zu fragen, wer dieser seltsame Mann in den altmodischen Militärklamotten wohl sein mochte. Wahrscheinlich hatten Mantel und Stiefel ihn bislang vor Fragen bewahrt. Ein Soldat am Tatort war nicht ungewöhnlich, man durfte nicht vergessen, dass auch die Gendarmen zum Militär gehörten. Wahrscheinlich hatten sie in ihm einen Kollegen vermutet. Nun aber besahen Sie ihn sich genauer.

»Er gehört zu mir«, sagte Boucher ohne Freude im Tonfall. »Sie kennen den Mann, Perez?«

»Nicht wirklich. Ich habe ihn schon einmal gesehen, aber eigentlich kenne ich nur seinen Namen. Seinen Spitznamen, besser gesagt. Man nennt ihn den Professor.« Perez überlegte. »Vielleicht wissen die Leute im *Café le Catalan* mehr über ihn. Wenn mich nicht alles täuscht, ist er mir dort vorgestellt worden. Muss Jahre her sein. Ich erinnere mich bloß an dieses Gesicht und den langen Bart. So was trägt ja kaum noch einer.«

»Na schön«, sagte Boucher. »Das werden wir dann wohl schnell herausfinden. Der Professor, ja? Immerhin hat der Tote schon mal einen Spitznamen.«

Während Boucher Noémie Schneider den Anblick der nun umgedrehten Leiche zumutete, um sie erneut nach der Identität des Toten zu befragen, machte die Spurensicherung ihre Arbeit.

Eine Stunde später stand Perez direkt neben Boucher, als die Beamtin in einem Overall, der mit dem Schnee um das hellste Weiß des Tages wetteiferte, einen ersten und, wie sie betonte, noch sehr vorläufigen Bericht abgab.

»Leider hat der Schnee mögliche Spuren vernichtet. Und was der Schnee nicht geschafft hat, das ist den Stiefeln Ihrer Männer gelungen.« Boucher knurrte. »Im Augenblick deutet nichts auf eine Gewalttat hin. Es scheint, als habe das Opfer das Gleichgewicht verloren und sei ins Becken gestürzt. Dabei ist der Mann mit dem Kopf gegen den Beckenrand geschlagen. Ob ihn dieser Schlag tatsächlich umgebracht hat oder ob er im Becken liegend erfroren ist, kann ich Ihnen erst sagen, wenn ich den Mann bei mir auf dem Tisch habe. Bis auf Weiteres gehe ich von einem Unfall aus. Warum der Mann hier war, was er so nah am Beckenrand gewollt haben könnte, das herauszufinden, Capitaine Boucher, wird wohl jetzt Ihre Aufgabe sein, wenn das überhaupt von Belang ist. Wenn Sie keine weiteren Fragen haben, sind wir hier erst einmal fertig.«

In Bouchers Gesicht war Erleichterung zu erkennen. Ein komplizierter Mord war nichts, was er im Augenblick gebrauchen konnte, er hatte andere Probleme.

Und die hatte auch Perez, der es plötzlich eilig hatte, nach Hause zu kommen. Während der Erläuterungen der Medizinerin war ihm nämlich schlagartig wieder eingefallen, woher er Professor Abel Pasquier tatsächlich kannte.

KAPITEL 4

Am nächsten Morgen lag noch immer Schnee, die Temperaturen bewegten sich weiterhin im Null-Grad-Bereich. Perez hatte auf dem Weg zum *Catalan* mit äußerster Vorsicht immer schön einen Fuß vor den anderen gesetzt und war doch mehr geschlittert als geschritten. Sein Outfit war inzwischen Dorfgespräch, niemand, der ihn nicht auf den ollen Mantel und die unbequemen Knobelbecher, wie die Stiefel im Militärjargon genannt wurden, angesprochen hätte. In diesem Augenblick lag der Mantel über der Lehne eines Stuhls, im Café gab es glücklicherweise eine funktionierende Heizung. Trotzdem war es frisch.

Neben Perez saß Jean-Martin, sein Schwiegersohn, und bearbeitete ohne Unterlass die Tastatur seines Laptops. Jean-Martin war zu einer Art Frühstücksschatten geworden.

»Sag mal«, knurrte Perez, ohne den Blick zu heben. »Du hast nicht zufällig Marianne gesehen? Ich suche seit gestern Nachmittag nach ihr.«

»Nein. Hast du mal bei ihr angerufen?«

»Geht nicht ran. Nur die vermaledeite Mailbox.«

»Ausgeschaltet oder leerer Akku«, sagte der Dürre. »Steph war hier, wie jeden Morgen vor der Schule, hast du sie gefragt?«

»Was denkst du wohl?«

»Warst du bei Marianne zu Hause?«

Als Antwort erhielt Jean-Martin ein weiteres bedrohliches Knurren. Seit Perez Marianne vor einigen Monaten mit einem flüchtigen Liebhaber überrascht hatte, vermied er unangemeldete Besuche bei seiner Liebsten. Das Drama einer offenen Beziehung. Doch davon wusste Jean-Martin nichts.

Perez hob den Blick und sah zu seiner Tochter hinüber. Wie erwartet hatte sie unmittelbar nach der Hochzeit damit begonnen, im Café zu arbeiten. Und wie vorausgesagt hatte sie ihren Liebsten fast ebenso unmittelbar entmündigt. Seit vergangenem Sommer bestimmte nur noch Marie-Hélène die Geschicke des *Catalan*. Auch diesem Umstand verdankte Perez seinen neuen Frühstückspartner, denn hinter dem Tresen war für die Bohnenstange, *le grand échalas*, wie er längst nicht mehr nur hinter vorgehaltener Hand genannt wurde, kein Platz mehr.

Und doch war Perez ein stolzer Vater. Im Café herrschte, seit Marie-Hélène das Zepter schwang, ein anderer Wind. Alles war akkurat aufgeräumt und sauber. Das Metall der Maschinen blitzte, Tische wurden sofort abgeräumt und abgewischt, nachdem die Gäste gegangen waren, und manchmal gab es sogar frische Blumen. Für die Terrasse hatte Marie ein neues Frühstückskonzept entwickelt, mit frisch gepressten Fruchtsäften, einem Kaffee nach Wahl, leicht gebutterter Baguette, verschiedenen Marmeladen und Croissants zu einem attraktiven Gesamtpreis. Es gab nun Aschenbecher und bequemere Korbstühle. Auch die Fernseher über der Bar hatte sie zunächst stilllegen lassen, sich allerdings schlussendlich den Protesten der

Gäste beugen müssen. Keine Fußballspiele, kein Rugby, keine Pferderennen, was würde als Nächstes kommen, hatten sich die Leute gefragt. Würde die Neue ihnen gar das Rumispielen verbieten?

Marie-Hélènes nächster Coup stand unmittelbar bevor. Der vordere Teil des Cafés sollte abgetrennt und zur Rue St. Pierre hin in einen Eissalon verwandelt werden. Der Gatte sollte dafür eigens zu einem Lehrgang nach Italien geschickt werden, den der Hersteller vorschrieb, um dessen *glace artisanale* vertreiben zu dürfen. Für Perez' Geschmack war das eine Veränderung zu viel. Nicht umsonst wurde solch ein Quatsch nur in Italien unterrichtet.

»Sag mal, JeMa«, sagte Perez deshalb auch, »kannst du nicht irgendetwas gegen dieses unsinnige Eiscafé unternehmen?«

»Versuch du doch, ihr das auszureden, Schwiegerpapa. Weißt ja, wie schwer das ist. Sie ist besessen von dem Gedanken.«

»Mais oui«, sagte Perez mehr zu sich selbst. »Ich habe dich gewarnt, JeMa. Oder habe ich nicht?«

»Aber ich liebe sie.«

Perez schmunzelte. »Das möchte ich dir auch geraten haben«, sagte er, um Ernst in der Stimme bemüht, bevor er sich wieder auf seine Zeitungen konzentrierte.

Auf Seite drei der spanischen Tageszeitung *La Vanguardia* stieß Perez auf einen Artikel, der seine Aufmerksamkeit erregte. *Schatzsucher vor der katalanischen Küste* lautete die Überschrift.

Ein auf die Bergung gesunkener Schiffe spezialisiertes Unternehmen mit Sitz in Madrid verhandelte mit dem katalanischen Regionalparlament in Barcelona über die Bergung von Wracks innerhalb eines bestimmten Radius vor der spanischen Küste. Gleiches, hieß es weiter, wolle die Firma demnächst auch mit den französischen Behörden für das angrenzende Gebiet des Golfe du Lion verhandeln.

»Oh je«, stieß Perez aus. »Jetzt erleben wir hier womöglich noch einen Goldrausch.«

»Du liest den Artikel über *Maritime Treasure Hunters Inc.*?«

»Mmh.«

»Habe ich gerade mal gegoogelt.«

»Und?«

»Nur wenig. Man findet ein paar blöde technische Angaben. Wie viele Schiffe sie haben, wie toll die Ausrüstung ist, Einsatzgebiete, all so was. Ist Teil eines weitverzweigten Imperiums.«

»Und um so wenig herauszufinden, tippst du schon den ganzen Morgen auf dieser Maschine? Früher, als du noch hinter der Bar arbeiten musstest, hast du mir besser gefallen.«

Jean-Martin grinste Perez an.

»Bravo!« Perez seufzte laut.

»Ich bin ja auch schon lange fertig. Ich lese gerade über Schatzsuche im Allgemeinen. Dagegen ist *Jäger des verlorenen Schatzes* der reinste Kindergeburtstag.«

Perez sah seinen Schwiegersohn fragend an.

»Oh Mann, Perez, was kennst du eigentlich?« Jean-Martin stöhnte nun ebenso laut. »Ein Film, in dem ein Geschichtsprofessor auf die Spur der Bundeslade kommt. Hollywood. Aber das scheint tatsächlich auch in der Realität ein fettes Geschäft zu sein. Wenn man liest, was manche amerikanische Firmen für einen Aufwand betreiben und was die gefundenen Schiffe für eine Fracht tragen ... Mon dieu! Gold im Wert von mehreren Millionen wurde schon geborgen. Auf der *Nuestra Señora de Atocha* und der *Santa Margarita*. Aber da unten gibt's wohl noch viel mehr. Soll in die Milliarden gehen. Vor Sumatra sucht gerade eine Firma nach einer *Flor de la Mar*. Die soll ebenfalls riesige Schätze an Bord gehabt haben. In der Ostsee vermutet man auf der *Wilhelm Gustloff* das legendäre Bernsteinzimmer. Zehntausende gold- und silberträchtige Wracks sollen in den Gewässern rund um die USA liegen. Die Karibik ist ja oberirdisch nicht gerade eine der reichsten Gegenden der Welt. Aber wenn das stimmt, was ich hier im Netz finde, dann sieht es unter Wasser deutlich besser aus. Na ja ...« Jean-Martin hielt kurz inne. »Rechtlich ist das alles höchst kompliziert«, fuhr er fort. »Die streiten sich darum, wem der ganze Plunder gehört. Hab ich aber nur überflogen, von Jura verstehe ich nicht die Bohne. Wenn man jedenfalls nach ein paar eindeutigeren Details zu diesen Firmen sucht, wird's schwer.«

»Also?«, fragte Perez.

»Ich habe noch nicht mehr gefunden, wie schon gesagt. Der CEO dieser multinationalen Firmengruppe heißt Álvarez und ist Spanier.«

Die Luft, die aus Perez' Lungen entwich, verursachte ein pfeifendes Geräusch. »Hör mal, wo wir so darüber reden – ist dir auch aufgefallen, dass sich überraschend viele Leute an ihren Booten im Hafen zu schaffen machen? Es ist Januar. Normalerweise siehst du dort nur die Wissenschaftler vom *Arago*, aber doch keine Privatleute.«

»Du fragst dich, ob die Banyulencs jetzt auch auf die Jagd

nach versunkenen Schätzen gehen?« Jean-Martin stieß ein
wieherndes Lachen aus. Marie-Hélène hörte es, sah zu ihnen herüber und warf ihrem Liebsten eine Kusshand zu.

»Das kannst du vergessen«, fuhr JeMa fort. »Wenn ich
hier lese, was für hoch spezialisierte Ausrüstung man
dazu braucht und was solche Expeditionen kosten, dann
wäre das völliger Unsinn.«

»Menschen machen viel unsinniges Zeug, mein Lieber. Und wo es Geld ohne Arbeit gibt, da treffen sich die
schlimmsten von ihnen. Ich muss eine rauchen. Schlit-
tere mal rüber zum Meer und seh zu, dass ich ein paar
Goldmünzen im Sand finde.«

*

Perez überquerte die Straße, lief zur Skulptur der Sardana-Tänzer und zündete sich unter den Palmen der Ufer-
promenade eine Zigarette an. Inzwischen ragten wieder
Kieselsteine aus dem Schnee. Die Sonne tat ihren Dienst.
Bald würde der weiße Spuk vorbei sein.

Von der äußersten Ecke des Strands drangen plötzlich
spitze Schreie an sein Ohr. Perez vermutete, dass sich die
Schüler von Banyuls mit dem Restschnee vergnügten,
und achtete nicht weiter darauf. Als er keine drei Minuten
später erneut in die Richtung schaute, hatte sich dort eine
Menschenmenge versammelt.

Darauf bedacht, bloß nicht auf den glitschigen Stei-
nen auszurutschen, ging er hinüber. Fünfzig Meter bevor
er die Gruppe erreichte, bemerkte er, dass es sich samt
und sonders um Schülerinnen und Schüler, unter ihnen
auch Stéphanie, handelte. Inzwischen kreischte niemand

mehr. Eine gespenstische Ruhe hatte sich ausgebreitet. Aus Richtung der Apotheke eilten zwei Municipales auf die Schüler zu. Moskowicz und Leblanc, die einzigen Polizisten, die auch den Winter über auf der Wache von Banyuls Dienst taten. Erst in den Sommermonaten wurde die Belegschaft bis auf neun Polizisten aufgestockt.

Die beiden erreichten die Gruppe nahezu zeitgleich mit Perez. Während die Jugendlichen für die Polizisten eine Gasse öffneten, musste Perez auf der anderen Seite erst zwei Kinder sanft beiseiteschieben, um etwas sehen zu können.

Im Schnee lag etwas, das einmal ein Arm gewesen war. Er steckte in zerrissenem schwarzen Neopren. Ausgeblutet, ziemlich zerfleddert, aber ganz sicher ein Arm. Mit Hand, der allerdings drei Finger fehlten.

Perez trat neben Stéphanie und legte ihr eine Hand auf die Schulter.

»Schrecklich«, flüsterte das Mädchen. Sie war leichenblass.

»Das ist kein schöner Anblick. Lass uns von hier weggehen«, flüsterte Perez besorgt.

»Nein, warte«, sagte Stéphanie und hielt ihn zurück.

Die Faszination eines möglichen Verbrechens, sie befiel selbst Jugendliche. Moskowicz und Leblanc knieten inzwischen neben dem Arm.

»Wird wohl ein Unfall gewesen sein«, sagte Moskowicz.

»Von einem vorbeifahrenden Trawler gefallen«, sagte Leblanc.

Perez hielt viel von den beiden. Als Menschen, als ordnende Kräfte im Verkehr, als Knöllchenschreiber und als eine Möglichkeit, geheime Informationen in Windeseile

46

durchs Dorf tragen zu lassen. Jede Menge Fähigkeiten besaßen sie, aber Ermittlungsspürsinn gehörte nicht dazu.

»Der Arm ist ganz dünn«, sagte Stéphanie zu Perez.

»Liegt an dem Neopren«, antwortete dieser. Sofort erinnerte er sich an seinen Albtraum, obwohl der schon über
eine Woche zurücklag. »Keine Bissspuren«, fügte er an.
Steph sah ihn an. »Na ja, keine Haie oder andere Fische.«

»Na und? Wo sind die Finger abgeblieben? Und wo der
Rest vom Körper?«

Er griff nach ihrer Hand. »Komm schon, Steph, das ist
nichts für dich. Lassen wir die Polizei ihre Arbeit tun.«

KAPITEL 5

Untergehakt schlitterte Stéphanie am Arm ihres Ziehvaters über die Place Paul Reig in die Avenue du Puig del Mas. Das Fass vor der Tür zum *Conill amb Cargols* bedeutete, dass geöffnet war.

Als sie die Stufe zu dem winzigen Raum hinunterstiegen, saß Marianne bereits auf einem Schemel an der Theke, hinter der Haziems Reich lag.

Sofort stürzte Stéphanie auf ihre Mutter zu und erzählte von dem Fund am Strand. Marianne ließ sich von der Aufregung des Mädchens anstecken, während Perez sich erst einmal seiner Militärkleidung entledigte.

»Wo stören dich die Sachen am wenigsten?«, fragte er Haziem, der ebenfalls versuchte, aus dem, was das Mädchen erzählte, schlau zu werden.

»Im Mülleimer«, antwortete er beiläufig.

»Ich habe nichts anderes, soll ich erfrieren?«

»Nein«, rief Marianne, »aber dir ein paar anständige Klamotten kaufen. Der Winter ist nun mal ein Fakt, und du tust besser daran, ihn zu akzeptieren.«

Perez brummte und warf das Bündel achtlos neben ein Weinregal aus schlichten Holzkisten.

»Wir kaufen dir heute Nachmittag einen anständigen Anorak und feste Schuhe. Außerdem ein paar warme Hosen.« Marianne klang nicht, als spräche sie eine Empfehlung aus.

»Danke Maman, aber ich kann ganz gut alleine für mich sorgen. Sag du mir lieber mal, weshalb ich dich gestern Abend nicht erreichen konnte.«

Marianne bekam einen hochroten Kopf, was Perez das Schlimmste ahnen ließ.

»Mein Akku«, sagte sie kleinlaut.

Perez sah Haziem an, der schlug die Augen nieder. Stéphanie schüttelte den Kopf. Perez hätte fragen wollen, wo sie denn die Nacht verbracht hatte, nahm aber davon Abstand.

»Tut mir leid«, hauchte Marianne. Dann mit festerer Stimme: »Also, wenn ich das gerade richtig verstanden habe, habt ihr einen Arm am Strand gefunden. Nur einen Arm? Von einem Menschen? Was sagst du dazu, Perez? Ganz schön unheimlich. Die armen Kinder!«

»Das kann viele Gründe haben«, sagte Perez. »Moskowicz und Leblanc ...«

»Aber die Finger ...«, unterbrach Stéphanie.

»Lass die Flics erst mal ermitteln. Ich wollte euch eigentlich von etwas ganz anderem erzählen. Etwas, das eigentlich heute fett in der Zeitung stehen müsste ...«

»Hola!«, ertönte es in diesem Augenblick vom Eingang her. Marie-Hélène und Jean-Martin stürmten ins Lokal und unterbrachen Perez.

»Ah, die ganze Familie, wie schön«, sagte Marie-Hélène und strahlte. »Wir haben Hunger und dachten, Haziem würde uns eine Kleinigkeit zubereiten. Geht das, Haziem? Hast du Platz für uns?«

»Bien sûr«, ließ sich Haziem vernehmen. »Setzt euch alle zusammen an den großen Tisch, geht gleich los.«

Kaum saß Jean-Martin, als er auch schon seinen Laptop aus der Umhängetasche zog. Für Stéphanie rückte der abgerissene Arm fast unmittelbar in den Hintergrund, denn sie wusste genau, was die Geste der Bohnenstange bedeutete: Sie würde nun Gelegenheit haben, ausgiebig zu daddeln, wie sie das nannte. Der PC der Familie Finken war ein uraltes Modell und die Geschwindigkeit ihres Internetanschlusses eine Katastrophe, wie das Mädchen nie müde wurde zu betonen.

»Bevor Haziem das Essen fertig hat«, hob Perez erneut an, nachdem sich alle Anwesenden so weit sortiert hatten, »erzähle ich euch mal eben, was ich gestern erlebt habe.« Er war froh, dass Stéphanie durch den Computer abgelenkt war, denn obwohl sie in wenigen Wochen siebzehn Jahre alt wurde, war dies keine Geschichte für ein junges Mädchen. »Ich war gestern mit Boucher zu Mittag essen – in Argelès.« Großes Geraune. »Vergesst es, nicht wichtig. Wichtig ist Folgendes: Noch vor dem Dessert wurden wir zu einer Mordermittlung gerufen. Ein toter Mann in einem Swimmingpool. Und darüber hätte ich gestern Abend gerne mit dir gesprochen, Marianne.«

»Ich hab bei Sylvie in Elne übernachtet. Sie hat sich von ihrem Kerl getrennt. Geht ihr nicht so gut.«

»Der Tote ist dir nämlich nicht unbekannt«, fuhr Perez unbeeindruckt fort. »Es war der Professor, Abel Pasquier.«

Marianne schlug die Hand vor den Mund, während sich die anderen bloß fragend ansahen.

»Auch bekannt als *le savant fou,* fuhr Perez fort. »Na, klingelt da was?«

»Ich kenne bloß den Comic«, sagte Jean-Martin. Der Rest schüttelte den Kopf. »Von Jacques Tardi.«

»Ich glaube, von der Figur leitet sich sein Kosename ab«, hauchte Marianne.

»Marianne, keine Angst, ich habe dich Boucher gegenüber mit keiner Silbe erwähnt«, sagte Perez. »Habe bloß gesagt, ich wäre ihm mal im *Catalan* vorgestellt worden und er könne ja dort nachfragen. Seinen echten Namen habe ich nicht verraten.«

»Im *Catalan?*«, rief Marie-Hélène, eine satte Portion Vorwurf in der Stimme. »Hättest du nicht sagen können, auf der Straße oder sonst wo? Wieso im *Catalan?* Kommt der Kommissar jetzt und verhört uns?«

»Kann sein. Aber das ist kein Drama, du kanntest ihn schließlich wirklich nicht. Alle Welt trifft sich im *Catalan*. Pardon. Mir ist in dem Augenblick nichts anderes eingefallen. Und mir war wichtig, dass ich Marianne da raushalte.« Er wandte sich an seine Freundin. »Denn du hast mir den Typen vorgestellt, in deiner Küche, erinnerst du dich? Er war doch Mitglied in so einer Umweltgruppe, der du auch angehört hast.«

»Mein Gott, der Professor«, flüsterte Marianne. »Umgebracht, sagst du? Von wem denn bloß?«

»Umgebracht hab ich nicht gesagt.«

»Na ja, Mordermittlung hast du gesagt.«

»Das sagt man doch so, wenn sie den Kommisar rufen. Laut der Gerichtsmedizinerin könnte es genauso gut ein Unfall gewesen sein. Aber wenn ihr mich fragt, ich sehe da doch einige Fragezeichen. Warum sollte ein erwachsener Mann, selbst wenn er ein wenig verrückt gewesen ist, bei einem solchen Schneefall auf ein fremdes Grundstück latschen? Und warum vor dem Schwimmbecken ausrutschen, mit dem Hinterkopf auf den Rand knallen, um dann im Schnee liegend zu erfrieren? Sollte mich nicht wundern, wenn wir von diesem angeblichen Unfall noch mal hören. Das Haus gehört übrigens einer belgischen Familie – Delhaize.«

»Ich kann gar nicht glauben, was du da sagst.«, murmelte Marianne.

»War er ein Freund von dir?«, fragte Marie-Hélène.

»Freund nicht direkt. Ich kannte ihn ein wenig. Nicht privat, nur aus politischen Zusammenhängen. Er war ein sehr engagierter, fast schon fanatischer Umweltschützer. Hat sich sehr um die Unterwasserwelt gekümmert, besonders nach seiner Pensionierung vor einigen Jahren. Im *Arago* kennt ihn jeder; auch wenn er ihnen manchmal auf die Nerven ging, mussten sie doch anerkennen, dass es sich bei ihm eben nicht bloß um einen Spinner handelte. Schließlich war er mal einer der führenden Meeresbiologen an der Sorbonne.«

»Und warum dann *le savant fou*?«

»Ich denke, wegen seines Aussehens, der lange Bart, die wirren Haare, er sah schon ein wenig kauzig aus. Aus der Zeit gefallen, irgendwie.« Sie wirkte nachdenklich. »Vielleicht auch wegen seiner Penetranz in Fragen der Bergung von Schätzen.«

»Schätze?«, fragte Perez hellhörig. »Da sind doch gerade diese Schatzsucher drüben in Spanien. Habt ihr davon gehört? Kann er damit etwas zu tun gehabt haben?«

»Weiß ich nicht. Er war der Ansicht, dass man gesunkene Schiffe als Friedhöfe betrachten solle und nicht als Schätze, die es zu heben gilt. Es waren ja immer auch Menschen an Bord, die mit den Waren untergegangen sind. Eine Bergung wäre eine Entehrung ihrer letzten Ruhestätte.«

»Bof!«, entfuhr es Perez.

»Kann man so oder so sehen, klar. Aber er wollte eben alles da unten lassen. Ob es nun Goldschätze sind oder Amphoren, Korallen, Schwämme, er ist ... er war für die Bewahrung von allem. Natürlich sowieso für den Schutz allen Lebens unter Wasser. Darin war er sich mit den übrigen Wissenschaftlern des *Arago* einig. Für ihn gab es halt keinen Kompromiss. Er war sogar gegen das Fischen, besonders mit Netzen.«

Während des Gesprächs hatte Haziem kleine Teller auf den Tisch gestellt. Da war eine Schale mit Herzmuscheln in einem Knoblauch-Kräuter-Sud, eine Platte langer Schwertmuscheln vom Grill mit Estragonbutter beträufelt, Kroketten mit schwarzer Tinte, gegrillter Oktopus nach galicischer Art, frisches Brot und knackiger grüner Salat.

Perez hatte sich sofort über die Leckereien hergemacht. Schließlich konnte man essen und zuhören gleichzeitig.

»Bof!«, ließ Perez jetzt ein weiteres Mal hören.

Die Übrigen schmunzelten. Ihnen war natürlich klar, dass Perez sich von niemandem seinen Fisch oder sein Fleisch würde verbieten lassen. Gefangen werden musste der Fisch, aber natürlich war er gegen Schleppnetzfischerei. Das *Conill* hatte seine eigenen Fischer, die mit der Leine angelten. Nur ganz wenig wurde zugekauft, wie zum Beispiel die Sardinen, für die sich die Fischer von Collioure der vergleichsweise umweltschonenden Ringwadennetztechnik bedienten, mittels derer man Schwarmfische einkreisen und abfischen konnte.

»Esst«, sagte er. »Haziem hat sich Mühe gegeben, und Fasten macht den Professor auch nicht wieder lebendig.«

»Ja, esst«, sagte nun auch Marianne, nahm sich aber selbst nichts. Perez bemerkte es und streichelte ihren Handrücken.

»Tja, Leute, das sorgt für Gesprächsstoff.« Perez bemühte sich, der Situation die Schwere zu nehmen. »Zwei Tote in einer Woche in einem Kaff wie Banyuls. Oh, là, là, da werden sich die Rumispieler im *Catalan* das Maul zerreißen, oder? Marie, JeMa?«

»Wieso zwei?«, frage der Dürre.

»Der Arm am Strand«, sagte Stéphanie.

»Genau«, sagte Perez. Ein Arm, zu dem zwangsläufig mal ein Restkörper gehört haben muss. Und normalerweise finden sie den irgendwann auch noch. Sicher nicht mehr lebend. Dann haben wir zwei Tote.«

»Aber dich betreffen sie ja Gott sei Dank nicht, oder, Papa?«, sagte Marie-Hélène streng.

Das Gespräch wandte sich allmählich anderen Dingen zu, Haziem brachte noch mehr Essen und für Perez auch etwas Wein. Als Marie und Stéphanie zusammen auf die Toilette verschwanden, zog Perez Jean-Martin zur Seite. Er bat ihn, einen Laptop zu besorgen. Für Stéphanie, zum anstehenden Geburtstag. »Ich kann das dauernde Gemeckere nicht mehr hören«, sagte er und wies Jean-Martin an, gleich auch noch nach dem Internetanschluss im Hause Finken zu sehen. Als Jean-Martin ihn darauf hinwies, was ihn das mindestens kosten würde, schluckte Perez. Dann aber sagte er mit fester Stimme: »Egal, die Kleine wird nur einmal siebzehn. Wenn Marianne fragt, sagst du ihr, der Laptop hätte hundert Euro gekostet. Und die monatlichen Gebühren für den Anschluss sollen sie von meinem Konto abbuchen. Wir sprechen noch mal genauer darüber, wenn wir allein sind, aber besorg mir das Gerät in jedem Fall, klar?«, sagte er, als die beiden jungen Frauen von der Toilette zurückkamen.

Zeitgleich betrat eine weitere Person das *Conill*. Eine Frau, in einen dicken Pelzmantel gehüllt, von der Sorte, wie man sie schon lange nicht mehr trug. Wahrscheinlich hatte auch sie alte Kisten durchstöbert, nachdem der erste Schnee gefallen war. Es dauerte eine Weile, bis Perez die Frau erkannte. Vor Jahrzehnten war sie das begehrteste Mädchen seiner Klasse gewesen. Auch er hatte sehr für Milla geschwärmt. Aber sie hatte damals nur Augen für einen gehabt.

KAPITEL 6

Perez stellte Milla seiner Familie vor. Aus dem Mantel geschält, wirkte sie unscheinbar; von gedrungener Statur, mit grauem zu einem Zopf geflochtem Haar. Das Gesicht ungeschminkt und blass. Sie trug eine frisch gestärkte weiße Bluse zu einem mausgrauen Faltenrock. Darunter Gummistiefel. Reich war sie nicht geworden, und dabei hatte ihr Mann Perez gegenüber vor Kurzem erst damit geprahlt, dass die Zeiten des Darbens nun bald vorüber seien. Milla hatte sich noch auf der Schule für Timoteo entschieden. Nach dem Abschluss war aus ihr seine Frau geworden: Milla Mata.

Danach hatte Perez sie, ebenso wie ihren Mann, aus den Augen verloren. So etwas geschah sogar in Banyuls mit seinen gerade einmal fünftausend Einwohnern.

Perez bot Milla einen Stuhl an, ein Glas Wein, etwas zu essen. Sie setzte sich und legte die Handflächen auf ihren Oberschenkeln ab. Sie fühlte sich nicht wohl mit der Situation, das war unschwer zu erkennen.

»Vor einer Woche erst habe ich deinen Mann getroffen. Haziem, erinnerst du dich, ich habe dir Timoteo Mata bei der Eröffnung des Aquariums vorgestellt. Und jetzt tauchst du hier auf«, fuhr er an die Frau gewandt fort. »Da sieht man sich jahrelang gar nicht und dann, innerhalb einer Woche, treffe ich euch beide. Das Leben ist schon verrückt.« Er lachte, um Lockerheit bemüht. »Bitte, nimm etwas von Haziems großartigem Essen, ich bestehe darauf. Und dann sag mir, was ich für dich tun kann.«

Er legte ein wenig von allem auf einen Teller und stellte ihn vor sie hin.

»Es tut mir leid, wenn ich euch störe«, sagte Milla Mata. So leise, dass sie kaum zu verstehen war. Marianne bemerkte die Beklemmung der Frau ebenso wie die Übrigen im Raum und verwickelte daher die anderen in ein Gespräch. So konnte sich Perez einigermaßen ungestört mit Milla unterhalten.

»Ich brauche deine Hilfe«, fuhr die Frau fort.

»Klar!«

»Timoteo ist verschwunden.«

»Mon dieu! Seit wann?«

»Seit dem Tag der Einweihung. Ich muss wohl erst mal erklären, dass wir getrennt leben. Wir sind geschieden. Schon sehr lange. Aber wir haben eine gemeinsame Tochter. Und Andréa macht sich ungeheure Sorgen um ihren Vater.«

»Ist es ungewöhnlich, dass Timi länger fort ist? Ich meine, wen könnte man nach ihm fragen? Hat er eine – bitte entschuldige – neue Frau, eine Freundin, Nachbarn?«

»Nein, er lebt allein.«

Sie versuchte, ihm Timis Lebensumstände in wenigen Sätzen darzulegen. Auch das Dorf, in dem er inzwischen wohnte, erwähnt sie kurz. Perez hatte den Ortsnamen noch nie zuvor gehört.

»Eine Woche«, sagte Perez am Ende der Ausführungen nachdenklich. »Das ist lange, und doch auch wieder nicht. Meistens tauchen die Leute, die als vermisst gemeldet werden, von ganz alleine wieder auf. Waren verreist, ohne jemandem Bescheid gesagt zu haben. Wollten bloß mal in aller Ruhe über ihr Leben nachdenken, all so was.«

»Ich bin genau deiner Meinung. Aber meine Tochter gibt keine Ruhe. Ehrlich gesagt bin ich hier, weil sie mich darum gebeten hat. Andréa hat gehört, dass du manchmal diese Fälle löst ... Sie ist sehr in Sorge. Normalerweise telefonieren die beiden täglich.«

»Und das tun sie derzeit nicht?«

»Schon eine Woche lang nicht mehr. Sein Handy ist wohl tot. *Teilnehmer nicht erreichbar.*«

»Das ist allerdings ungewöhnlich.« Milla hatte immer noch nichts von ihrem Teller angerührt. »Wart ihr schon bei der Polizei?«

»Ich spreche nicht mit der Polizei. Für wen hältst du mich denn? Ich bin eine Banyulencque.«

Ein Argument, dem Perez einiges abgewinnen konnte.

»Und außerdem«, fuhr Milla fort, »habe ich Grund zu der Annahme, dass Timi in ein krummes Ding verwickelt sein könnte. Und wenn ich die Polizei einschalte ...«

»Ah bon?«

Sie zählte einige seiner Verfehlungen auf. Keine davon erschien Perez schwerwiegend genug, um sich aus dem Staub zu machen. Kavaliersdelikte. Timi borgte sich Sachen aus und vergaß, sie zurückzugeben, ein paar kleinere Schiebereien, die dank der nahe gelegenen Landesgrenze lukrativ waren. Wirklich keine großen Sachen.

»Was macht Timi eigentlich genau?«, fragte Perez. »Beruflich, meine ich.«

»Er ist Taucher geworden, wie er es schon zu Schulzeiten vorhatte. Die meiste Zeit hat er in Sète gearbeitet, bis er endlich vor einigen Jahren in Banyuls Arbeit gefunden hat.«

Perez war überrascht. »Taucher? Das ist ja interessant.«

»Weshalb?«

»Ach, nur so ... Wahrscheinlich, weil ich mir für mich selbst kaum etwas Schlimmeres vorstellen könnte. Das Wasser ...«

Zum ersten Mal huschte eine Art Lächeln über Millas Gesicht. »Ich erinnere mich«, sagte sie.

Sie sprachen noch eine Weile über die alten Zeiten. Dann verabschiedete Milla sich. Perez versprach ihr, sich umzuhören. Gegen Ende war er nicht mehr richtig konzentriert gewesen. Der Arm war ihm immer wieder in den Sinn gekommen. Milla gegenüber hatte er den Fund nicht erwähnt.

»Warum schickst du sie nicht zu Boucher?«, sagte Marianne, nachdem Milla das Lokal verlassen hatte.

»Milla Mata! MM«, sagte Stéphanie, »komischer Name.«

»So was kommt vom Heiraten«, sagte Perez. Die Bemerkung trug ihm einen Rippenstoß seiner Tochter Marie-Hélène ein.

»Warum nicht Boucher?«, insistierte Marianne.

»Boucher ist gerade in seine neue Dienststelle umgezogen, das wisst ihr doch. Der Tod des Professors kam ihm nicht gelegen. Mit Timoteo wird er sich nicht befassen wollen. Außerdem habt ihr Milla ja gehört: keine Polizei. Du wirst das nie verstehen, ma belle.«

»Dafür kann man kein Verständnis haben, weil es, entschuldige bitte, dämlich ist.«

»Ach ja? Dann hätte ich Boucher also doch sagen sollen, dass du mir den Professor vorgestellt hast? Das wäre nämlich korrekt gewesen. In deinem Sinne korrekt, nicht in meinem, nicht im Sinne unserer jahrhundertealten Tradition.« Perez spielte auf die Vergangenheit von Banyuls als Schmugglernest an. »Haziem, du hast doch neulich mit Timi gesprochen, was hat er dir da genau erzählt, über sein Geschäft, meine ich?«

»Puh!«, sagte Haziem. »Allerlei merkwürdiges Zeug. Eine ziemlich unausgereifte Idee, fand ich. Es läuft wohl darauf hinaus, dass er irgendein Schiff bergen will. Dazu benötigt man aber eine Menge Ausrüstung. Und da er kein Geld besitzt, hat er sich entschlossen, einen oder mehrere Investoren mit ins Boot zu holen. Aber er wollte in keinem Fall konkreter werden. Klang mir wenig plausibel. Wahrscheinlich gibt es den großen Investor nicht einmal, warum sollte er sonst mit so kleinen Lichtern wie uns verhandeln wollen? Was könnten wir beisteuern? Ein paar Tausend Euro vielleicht. Wenn du etwas verkaufen willst, musst du schon konkret werden.«

»Du meinst, niemand investiert in ein Lächeln«, sagte Perez.

»Genau das habe ich versucht, ihm zu vermitteln.«

»Und?«

»Er wollte sich wieder melden.«

»Besteht zwischen den Schatzsuchern und dem Geschäft, das Mata vorhat, vielleicht ein Zusammenhang?«, schaltete sich Marianne ein.

»Ah, meine Miss Marple«, rief Perez und klatschte dabei freudig in die Hände. »Vielleicht gibt es tatsächlich einen Zusammenhang. Jedenfalls ist es ein ungewöhnliches Zusammentreffen von Ereignissen. Und ich wusste nicht einmal, dass er Taucher ist.«

»Er war auch sehr dünn«, warf Stéphanie in die Debatte ein. Sie hatte Mata im Aquarium mit Perez reden sehen.

Ihre Mutter schaute sie fragend an. »Der Arm am Strand? Perez!«

Perez kratzte sich am Kopf. »Steph fand, der Arm am Strand sei besonders dünn. Und tatsächlich ist Timoteo noch dünner als früher. Aber Taucher führen anstrengende Arbeiten durch. Ich glaube nicht, dass sie sich durch besonders dünne Ärmchen auszeichnen. Trotzdem hast du natürlich recht, Timis Verschwinden, ein abgerissener Arm in einem Neoprenanzug ... Na schön, ihr Lieben, ich fahre zu Boucher und stoße ihn ein bisschen in diese Richtung. Er könnte einen DNA-Abgleich veranlassen, dann hätten wir Gewissheit.«

»Sehr brav, mein Dickerchen«, sagte Marianne.

»Sag mal, JeMa, du weißt nichts von dieser Geschäftsidee, oder? Timi war doch sicher öfter mal im *Catalan*.«

Der Dürre verneinte. »Ich glaube nicht, dass ich ihn kenne. Der Name sagt mir jedenfalls nichts.«

»Wo wohnt Timi, hat Milla das nicht eben erwähnt?«

»La Vall«, sagte Haziem.

Alle Anwesenden sahen sich an und zuckten der Reihe nach mit den Schultern. La Vall? Nie gehört!

»Steph, checkst du das mal?«, sagte JeMa.

Stéphanie, hocherfreut über den kleinen Auftrag, tippte den Namen in das Suchfeld des Browsers.

Woher kam bloß diese Begeisterung für Computer bei den jungen Leuten?, fragte sich Perez, war aber froh, als Stéphanie ihm kurz darauf den Bildschirm zudrehte. Er hatte einige Mühe, sich auf der dargestellten Karte zu orientieren. Als er mit der Fingerkuppe schließlich auf den Stecknadelpunkt zeigen wollte, konnte JeMa ihn gerade noch mitten in der Bewegung stoppen.

»Nicht einmal anfassen kann man diese Dinger«, knurrte Perez. »Es lebe die altmodische Landkarte!«

Sie fanden den Ort im Hinterland von Collioure.

»Warum sollte man da wohnen?«, fragte Steph.

»Das finde ich raus«, sagte Perez und lächelte.

»Moment mal!« Marianne blickte ihn streng an. »Hast du nicht eben erst gesagt, du übergibst den Fall an Capitaine Boucher?«

»Was du immer aus meinen Worten raushörst. Ich fahre zu Boucher, wie ich es gesagt habe. Ich werde ihn auf die Spur ansetzen. Und danach fahre ich dann ins Gebirge.«

»Das kannst du vergessen«, sagte Haziem. »Wie willst du mit deinen abgefahrenen Sommerreifen in die Hügel hinter Collioure gelangen?«

»Ich sage es Papa schon jahrelang: Er soll die alte Karre endlich verschrotten und sich ein modernes Auto mit funktionierender Heizung und Klimaanlage kaufen«, fiel nun auch Marie-Hélène mit ein.

»Weil es einmal in zehn Jahren schneit? Seid ihr verrückt geworden? Außerdem hasse ich Klimaanlagen. Wenn du gerne einen schnittigen Wagen fahren möchtest, frag deinen Mann. JeMa kann dir einen kaufen. Vielleicht so einen feinen deutschen Mercedes.«

Man griff Perez nicht an, ohne dass er zurückschlug. Der Kangoo gehörte praktisch zur Familie. Gut, er hatte seine Eigenarten, aber die hatte sein Besitzer auch. Wozu war man schließlich Katalane? Und außerdem: Er war doch kein Tourist. Franzosen fuhren französische Autos. Katalanen auch, weil es keine katalanischen Wagen gab. Punkt!

KAPITEL 7

Während der Nacht war neuer Schnee gefallen. Die Temperatur lag nahe dem Gefrierpunkt. Immer noch fielen dicke Flocken aus einem grauen Himmel.

Perez setzte sich die Entenjägermütze auf. Am Hals kratzte ihn etwas, er griff danach. Mit einer Schere schnitt er das Preisschild ab und lehnte sich endlich, nachdem die Mütze wieder auf seinem Kopf saß und die Fellklappen die Ohren bedeckten, aus dem Fenster.

In dieser Position verharrte er exakt fünfzehn Minuten und zählte dabei die Wagen auf der Départementale 914. Alle fünf Minuten ein Fahrzeug, bloß alle fünf Minuten! Er schloss das Fenster wieder und zog den Reißverschluss seines etwas zu farbenfrohen Anoraks hoch, dessen Kanariengelb besonders hervorstach. Kalt war ihm nicht mehr, seit Marianne am Vortag ihre Drohung wahr gemacht hatte. Eine Thermohose, der einzige Anorak, der in seiner Konfektionsgröße zu haben gewesen war, und sogenannte Schneestiefel, innen mit Fell gefüttert, hatte sie ihm aufgeschwatzt. Die Mütze hatte er sich selbst ausgesucht, um vor der Verkäuferin nicht vollends wie ein Pantoffelheld dazustehen. Eine Entenjägermütze, wie die Dame betont hatte, im Hutband steckte ein kleines hölzernes Pfeifchen.

Die Ruhe über Banyuls war unbeschreiblich. Der Schnee schluckte alle Geräusche. Häuser, Plätze, Autos und Menschen wirkten wie in Watte gepackt, und doch konnte sich Perez nicht daran erfreuen. Er verspürte eine leichte Nervosität, wollte los, hoch ins Gebirge nach La Vall.

Den Kangoo zu nehmen kam nicht infrage. Drei Fahrzeuge innerhalb von fünfzehn Minuten auf einer normalerweise stark befahrenen Straße sprachen eine deutliche Sprache. Und diese drei waren zu zwei Dritteln SUVs gewesen, wie Boucher einen fuhr. Wahrscheinlich irgendwelche Pariser.

Das verbleibende Drittel hatte der Gemeindeverwaltung gehört, ein Kettenfahrzeug, das nichts und niemand aufzuhalten vermochte. Aber genau dieses hatte Perez auf eine Idee gebracht. Er zückte sein Telefon.

»JeMa, mein Junge, hast du mir nicht erzählt, dass einer deiner Onkel bei der Stadt arbeitet und schweres Gerät bewegt?«

»Onkel Luca.«

»Onkel Luca! Ich glaube, dein Vater hat ihn mir auf der Hochzeit vorgestellt. Der ist doch heute sicher im Einsatz. Salz streuen, Straßen räumen …«

»Keine Ahnung. Sollte es tatsächlich Salz geben, könnte es sein. Ich find's gerne für dich heraus, Schwiegerpapa.«

Die Gemeinde hatte natürlich kein Salz bevorratet. Man konnte es niemandem zum Vorwurf machen, wer war schon auf eine solch extreme Wettersituation vorbereitet? Die im Norden vielleicht, doch hier unten in Katalonien? Aber die städtischen Betriebe besaßen einen Bulldozer, der die weiße Pracht, als Ersatz für einen nicht existenten

Schneepflug, aus dem Weg zu räumen vermochte. Und mit genau diesem Fahrzeug fuhr Onkel Luca keine halbe Stunde nach dem Anruf seines Neffen bei Perez vor.

»Du hattest ein Taxi bestellt«, rief der grobschlächtige Mann zur Begrüßung.

Seine von der Kälte gerötete Nase ragte weit unter der Strickmütze hervor. Eigentlich hätte ein solcher Kolben einen eigenen Winterüberzug gebraucht, schoss es Perez durch den Kopf, während er die Größe der Hand bestaunte, die ihm Onkel Luca entgegenstreckte.

»Wo hast du denn deinen Militärmantel?«, fragte Luca. »Bin extra gekommen, um dich darin zu sehen. Im Ort erzählt man sich, wie schick du darin aussiehst. Und stattdessen stehst du jetzt vor mir wie einer aus Font-Romeu.«

Font-Romeu, auf 1600 Meter gelegen, war einer der beliebtesten Wintersportorte des Départements.

»Ich müsste zunächst nach Port-Vendres. Was macht das, bitte?«, fragte Perez.

»Zahlt die Gemeinde. Jetzt, wo wir Familie sind, Perez. Ich bin Onkel Luca, auf geht's!«

Auf der Fahrt nach Port-Vendres entdeckte Perez seine Gegend neu. Das Meer, ansonsten farblich ein starker Kontrast zum Grün der Weinberge und zum Rot der Felsen, war an diesem sonnenlosen Morgen grau. Erst bei näherem Hinsehen erwies es sich als faszinierendes Spiel aus Anthrazit, Feldgrau und Rauchgrau. Auch die Landschaft war der Farbe beraubt. Nurmehr Abstufungen zwischen reinem Weiß und reinem Schwarz dominierten die kleine Welt der Côte Vermeille und ließen zudem deutlich werden, wozu die Natur fähig war, wenn sie Ernst machte.

Alle Leichtigkeit lag an diesem frühen Morgen im farblosen Schlamm begraben.

Die neue Heimat der Gendarmerie befand sich oberhalb des Hafens in einem Neubaugebiet. Sie war in den Hang gebaut und überblickte von dort die gesamte Bucht sowie die Hafeneinfahrt.

Nach vielen Gebietsreformen war die Zusammenlegung der Gendarmerien der Einzelgemeinden der Côte Vermeille zu einer einzigen übergreifenden Einheit der nächste Schritt in einer Reihe von verwaltungstechnischen Irrtümern gewesen. Dieser Irrtum bevorteilte Jean-Claude Boucher allerdings mehr, als dass er ihn behindert hätte. Boucher war jetzt der leitende Capitaine der Gendarmerie, während die anderen Capitaines ihm unterstellt worden waren.

Als Perez gegen Mittag Bouchers neues Büro betrat, kniete dieser auf dem Boden und sortierte Aktenberge.

»Sie haben sich nicht verändert«, stellte Perez fest.

»Sie aber schon«, antwortete Boucher, der bei Perez' Eintreten behände aufgesprungen war. »Zumindest, was die Kleidung betrifft. Hat Ihnen wohl Ihre Freundin verordnet.«

Ohne eine Antwort abzuwarten, goss Boucher ihm einen Kaffee ein.

»Kann man trinken«, sagte er. »Besser als der auf der Wache in Banyuls. Die neue Espressomaschine habe ich mir vor meinem Wechsel ausbedungen.«

»Kriegen Sie eigentlich immer, was Sie wollen?«, fragte Perez. »In Banyuls das tolle Büro direkt am Strand und hier nun eine eigene Kaffeemaschine.«

Während er den in der Tat ganz ordentlichen Kaffee trank, kramte Boucher weiter in den Akten, ohne auf Perez' Sticheleien einzugehen.

»Gibt es schon Neues zum Professor?«, fragte Perez beiläufig.

»Oh, là, là, Perez. Über diesen Komiker könnte ich Ihnen Geschichten erzählen … Abel Pasquier heißt er übrigens, können Sie morgen alles im *L'Indépendant* nachlesen. Ich habe dazu gerade eine Verlautbarung kommuniziert, die Journalisten haben mir keine Ruhe gelassen, obwohl ich weiß Gott anderes zu tun habe. *Le savant fou* haben sie den Alten genannt, den verrückten Professor. Seine Ansichten waren aber auch wirklich verschroben.«

Boucher erzählte Perez alles, was dieser bereits am Vortag von Marianne erfahren hatte. Derweil sortierte der Kommissar weiter seine Akten.

»Der dickste Hund aber ist der«, sagte Boucher. »Pasquier hat im Laufe der letzten Jahre nahezu allen ihm bekannten Schatzsuchern, ob Privatperson oder multinationales Unternehmen, Drohbriefe geschickt, in denen er sie aufforderte, ihre beschämenden Aktivitäten umgehend einzustellen.« Er schüttelte den Kopf. »Alle fein säuberlich mit Durchschlag auf einer ollen Schreibmaschine getippt. Wir haben die Kopien bei der Durchsuchung seiner Wohnung sichergestellt. Ein Rattenloch übrigens … Ich weiß ja nicht, wie's Ihnen mit diesen Studierten geht, aber da stellt man sich doch einen gut situierten Mann vor, ein feines Haus, edle Möbel, Kaminzimmer, Bibliothek … Pustekuchen! Der hatte nicht mal ein ordentliches Guthaben auf seinem Bankkonto. Hat seine staatliche Rente sofort nach Eingang am Monatsletzten bis auf den letzten Sou wieder abgehoben. Kein Cent mehr drauf. Aber wissen Sie, was noch doll ist? Keine dieser Privatpersonen oder Firmen hat je einen der Drohbriefe zur Anzeige gebracht.« Er ließ den letzten Packen auf den Schreibtisch knallen. »Ich habe übrigens auch mit diesem Delhaize in Brüssel telefoniert. Sie wissen schon, der Besitzer der Villa. Perez, können Sie das mal halten?« Er kletterte auf eine Leiter. »So, nun geben Sie mir Stapel für Stapel herauf, und ich schließe sie hier oben weg. Alles Fälle meiner Vorgänger. Damit belaste ich mich erst gar nicht. Wo waren wir stehen geblieben?«, fragte er, nachdem er wieder unten war. Er wusch sich die Hände an einem im Schrank versteckten Waschbecken. Das immerhin war ein modernes Detail dieses sonst unauffälligen Chefbüros. Unter dem Becken war ein Kühlschrank eingebaut.

»Delhaize«, sagte Perez.

»Richtig, Walter und Élodie. Monsieur Delhaize war recht freundlich am Telefon, wenn auch für meine Begriffe ein wenig arrogant. Weder er noch Madame haben sich erklären können, was der verrückte Professor auf ihrem Grundstück gesucht haben könnte. Sie geben an, ihn nicht zu kennen. Danach habe ich noch mit den Kollegen in Brüssel telefoniert und mich ein wenig nach den Delhaizes erkundigt. Sie sind tatsächlich eine bedeutende Familie in Belgien. Die Kollegen haben die Hand für sie ins Feuer gelegt. Gleich für die gesamte Familie. Wissen Sie, was das bedeutet, Perez?«

»Nein.«

»Potente Steuerzahler, das bedeutet es. Jedenfalls meiner Erfahrung nach. Es seien großartige Leute, Walter und Élodie, zudem auch noch sehr sozial engagiert. Lediglich einer ihrer Söhne ist einmal mit dem Gesetz in Konflikt geraten. Eine Lappalie, wie die Kollegen meinten, ein Tütchen Cannabis. Nicht ungewöhnlich in solchen Kreisen, wenn Sie mich fragen. Aber doch auch keine Lappalie. Nun ja, Belgien ...« Er atmete tief durch. »Das Geld der Delhaizes stammt übrigens ursprünglich von Madame. Sie hat eine weltweit operierende Maschinenbaufirma geerbt. Damals hauptsächlich in Osteuropa und Asien tätig, bis runter nach China. Das war aber nur der Beginn ihres Reichtums. Ihr Mann hat aus diesen optimalen Startbedingungen das riesige Vermögen geschaffen, das sie heute besitzen. Die Maschinenbaufirma ist inzwischen nur noch eine von vielen Unternehmungen. Sie sind mehr so eine Art Finanzgruppe, ein echter Global Player, aber in Familienbesitz, so was gibt es heute ja kaum noch. Sogar eine Fußballmannschaft gehört zum Portfolio.« Boucher tippte sich gegen die Stirn. »Mehr ein Hobby, nehme ich an, oder ein Steuersparmodell«, fuhr er fort. »Wirklich am Herzen soll ihm eine Hockeymannschaft liegen, für die er quasi alle Rechnungen bezahlt. Leute gibt es, Perez, die haben so viel Geld, das können wir beide uns nicht vorstellen. Schöne Geschichte, nicht wahr? Die dürfte ich Ihnen eigentlich gar nicht erzählen, aber wen kümmert's? Über diese seltsame Familie kann man sicher genauso gut alles, was mir die Kollegen so bereitwillig eröffnet haben, im Internet nachlesen. Warum sind Sie überhaupt hier? Und wie haben Sie es hergeschafft? Mit Ihrem Kangoo ja wohl nicht.«

»Mit einem Bulldozer«, sagte Perez, ganz der Wahrheit verpflichtet. Boucher lachte, als handelte es sich um einen der besten Witze seit langer Zeit. »Gedenken Sie eigentlich, etwas wegen des Arms zu unternehmen?«

»Welcher Arm?«

»Der am Strand von Banyuls gefunden wurde?«

»Mon dieu, diese Sache. Ja, ja, einer der jüngeren Kollegen kümmert sich darum. Keine große Sache, wie ich annehme. Wir überprüfen gerade alle Schiffe, die im entsprechenden Zeitkorridor das Meer vor der Küste befahren haben, und befragen die Besatzungen nach Unfällen an Bord. Bislang ohne Ergebnis, so was kann dauern. Aber wenn jemand den Arm vermissen sollte, wird er sich schon melden.« Wieder stieß er ein keckerndes Lachen aus.

»Und wenn er sich nicht meldet?«

»Kommt der Körper irgendwann hinterher, nehme ich an. Was interessiert Sie daran, Perez? Das macht mich stutzig.«

»Nichts, eigentlich gar nichts. Ich war bloß zufällig in der Nähe, als er gefunden wurde. Und derlei Treibgut wird ja nicht jeden Tag angeschwemmt. Außerdem interessiere ich mich nun mal für die Dinge, die in Banyuls passieren. Man könnte doch einen DNA-Abgleich machen, oder ist das keine gute Idee?«, fragte er betont naiv.

»Einen DNA-Abgleich. Aber womit denn abgleichen, Perez?«, fragte Boucher mahnend. »Sie verschweigen mir doch nichts?«

»Nein, nein! Sie haben recht, blöde Idee von mir.«

»Na ja, jetzt ist das gute Stück erst mal in der Gerichtsmedizin und liegt wahrscheinlich neben unserem verrückten Professor.«

KAPITEL 8

Die Fahrt im Bulldozer nach La Vall dauerte ewig. Zuerst mussten sie die südlichen Ausläufer der Albères, wie dieser Teil der Pyrenäen genannt wurde, umkurven, um sich schließlich hinter Sorède über kaum mehr als Straßen erkennbare Schneefelder zu dem Weiler durchzupflügen.

Kurz vor Sorède klingelte Perez' Telefon. JeMa, der alles über das kleine Dorf herausgefunden hatte, was es zu wissen galt. Dass es hundertsiebenundachtzig Meter hoch und doch am tiefsten Punkt der La-Vall-Schlucht lag. Dass ein Flüsschen die Ortschaft durchfloss und sie vom fünfhundertdreiundneunzig Meter hohen Roc de Montbran sowie vom Puig de la Torreta, fünfhundertfünfzig Meter hoch, und von dem mit vierhunderteinundsechzig Meter niedrigsten Puig de la Martina eingerahmt wurde. Und auch, dass La Vall niemals mehr als dreiunddreißig Einwohner gezählt hatte, wusste die Recherchemaschine namens Jean-Martin am anderen Ende der Leitung zu berichten. Trotz Nordpolmontur wurde Perez allmählich kalt, und das Mobiltelefon drohte ihm am Ohr festzufrieren. Doch sein Schwiegersohn schien noch längst nicht fertig. Bevor er erneut anheben konnte, sagte Perez:

»Danke für den Geschichtsunterricht, aber wozu brauche ich das alles noch mal?«

»Ich dachte, du wolltest wissen, wo Timoteo lebt?«

»In La Vall«, sagte Perez. »Einem verdammten Kaff mitten in der Schneewüste, das habe ich jetzt verstanden. Bloß, wo dort? Das war meine Frage.«

»Du lässt mich ja nicht aussprechen. Die Adresse lautet: 66690 Sorède – La Vall, Villa Sanctus Franciscus.«

»Straße?«

»Gibt nur eine.«

»Und die heißt?«

»La Vall.«

»Na prima.«

»Gern geschehen. Das Tal führt übrigens direkt rüber nach Spanien. Im 9. Jahrhundert wurde der Ort zum ersten Mal erwähnt. Damals hieß er noch Vallem Sancti Martini. Der Legende nach hat sich der französische König Philipp III. dort auf seinem Weg nach Spanien erfrischt.«

»Bei Timi, nehme ich an?«

»Wie bitte?«

»Okay, mein Guter. Danke, das reicht mir. Bisschen viel Heiliges dahinten, findest du nicht? Sanctus Franciscus, Sancti Martini, bin gespannt, wie Timis Bude aussieht, wahrscheinlich alles voller Kruzifixe. Ich mach jetzt Schluss. Ich glaube, ich habe gerade so etwas wie ein Ortsschild gesehen. Hier ist es wirklich wie in Sibirien.«

Das Haus war nicht schwer zu finden. Die Straße La Vall wurde in der Ortschaft La Vall zu einer ringförmigen Einbahnstraße, sodass man an nahezu jedem Gebäude des Weilers vorbeikam, wenn man sie befuhr.

Vor der Einfahrt zu Timoteo Matas Grundstück stand

eine mannshohe Figur neben der Straße. Die Schaufensterpuppe steckte in einem ledernen Taucheranzug, an den Füßen trug die Puppe Bleischuhe, über dem Kopf einen Schraubhelm. Ein sehr eigenwilliger Schneemann war das. Fehlten bloß der Reisigbesen und eine rote Möhre als Nase im Gesicht.

»Scheint ein komischer Vogel zu sein, dein Kumpel«, brüllte Onkel Luca über den Krach des Bulldozers hinweg. »Hier war ich noch nie, war aber 'ne schöne Fahrt. Wann erlebt man so was schon mal.«

»Hoffentlich nicht so bald wieder«, sagte Perez. »Schau mal, da ist noch mehr von dem Nippes.«

Er deutete auf ein im Wind schaukelndes Holzschiffchen, das über der Eingangstür des Hauses pendelte. Perez sprang vom Bock und sank unmittelbar im Schnee ein. Hilfe suchend blickte er zu Onkel Luca, der sich kaum noch einbekam vor Lachen. Missgelaunt stakste Perez auf die Tür zu. Dort angelangt sah er zu dem Schild hoch, es trug den Namen der Villa, die in Wirklichkeit ein einfaches Haus mit geringer Grundfläche war. Dafür war das Grundstück, auf dem sie stand, weitläufig. Wahrscheinlich gibt es das Land hier oben umsonst, vermutete Perez.

Sanctus Franciscus. Warum nannte man sein Haus nach einem Heiligen? Ihm war nicht bewusst gewesen, dass Timoteo derart religiös war, aber manchmal kam so etwas ja mit dem Alter. Oder wegen mangelnder Versorgung des Gehirns mit Sauerstoff. Als Taucher war das eine Möglichkeit.

»Ich sehe mich hier mal um«, rief er zum Bulldozer hinüber.

»Ich räum denen mal eben die Hauptstraße«, sagte Onkel Luca. Er strahlte über beide Ohren. Es lag keine Ironie in seiner Stimme. Eine Art Berufsethos, vermutete Perez.

Onkel Luca startete den Motor und begann damit, den Schnee von der Straße zu schieben.

Hinter den Scheiben der wenigen Häuser, die Perez von seiner Position aus einsehen konnte, zeigten sich vereinzelte erstaunte Gesichter.

Perez klingelte, stampfte mit den Füßen auf, klingelte erneut, bevor er sich daranmachte, das Haus zu umrunden. Dabei drückte er mit dem Handballen gegen jedes Fensterkreuz. Die Scheiben waren zumeist mit dickem Raureif überzogen. Er versuchte sich an zwei rückseitig gelegenen Türen, ohne Erfolg. Während unten in Banyuls die Sonne in der Lage war, dem weißen Spuk innerhalb weniger Stunden den Garaus zu machen, fanden die wärmenden Strahlen wohl nur im Sommer ihren Weg hierher, ins Reich der Finsternis. Wie konnte man nur in ein solches Kaff ziehen?

Durch den tiefen Schnee stapfte Perez zurück zur Straße. So winterfest, wie die Verkäuferin behaupten hatte, waren seine neuen Schuhe nicht. Er hatte nasse Füße.

»Und so was haben die im Norden ständig«, brummte er in die kalte Winterluft.

Das Haus neben dem von Timoteo Mata war ein Spiegelbild dessen, nur dass hier Licht brannte und keine Figur vor dem Eingang stand.

Entschlossen legte Perez den Finger auf die Klingel. Und gleich noch ein zweites Mal. Er hatte doch nicht den langen Weg ins Eis gemacht, um unverrichteter Dinge den Rückzug anzutreten.

Mit einem Mal wurde die Tür aufgerissen. Im fahlen Licht einer Glühbirne stand eine Erscheinung, die nicht in diese Ödnis passte. Perez trat einen Schritt zurück und riss sich die Entenjägermütze vom Kopf.

Die Frau war schlank, mittelgroß und trug die Haare hochgesteckt. Um den feingliedrigen Hals schmiegte sich eine filigrane Goldschmiedearbeit mit einer Feder als Anhänger, an den Ohrläppchen erkannte Perez die dazu passenden Ohrringe.

Die Frau war vielleicht Ende dreißig, dezent geschminkt und strahlte etwas aristokratisch Unnahbares aus, auf das Perez nicht vorbereitet gewesen war, das ihn aber an Frauen anzog wie kaum etwas anderes. Das war schon bei Marie-Hélènes Mutter der Fall gewesen, und auch Marianne war ihm zu Beginn ihrer Verbindung als nahezu unerreichbar erschienen.

Perez stotterte etwas, das entfernt nach einer Begrüßung klang und keinesfalls Geschick bewies. Auch der Blick, mit dem er die Frau anstarrte, war wenig charmant.

Die Frau stand einfach nur da und blickte mit einem angedeuteten Lächeln auf ihn herab. Zwischen ihren Beinen tauchte ein Hundebaby auf, das ängstlich auf den fremden Mann in den seltsamen Kleidern schaute.

»Jaaa ... also, ich bin auf der Suche ...« Er deutete auf Matas Haus. »Sie wissen nicht zufällig, wo ich Timoteo finden kann? Monsieur Mata, Ihren Nachbarn ... also ... Sie würden mir wirklich helfen.«

Das Lächeln wurde deutlicher. »Tut mir sehr leid«, sagte die Frau mit einer überraschend tiefen Stimme. »Ich weiß wirklich nicht, wo Monsieur Mata ist. Haben Sie es schon bei den Nachbarn von gegenüber probiert?«

Nein, dachte Perez. Ich will es nicht gegenüber probieren. Ich will, dass du mich reinbittest. Die Frau provozierte bei ihm pubertäre Übersprunghandlungen – vorerst nur in Gedanken.

»Sie wohnen schon lange hier?«, hörte Perez sich wie aus weiter Ferne fragen.

»Nicht allzu lange.«

»Aber Sie kennen Timoteo Mata.«

»Wie man Nachbarn eben so kennt. Wie heißen Sie?«

»Perez. Bitte. Einfach Perez.«

»Kapriziös«, sagte sie und zog die Augenbrauen hoch.

»Nein, nein. Und Sie?«

»Madame Benoit. Fabienne, wenn Sie mögen. Und der Kleine hier«, sie deutete auf das Hundeknäuel, »das ist Hippy.«

»Fabienne, gerne. Sagen Sie, ist er religiös, unser Timi?«

»Wie meinen Sie das?«

»Nun ja, der Name seines Hauses: Villa Sanctus Franciscus. Würden Sie Ihr Haus nach einem Heiligen benennen?«

»Mein Haus heißt Nummer fünf.«

»Sehen Sie. Häuser zählt man durch, man benennt sie nicht nach Heiligen.«

»Hören Sie ... Perez, richtig?«, fragte sie. Perez nickte eifrig. »Sie kennen Monsieur Mata sicherlich sehr viel besser als ich. Ich fürchte, ich bin Ihnen keine Hilfe.«

»Timoteo und ich waren Schulkameraden, unten in Banyuls-sur-Mer. Aber wie das so geht: Mit den Jahren haben wir uns aus den Augen verloren. Er wurde Taucher, wie man an dieser lächerlichen Puppe an der Straße sehen kann.« Perez deutete in Richtung der Figur. »Ich hingegen hasse das Wasser und alles, was damit zusammenhängt. Also auch und vor allem das Tauchen. Können Sie dem etwas abgewinnen?« Fabienne Benoit machte mit einer Geste deutlich, dass auch sie nichts davon hielt. »Eben«, sagte Perez. »Also, er verbringt seine berufliche Zeit mit Tauchen, und ich hatte in den letzten Jahren so viel mit meinem Restaurant zu tun ...« Er stockte und sah ihr in die Augen. »Ich weiß, das ist keine Entschuldigung. Normalerweise führe ich keine beruflichen Gründe für Versäumnisse im Privaten an. Aber das *Conill* ...«

»Das *Conill amb Cargols*?«

»Sie kennen mein Restaurant?«, fragte er mit Stolz in der Stimme.

»Ich habe sehr viel Gutes darüber gehört – auch von seinem Besitzer. Sie sind also *dieser* Perez!«

»Wie meinen ...?«

»Dieser Perez mit dem außergewöhnlichen Hobby. Oder sollte ich sagen dieser außergewöhnlichen Fähigkeit? Man spricht viel über Sie und Ihre Fälle.« Sie betonte das Wort *Fälle* auf eine Art, die sowohl spöttisch als auch bewundernd aufgefasst werden konnte. »Ich habe fast schon das Gefühl, als würde ich dich kennen. Das muss dir doch öfter so gehen?« Sie schmunzelte, er schmolz dahin. »Willst du nicht hereinkommen? Du bist sicherlich total durchgefroren. Und bitte nenn mich Fabi und lass das Sie weg, das tun ohnehin alle.«

Das Haus und Fabienne passten so wenig zusammen wie Hund und Katz. Das Innere wirkte dunkel. Die vorherrschenden Brauntöne unterschieden sich allenfalls in ihrem Abnutzungsgrad. An den Wänden klebten Mustertapeten, die schon in Perez' Jugend nicht mehr als der letzte Schrei gegolten hätten. Und auch beim Lichtkonzept des Hauses gab es nichts, was zur Nachahmung angeregt hätte. Schon gar nicht die beiden grellen Neonröhren in der Küche. Im krassen Kontrast dazu: die selbstsichere, mondäne Besitzerin des Hauses. Perez war klar, dass dieser Kontrast ein Rätsel barg, allerdings eines, das er angesichts der Freude darüber, hineingebeten worden zu sein, hintanstellte.

»Bin gerade erst zurückgekehrt«, sagte Fabienne Benoit, als sie Perez' Blick auf ihre Reisetasche bemerkte, die in der Diele stand. »War lange fort.«

Vielleicht, so dachte Perez, erklärt das den Umstand, dass das Haus so unbewohnt wirkt.

Fabienne kochte Tee, sie plauderten über die Gegend und die Leute, zwischendrin beschäftigte sie sich mit Hippy, den sie, wie sie mit Besitzerstolz erzählte, erst seit wenigen Tagen besaß. Bald schon lachten sie miteinander. Im Laufe des kurzen Gesprächs erfuhr Perez alles, was Fabienne über Timi wusste, was eigentlich nichts war. Dann erkundigte er sich nach ihrem Leben, woher sie stammte, was sie tat. Fabienne war großzügig mit Worten, dennoch wusste er hinterher so gut wie nichts über sie.

»Und du?«, fragte sie, nachdem er auf die Uhr gesehen hatte.

Onkel Luca dürfte bald fertig sein mit seiner Runde, dachte sich Perez.

»Ich suche nach Timoteo, wie ich schon sagte. Die Wahrheit ist, seine Ex hat mich gebeten, nach ihm zu suchen. Ihre Tochter macht sich Sorgen um den Vater. Timi ist seit einer Woche verschwunden. Und du hast ihn ganz sicher nicht gesehen?«

»Ich war verreist, leider. Dann ist die Suche nach Monsieur Mata also einer deiner Fälle?«

Perez entging das Blitzen in ihren Augen nicht.

»So weit würde ich nicht gehen.«

KAPITEL 9

Onkel Luca wartete bereits in Matas Einfahrt. Perez sah aus den Augenwinkeln, wie er sich reckte, um erkennen zu können, was im Nachbarhaus vor sich ging. Als Perez kurz darauf neben dem Bulldozer stand, zwinkerte Luca ihm vielsagend zu. Erst dann sprang er vom Bock und folgte Perez, der erneut, dieses Mal aber zum Äußersten entschlossen, zur Eingangstür der Villa Sanctus Franciscus ging.

»Was hast du vor, Perez?«, rief er ihm hinterher. »Wir sollten uns so langsam auf den Heimweg machen.«

»Ich will ins Haus.«

»Sag das doch gleich. Dabei kann ich behilflich sein.«

Onkel Luca ließ den Bulldozer wieder an und rumpelte in einer ausladenden Kurve aufs Gelände. Kurz vor der rückwärtigen Außenwand des Hauses kam er zum Stand. Beim Ablassen der Schaufel durchschnitt ein höllisch quietschendes Geräusch die Stille des Tals.

»Bitte zusteigen«, rief Onkel Luca und deutete auf die Schaufel. »Ja, genau«, sagte er, als Perez ungläubig auf den metallenen Sarg zeigte. »Wenn mich nicht alles täuscht«, fuhr Onkel Luca fort, »dann steht da oben ein Fenster halb offen. Ist wahrscheinlich nur mit einem kleinen Haken von innen gesichert. Habe ich bei meiner Runde ums Haus entdeckt. Halt dich gut fest. Los geht die Fahrt, bitte nicht mehr zusteigen«, rief er im Stile eines Fahrgeschäft-betreibers vom Rummelplatz.

Onkel Luca hatte sichtlich Spaß an der Aktion, während es Perez in der Schaufel doch etwas blümerant zumute war. Direkt vor der Brüstung, hinter der ein winziger Balkon lag, kam seine luftige Kabine zum Stillstand.

Das Fenster stand tatsächlich einen Spaltbreit offen. Es bedurfte lediglich eines Schnippens mit dem Zeigefinger, um den Haken aus der Öse zu lösen. Das Hineinklettern bereitete Perez schon größere Mühe. Mit einem Ächzen landete er in Matas Schlafzimmer. Unschlüssig sah er sich um. Das Bett war kleiner als ein gewöhnliches Bett, auch deutlich kürzer. Dafür war es antik. Erst als er den Raum einer näheren Untersuchung unterzog, entdeckte er den Teddy, der auf einem kleinen Schreibtisch hockte und seinem Treiben still zusah. Über dem Schreibtisch hing eine Art Urkunde, daneben ein Wimpel von Olympique Marseille. Dies hier war nicht Timoteos Schlafzimmer, er hatte es für seine Tochter eingerichtet.

Er öffnete die Tür zum Flur. Durch das leere Haus hallte ein Klopfen, gefolgt von einem schrillen Klingeln. Onkel Luca hatte keinesfalls vor, auf seinem Bock zu warten. Schnell lief Perez die Treppe hinab. Das Türschloss ließ sich von innen leicht öffnen.

»Komm rein«, sagte er zu Onkel Luca und vollführte mit dem rechten Arm eine schwungvolle Geste.

Der Riese passte kaum durch die Tür und brachte zudem eine Menge Schnee mit in die Wohnung.

»Wieso lässt einer das Fenster offen stehen?«, fragte Luca.

»Entweder weil er vergessen hat, es zu schließen, oder weil er schon bald zurück sein wollte.«

»Oder man macht das hier oben so. Ich meine, wer kommt hier schon her? Nicht mal Einbrecher.«

»Darauf würde ich nicht wetten, schließlich hat er die Tür abgeschlossen.«

»Das Schloss kann man aufspucken. So was baut heute doch niemand mehr ein.«

»Altes Haus, alte Tür. Sehen wir uns mal ein wenig um.«

»Ziemlicher Dreckstall«, sagte Onkel Luca, nachdem sie das Erdgeschoss in Augenschein genommen hatten.

In der Tat war das Erste, was den beiden Eindringlingen aufgefallen war, der ganze Krempel gewesen, der überall ungeordnet herumlag. Feuchte Kartons, Stapel alter Tauchsportmagazine, frische Wäsche direkt neben Schmutzwäsche. Es wirkte, als ob die Person, die hier wohnte, vieles anfing, aber kaum etwas zu Ende brachte. Was Perez aber noch viel mehr erstaunte, war die Ähnlichkeit der Einrichtungsgegenstände mit denen im Haus von Fabienne Benoit. Auch bei Mata dominierte die Farbe Braun, auch hier klebten zerschlissene Tapeten an den Wänden, wirkten die Möbel wie aus dem Altenheim entwendet.

Perez hatte den Kühlschrank besonders gründlich untersucht und die dort lagernden Produkte auf ihr Verfallsdatum hin angeschaut. Eine Packung mit drei Eiern war das einzige Lebensmittel, das er nicht mehr guten Gewissens gegessen hätte.

»Sehen wir uns oben um«, sagte Perez und kletterte die knarzenden Treppenstufen hinauf.

Die Tür zum Badezimmer war nur angelehnt. Obwohl es ihm ein wenig widerstrebte, warf Perez einen Blick in einen weiteren Korb mit Schmutzwäsche. Ausschließlich

Männersachen, stellte er mit dem Kennerblick des Allein-lebenden fest.

Timis Arbeitszimmer war zwar ebenfalls kein freund-liches Zimmer, aber es strahlte doch immerhin etwas Be-lebtes aus. An den Wänden hingen Seekarten. Ein Laptop stand zugeklappt auf dem Schreibtisch. Daneben einige Bücher und Ordner. Geodreiecke, Zirkel und Lineale. Eine Schale mit Stiften, ein schönes Buddelschiff zur De-koration.

Perez besah sich die Seekarten. Sie zeigten das Gebiet zwischen Leucate und Cadaqués. Er suchte nach etwas Auf-fälligem, einer Markierung, die Timoteo den Karten hinzu-gefügt haben könnte und die verriet, an welchem Gebiet der riesigen Wasserfläche er besonders interessiert war.

»Verstehst du etwas von Seefahrt?«, fragte er Onkel Luca, der im Türrahmen stehen geblieben war. Schweiß stand auf dessen Stirn. Die Schneemontur half ihm auf dem Bulldozer, hier drinnen wirkte sie wie ein Brandbe-schleuniger. Er dampfte regelrecht.

Anstelle einer Antwort deutete der gewaltige Mann auf den Bulldozer, der mit laufendem Motor im Hof stand. Es sollte wohl bedeuten, man könne sich nur auf eine einzige Sache konzentrieren, und seine sei eben das Bewegen von schwerem Gerät.

»Und Seekarten lesen kannst du dann sicher auch nicht?«, fragte Perez überflüssigerweise.

Luca schüttelte bloß den Kopf.

Perez setzte sich an den Schreibtisch und blätterte in den Büchern. An der Rückenbeschriftung erkannte er, dass Mata die Folianten aus der Bibliothek des *Arago* ent-liehen hatte. Es ging um alte Schiffe, um Takelage, Fracht und Mannschaften. Um Auslaufdaten und Ankunftszeiten in den Häfen rund ums Mittelmeer. Leider entdeckte Perez auch hier keinen Hinweis darauf, was Mata besonders interessiert haben könnte. Keine Lesezeichen, Eselsohren oder markierte Seiten.

Die beiden Aktenordner waren gefüllt mit Farbkopien alter Karten und Schwarz-Weiß-Kopien historischer Texte. Die meisten davon in einer Sprache verfasst, die Perez für Alt- oder Mittelspanisch hielt. Jedenfalls verstand er kein Wort von dem, was da stand. Wieso lag das Zeug hier? Kannte Mata sich in alten Sprachen aus? Das konnte er sich beim besten Willen nicht vorstellen.

»Nimm's mit, dann kannst du es zu Hause in Ruhe lesen«, brummte Onkel Luca. »Wenn ich nicht gleich hier rauskomme, implodiere ich wie ein alter Röhrenfernseher.«

»Du kennst ja Worte ...«, sagte Perez. »Implodieren ... Kannst du vielleicht auch Altspanisch? Der Kram hier ist nämlich fast samt und sonders in einer Fremdsprache verfasst.«

»Nimm's mit, sage ich. Die Bücher auch. Und dann lass uns verschwinden. Nimm's mit und gib's der Bohnenstange.«

»*Le grand échalas*, meinst du?«, Perez konnte sich ein Grinsen nicht verkneifen. Selbst die eigene Familie rief Jean-Martin offenbar bei diesem wenig schmeichelhaften Spitznamen.

Onkel Luca grinste zurück. »Der hat ja nun Zeit, sich mit so was zu beschäftigen, seit im *Catalan* deine Tochter herrscht.«

»Mit allem, was du sagst, hast du recht«, sagte Perez und schnappte sich die Bücher und die beiden Ordner. Im

Türrahmen hielt er noch einmal inne. »Und wenn Timi in der Zwischenzeit zurückkommt?«

Luca, eben noch zum Aufbruch drängend, machte weder Anstalten zu antworten noch zu gehen.

»Was?«, sagte Perez.

»Der Rechner.«

»Du meinst ...«

»Natürlich! Ob Jean-Martin Altspanisch lesen kann, weiß ich nicht. Ob er was von Seefahrt versteht, weiß ich auch nicht. Aber wenn auf dem Computer Informationen versteckt sein sollten, die zu Mata führen, dann ist der Dürre dein Mann.«

»Und Timi?«, warf Perez erneut ein.

Luca winkte ab.

Perez lief noch einmal rüber zum Haus von Fabienne Benoit, während Onkel Luca mit dem beschlagnahmten Computer und den Ordnern bereits auf dem röhrenden Bulldozer Platz genommen hatte. Sicher hatte sie das Licht im Nachbargebäude bemerkt und wunderte sich nun, wie Perez hineingekommen war. Sie öffnete, noch bevor er klingeln konnte.

»Du hast es also doch noch geschafft. Die Geschichten, die man sich über dich erzählt, scheinen zu stimmen.« Sie kam ihm verändert vor.

»Deswegen bin ich noch mal zurückgekommen. Nur, damit du dich nicht wunderst. Ein Fenster stand offen.«

»Und, hast du etwas gefunden, was dir weiterhilft?«

Er sah ihr in die Augen. Grün, dachte er. Sie hatte grüne Augen, was wunderbar zu dem brünetten Haar passte. »Nichts«, log er.

Sie sah ihn ernst an. Dann, zuerst kaum merklich, zeigte sich ein Lächeln auf ihrem Gesicht.

»Willst du nicht reinkommen?«, hauchte sie mehr, als dass sie es sagte. »Es gibt im Haus auch anderes als Tee.«

»Ich bin nicht allein«, sagte Perez und bemerkte, wie ihm die Hitze den Nacken hinaufwanderte. Gleich würde er einen roten Kopf bekommen. Fabienne sagte nichts mehr, ließ aber dieses bezaubernde Lächeln genau dort, wo es war. »Ich könnte ja mal ...«, sagte Perez und erhielt auch darauf die gleiche Antwort.

Unsicher und mit laut klopfendem Herzen ging er die ersten Schritte rückwärts, so als müsste er sich überzeugen, dass dies kein Traum war und die schöne Frau sich nicht im nächsten Augenblick in einen Besenstiel verwandeln würde.

Dann drehte er sich um und lief zum Bulldozer. Er wechselte einige Worte mit Onkel Luca. Erst als dieser breit grinsend die rechte Handfläche zum Zeichen des Schwurs aufs Herz legte, nickte Perez, klopfte dreimal gegen das Blech des Fahrzeugs und wartete, bis die Rücklichter nicht mehr zu sehen waren. Dann ging er zurück zum Haus.

»Nun kann ich bis morgen früh um sechs nicht mehr fort von hier«, sagte er, während er, immer noch zögerlich, an Fabienne und Hippy vorbei ins Haus trat.

Fabienne Benoit lächelte in seinem Rücken und gab der Tür einen Schubs.

KAPITEL 10

Während in La Vall Wolken die umgebenden Berge ver-
hüllten und der Schnee unvermindert hoch lag, schien in
der Ebene schon wieder die Sonne. Lediglich vereinzelte
Cumuluswolken zogen über das helle Blau des frühen
Morgens. Der Schnee schmolz dahin.

Onkel Luca hatte Perez nicht mit dem Bulldozer, sondern mit einem Lastwagen abgeholt, was die Zeit für die
Rückfahrt nach Banyuls deutlich verkürzte. Anfangs hatte
Luca sich noch an ein paar Anzüglichkeiten versucht. So
lange, bis Perez ihn an den Schwur erinnerte und ihn damit bei der Katalanehre packte. Auf Lucas Schweigen
musste Perez wohl oder übel vertrauen. Gut fühlte er sich
ohnehin nicht.

Weil Onkel Lucas Arbeitstag um sieben Uhr begann,
er ihn also noch vor Tagesanbruch in La Vall abgeholt
hatte, hockte Perez ungewöhnlich früh auf seiner Bank
im *Catalan*. Seiner besorgt dreinschauenden Tochter und
dem bereits am gemeinsamen Tisch sitzenden Jean-Martin erklärte er den seltenen Umstand mit ungewohnter
Schlaflosigkeit.

Erst nach den Croissants und der ersten Tasse Kaffee
schob Perez Jean-Martin die Fundstücke aus Timis Wohnung über den Tisch und bat ihn um Mithilfe.

»Das war aber doch Einbruch«, stammelte Jean-Martin und sah entsprechend besorgt auf den Laptop.

»Ich versuche zu helfen, mein Lieber. Wenn ich dafür einbrechen muss, dann tue ich das. Und wenn einer sich mit Computern auskennt, dann bist du das. Also bitte.«

Als der Dürre kurz darauf verschwand, trat Marie-Hélène an Perez' Tisch.

»Du ziehst JeMa doch nirgends mit rein, Papa?«

Perez antwortete mit dem unschuldigsten Blick, zu dem er fähig war, was seine Tochter bloß noch misstrauischer werden ließ.

»Warum wendest du dich eigentlich nicht an deinen alten Freund Puig, wenn du etwas über Wracks und den ganzen Unterwasserkram in Erfahrung bringen willst? Ich kann mir nur schwer vorstellen, dass diesbezüglich an der Côte irgendetwas ohne sein Wissen geschieht. JeMa hat doch überhaupt keine Ahnung von der Materie.«

Puigs Charterjachten beherrschten den Golfe du Lion ebenso wie den Hafen von Port-Vendres. Er war einer der reichsten Männer der Côte Vermeille, und von jeher agierte er mehr nach seinen eigenen Gesetzen als nach denen des Landes. Und das würde er so lange tun, wie niemand seinem Treiben Einhalt gebot. Perez hatte einen Weg gefunden, sich den Alten gefügig zu machen. Weil Puig einmal einen Fehler begangen hatte, der in erster Linie darin bestanden hatte, Perez nicht ernst zu nehmen.

»Kann schon sein«, druckste Perez rum. Sofort kamen die Gedanken an den Albtraum zurück. »Aber damit warte ich lieber, bis ich nicht mehr weiterweiß.«

Marie schüttelte den Kopf, wollte ganz offensichtlich noch etwas entgegnen, wurde jedoch von Gästen unterbrochen.

Perez griff zur *Vanguardia* und begann zu lesen. Wenig fand er dort, was ihn interessiert hätte. Erst beim Regionalteil setzte er sich auf und las konzentriert.

»Das ging ja schneller als gedacht«, stieß er aus, nachdem er geendet hatte.

Der Grund seiner Erregung war ein Artikel über die Cala Culip, eine Bucht im Nationalpark Cap de Creus, kurz vor Cadaqués. Dort hatte das Meer in der Nacht eine Leiche angespült. Ihr fehlte ein Arm.

»Hoffentlich nicht«, flüsterte Perez.

»Was machst du denn schon hier?«

Gedankenverloren sah Perez auf, seine Freundin Marianne stand dicht vor dem Tisch.

»Äh«, war alles, was ihm als Antwort einfiel.

»Bonjour, Perez«, flötete Stéphanie, aus dem Schatten ihrer Mutter tretend. Sie ließ sich neben ihn auf die Bank fallen und drückte ihm einen Kuss auf die Wange.

»Was macht ihr denn so früh hier?« Anstelle einer Antwort blickten die Frauen ihn bloß an. »Ich konnte nicht schlafen«, sagte Perez, der selten vor elf Uhr im Café auftauchte und sich gerade bewusst wurde, wie albern seine Gegenfrage gewesen war. »Bist du auf dem Weg zur Schule, Steph?«

»Nö«, rief das Mädchen gut gelaunt. »Wir haben schneefrei. Und Maman muss im Hotel nach dem Rechten sehen. Unser Schwede kommt nächste Woche und feiert seinen Geburtstag hier.«

Der Schwede hieß eigentlich Viggo Ekengren und war

der Besitzer des kleinen Privathotels, in dem Marianne arbeitete.

»Und wir feiern deinen. Hoffentlich ist es nicht derselbe Tag.«

»Kann ich vielleicht heute mit dir deine Kommissionen ausliefern?« Stéphanie bemerkte sein Zögern. »Du hast es mir versprochen. Einen ganzen Tag lang.«

»Perez!«, sagte Marianne streng. Perez fiel es schwer, ihr in die Augen zu sehen. Sie hatte sofort begriffen, dass etwas nicht stimmte. »Alors?«, legte sie nach.

Perez, der sich nicht anders zu helfen wusste, schob ihr die Zeitung hin. Marianne überflog den Artikel.

»Das ging ja schneller als gedacht«, sagte sie.

»Ja, so habe ich auch reagiert.«

»Weiß Milla es schon?« Perez schüttelte den Kopf. »Du musst mit ihr sprechen. Benimmst du dich deswegen so seltsam?« Er nickte, dankbar für den Ausweg. Dabei war ja noch keineswegs klar, ob es sich um Mata handelte. »Kann ich dir helfen?«

»Wir könnten zusammen zu ihr fahren.«

»Ich muss leider zum Hotel. Du weißt, wie Ekengren ist. Er bezahlt mich schließlich selbst dann noch großzügig, wenn monatelang keine Gäste kommen. Doch wenn er ruft, muss ich springen, das ist der Deal.«

»Klar. Ich schaff das schon allein, keine Sorge.«

»Und sonst? Sieh mich mal an.«

»Also wirklich, Marianne ...«

»Na schön.« Marianne stand auf und verließ das Café ohne ein weiteres Wort.

»Oh, là, là«, sagte Stéphanie. »Also, Perez, wann geht's los?«

»Stéphanie, ich habe noch nicht über meinen Tagesablauf nachgedacht.«

»Nicht schlimm. Ich habe Zeit. Habe ich dir übrigens schon gesagt, dass ich Meeresbiologin werden möchte? Dafür muss ich unbedingt ganz schnell meinen Tauchschein machen. Habe ich mir von Maman zum Geburtstag gewünscht. Sie ist natürlich mal wieder dagegen. Viel zu gefährlich, hat sie gemeint. Was sagst du?«

»Alles, was du willst, mein Täubchen.«

»Du bist süß«, sagte sie, sprang auf und lief auf einen Plausch hinüber zu Marie-Hélène.

»Wenn du wüsstest«, flüsterte Perez ihr hinterher.

»Milla? Hier ist Perez.« Er war zum Telefonieren rausgegangen, auch um während des Gesprächs rauchen zu können. »Was? ... Nein, es gibt nichts Besonderes. Wollte bloß mal hören, ob Timi wieder aufgetaucht ist ... Nicht? ... Hat sich auch bei eurer Tochter nicht gemeldet? ... Ja, das ist nicht sehr beruhigend. Aber es muss auch nicht unbedingt etwas heißen. Ich bitte dich ... Aber natürlich habe ich mich umgehört ... Doch, doch, ich war sogar draußen in La Vall ... Nein, er war nicht zu Hause, dann hätte ich dich doch sofort angerufen. Du kannst dich darauf verlassen, sobald ich auch nur die kleinste Kleinigkeit herausfinde, erfährst du es sofort ... Ich habe sogar mit der Nachbarin gesprochen ... Wie bitte? ... Nein, nicht mit der von gegenüber. Fabienne Benoit, die von nebenan ... Oh Gott!« Perez spürte, wie ihm das Blut in die Wangen schoss. »Wie kommst du denn auf so einen Unsinn? Natürlich nicht. Also wirklich ... Hör zu, ich wollte nur wissen, ob du etwas von ihm gehört hast. Ich bin in Eile, ich melde mich wieder bei dir, einverstanden? ... Ja, ich dir auch. Adieu Milla, Adieu.«

Er schnippte die runtergebrannte Kippe in den Gulli zu seinen Füßen und kratzte sich am Bauch. Milla hatte zum Glück noch nichts von dem Toten in der Cala Culip gehört – nur die wenigsten Banyulencs lasen Tageszeitung. Dieser Umstand verschaffte ihm Zeit, um herauszufinden, ob es sich bei der Leiche um Timoteo handelte oder nicht. Bei der Nennung von Fabiennes Namen war Milla schier ausgeflippt. Von null auf hundert in weniger als einer Sekunde. »Diese fiese Schlampe«, hatte sie ins Telefon gebrüllt, und in ihrer Stimme hatte mehr als bloße Abneigung gelegen. »Hat sie dich etwa auch angemacht?«, hatte sie gerufen und ihn damit komplett aus der Fassung gebracht.

So schön die Nacht auch gewesen war, nach der frühmorgendlichen Begegnung mit Marianne und dem Telefonat mit Milla musste Perez sich eingestehen, dass er zu alt für diese Art offener Beziehung geworden war.

Er hatte zwar nicht bloß das theoretische Recht, ebenso zu handeln, wie Marianne es gelegentlich tat, aber nach jedem Mal fühlte er sich miserabel. Das Gefühl, illoyal gewesen zu sein, den anderen verletzt zu haben, war mit den Jahren immer stärker geworden. Fabienne war sein erster One-Night-Stand seit sehr langer Zeit, er schwor sich, es würde endgültig der letzte gewesen sein.

Um sich abzulenken, lief er doch tatsächlich zu Fuß die Avenue du Puig del Mas bis zur Domaine de la Rectorie hinunter. Er konnte sich nicht erinnern, das jemals getan zu haben. Ob es die Leibesertüchtigung oder der viele

Sauerstoff war, den er dabei zwangsläufig durch seinen Körper schleuste, jedenfalls brachte ihn diese an sich sinnlose Betätigung wieder einigermaßen ins Gleichgewicht. Nach einer weiteren Zigarette und einem kurzen Plausch mit dem Winzer der Domaine, einem sehr kleinen, sehr unscheinbaren Ex-Hippie, hatte er sich wieder so weit im Griff, dass er den Rückmarsch antreten konnte.

Die Worte seiner Tochter kamen ihm in den Sinn. Natürlich war Puig, der Herrscher über Port-Vendres, die Topadresse bei allen windigen Geschäften an der Côte, aber Perez war nicht wohl bei dem Gedanken. Und das lag nicht allein an dem Albtraum, sondern vor allem an dem letzten erzwungenen Dienst, den er dem Alten abverlangt hatte. Vielleicht gab es ja eine Möglichkeit herauszufinden, was die Guardia Civil über die Identität des Toten wusste. In diesem Augenblick meldete sich sein Handy.

»Monsieur le Commissaire, was kann ich für Sie tun?«

»Perez, man hat den Körper zum Arm gefunden.« Boucher kam ausnahmsweise ohne Umschweife zur Sache.

»Stand alles in der *Vanguardia*«, erwiderte Perez. »Wissen Sie denn, wer der Tote ist? Das stand nämlich nicht drin.«

Perez hörte ein Rascheln. »Steht hier nicht«, ertönte kurz darauf Bouchers Stimme. »Bloß, dass es vielleicht etwas mit Schatzsuchern zu tun haben könnte, die da wohl vor der Küste arbeiten. Hat man dafür Töne, Perez? Schatzsucher! Manchmal glaube ich, die Welt ist verrückt geworden.«

»Meinen Sie, der Tod des Professors hat auch damit zu tun? Mit diesen Schatzsuchern?«

»Quatsch. Wegen seiner kruden Ideen und der Drohbriefe, meinen Sie? Mon dieu! Ich bin jedenfalls heilfroh, dass sich das Problem auf spanischem Hoheitsgebiet aufgetan hat. Wir schicken denen den Arm, und dann sollen sie sehen, wie sie damit fertigwerden. So was kann ich im Augenblick überhaupt nicht gebrauchen. Ich muss nämlich zuerst mal Ordnung in diesen Sauhaufen hier bringen, bevor wir uns wieder um die Verbrechensbekämpfung kümmern können.«

»Ich sag's allen Verbrechern, die ich kenne«, sagte Perez trocken.

»Das ist gut! Danke, mein Lieber.«

Perez rief Alain Pereira an. Pereira war der Mann, der mit seinen Beziehungen zu spanischen Produzenten dafür sorgte, dass Perez nie der Nachschub für sein Geschäft ausging. Im Wesentlichen besorgte er Jabugo, Schnecken, Safran und ähnlich erlesene Produkte, schmuggelte sie über die Grenze, wo Perez die Waren übernahm, um sie unter der Hand an seine betuchte Kundschaft weiterzuverkaufen. Schaden entstand allein den Finanzbehörden Spaniens und Frankreichs. Perez' Partnerschaft mit Alain Pereira bestand seit fünfundzwanzig Jahren und war im Laufe dieser Zeit zu einer echten Freundschaft geworden.

Die Sommer verbrachte Pereira auf seinem Schiff in Llançà, dem nächstgrößeren Ort hinter der spanischen Grenze. Im Augenblick lag seine Jacht auf dem Trockenen und wurde für die neue Saison vorbereitet. Eine Osmosesanierung war fällig geworden, nachdem Pereira beim Aufslippen am Ende der letzten Saison Blasen am Rumpf des Bootes entdeckt hatte, aus denen, wenn sie aufgestochen wurden, eine säurehaltige Flüssigkeit austrat. Perez wäre bei der Erklärung dieses nach einer Geschlechtskrankheit klingenden Rumpfschadens fast eingeschlafen, so sehr interessierten ihn die Malaisen eines Schiffs.

Pereira, eigentlich aus der tausend Kilometer entfernten Provinz Salamanca in Zentralspanien stammend, wohnte die meiste Zeit des Jahres in Huesca, einer Stadt in der autonomen Region Aragonien, wo sein Lebenspartner einen Antiquitätenladen betrieb. Wenn er nach dem Fortgang der Arbeiten an seiner Jacht sah, bezog er in Llançà ein Hotel, so auch zum gegenwärtigen Zeitpunkt.

»Na, mein Alter, was macht das Boot?«, stieg Perez in das Gespräch ein.

»Perez! Du hast dich noch niemals als Erstes nach meinem Boot erkundigt. Was ist mit dir los?«

»Ich habe Langeweile und dachte mir, da besuche ich doch mal meinen lieben Freund Alain und lade ihn zum Mittagessen ein. Hast du Lust und Zeit?«

»Macht mir zwar ein bisschen Angst, aber ja, ich habe Zeit. Im *Conill*?«

»Nein, nein, ich komme gerne zu dir. Du suchst das Lokal aus, wir treffen uns am Hafen. Ach ja, und ich bringe Stéphanie mit, sie will jetzt Taucherin werden, und du redest ihr das bitte aus.«

»Du kommst rüber nach Spanien? Bei diesem Wetter? Mit deiner ollen Karre? Jetzt hab ich aber richtig Muffensausen.«

KAPITEL 11

Erst im Wagen ging Perez seine Optionen für die Weg-
strecke durch. Besonders in den höher gelegenen Regi-
onen, die man zwangsweise auf dem Weg nach Spanien
passieren musste, würde sich der Schnee gehalten haben.
Die Passhöhe zwischen Cerbère und Portbou schied damit ebenso aus wie der Weg über den Col de Banyuls.

Die Grenze bei Le Perthus lag zwar ähnlich hoch, doch
die Autobahn sollte inzwischen geräumt oder durch den
vielen Schwerverkehr in Richtung Barcelona freigefahren
sein.

Nachdem Stéphanie, die sich sehr erfreut darüber
zeigte, ihn zu Pereira begleiten zu dürfen, seine Einschät-
zung geteilt hatte, machten sie sich auf den Weg.

Bei Le Boulou fuhren sie auf die Autobahn und gelangten über die Autopista del Mediterráneo quälend langsam
nach Figueres. Von dort ging es dann relativ gefahrlos
zwischen den Ausläufern der Berge hindurch, runter zum
Meer nach Llançà.

Sie parkten am Passeig Marítim und liefen am Strand
entlang zum Hafenbecken, während der Wind tat, was
er hier meistens tat: Er blies derart stark, dass Perez seinen quietschbunten neuen Anorak fester zog, der ihm bereits auf der Herfahrt so viel Spott von seiner Ziehtochter

eingebracht hatte, dass er ihr damit gedroht hatte, sie an der nächsten Raststätte rauszuschmeißen.

Pereira war nicht zu übersehen. Als herrschte das beste aller möglichen Wetter, stand er lässig an einen Laternenpfahl gelehnt und schaute den im Hafen vertäuten Booten bei ihrem schaukelnden Wellentanz zu. Wie stets war er perfekt gekleidet. Helle Stoffhose, lindgrünes Hemd unter dunkelblauem Sakko mit farblich zum Hemd passendem Einstecktuch. Den Haaren konnte selbst der brutalste Wind nichts anhaben, so raspelkurz geschnitten waren sie. Die markante Nase und das etwas fliehende Kinn waren bestens durchblutet. Alain Pereira sah aus wie ein Mann von Welt und benahm sich auch wie einer. Sowohl Stéphanie als auch Marie-Hélène, die ihn beide von Geburt an kannten, liebten Alain Pereira. Mit ihm konnten sie über all das reden, wozu ihre Eltern nicht taugten. Sie besprachen mit ihm ernste Dinge, lachten aber auch über jeden Blödsinn.

»Gehen wir ins *Miramar*«, sagte Pereira, nachdem die Begrüßungsrituale vollzogen waren.

»Guck mal, wie ich aussehe«, antwortete Perez.

»Lieber nicht«, sagte Pereira, schob die Lippen vor und schüttelte den Kopf. Stéphanie prustete los. Perez erinnerte sie mit erhobenem Zeigefinger daran, dass es auch auf dem Heimweg noch diverse Raststätten gab.

»Eben«, sagte er. »Ich bin nicht für ein Zwei-Sterne-Restaurant gekleidet. Und mit der frechen Göre hier fliegen wir da ohnehin schneller wieder raus, als wir drin sind.«

Pereira kannte den wirklichen Grund: Perez' Allergie gegen alles Edle und Feine. Das Restaurant war eines der besten Kataloniens und damit, wie Pereira ohne jede Ironie gerne sagte, der Welt.

»Na schön«, willigte der Spanier ein. »Ich hätte euch glatt eingeladen ... Zum Glück kenne ich nicht weit von hier ein Tapasrestaurant, das euch gefallen wird. Kulinarisch nicht gerade der letzte Schrei, aber für heute Mittag wird's gehen.«

In der Tat war das *El Flock* kein Laden, den man wegen seiner Resopaltische oder seines an ein Hallenbad erinnernden Charmes aufgesucht hätte, die kleinen Schweinereien, die man ihnen dort während der nächsten zwei Stunden servierte, waren allerdings größtenteils von hervorragender Qualität. Ob das an den anderen Tischen ebenso war, daran hatte Perez leise Zweifel. Die Produkte auf ihren Tellern unterschieden sich doch ziemlich von dem, was die übrigen Gäste vorgesetzt bekamen.

An der Seite von Alain Pereira konnte einem Ähnliches selbst in Feinschmeckerrestaurants passieren. In der Gastronomie seines Heimatlandes war der geniale Beschaffer seltener Delikatessen ein kleiner Star. Die Unter-der-Hand-Geschäfte, die er nebenher noch mit Perez abwickelte, waren da mehr so eine Art Hobby, das sich aus seinen Jahren als Anfänger im Feinkosthandel und nicht zuletzt durch seine Freundschaft zu Perez gehalten hatte.

»Also?«, fragte er nach der zweiten Flasche Wein. »Was führt euch sonst noch über die Grenze nach Spanien? Es kann doch nicht allein an Stephs Interesse an der Unterwasserwelt liegen.« Während des Essens hatte Pereira seine ihm von Perez zugedachte Aufgabe mit Bravour erfüllt. Wenig euphorisch hatte er über das Leben an Bord von Forschungsschiffen berichtet, wovon er eine Menge zu verstehen schien. Viel von Langeweile, Kälte und Entbehrungen gesprochen und auch keinen Zweifel daran gelassen, dass die Arbeit mehr als schlecht bezahlt wurde und zudem ein normales Privatleben so gut wie unmöglich machte. Bei all seinen Ausführungen hatte er so glaubhaft gewirkt, dass Stéphanie zunehmend ernster geworden war und ihre Begeisterung für den spontan entwickelten Herzenswunsch deutlich nachgelassen hatte.

»Ich habe derzeit weder Schinken noch Schnecken«, fuhr Pereira an Perez gewandt fort, »und diese hart getrocknete Schweinswurst, auf die du mich angesetzt hast, habe ich tatsächlich noch nicht in der passenden Qualität gefunden.« Es handelte sich dabei um eine äußerst seltene Delikatesse, die man, ähnlich dem sardischen Bottarga, über Gerichte wie Nudeln oder Kartoffelstampf rieb, um diesen eine würzige Note zu verleihen. In Wahrheit hatte Pereira vermutlich noch nicht einmal mit der Suche begonnen.

»Geschenkt«, sagte Perez. »Ich bin nicht wegen des Geschäfts hier. Ich würde gerne wissen, was du über die angespülte Leiche in der Cala Culip weißt.«

Natürlich kannte Pereira die Neigung seines Freundes zum Detektivspiel, doch bis nach Spanien hatten ihn seine Ermittlungen bislang noch nie geführt. Und dafür gab es einen guten Grund: Perez wollte in dem Land, das für sein Geschäft von so zentraler Bedeutung war, lieber ein Unbekannter bleiben.

»Man spricht darüber«, sagte Pereira. »Hauptsächlich im Zusammenhang mit den Aktivitäten der *Maritime Treasure Hunters,* von denen du ja sicher schon gehört hast. Was interessiert dich daran?«

»Und die Leute im Hafen, was sagen die?«

Er lachte. »Die spekulieren wie immer wild vor sich hin. Manche glauben, dass es sich um Dynamitfischer gehandelt haben könnte.« Perez zog die Augenbrauen hoch. »Ja, mein Freund, das gibt's. Leute, die eine Sprengung herbeiführen, um hinterher die an der Oberfläche treibenden toten Fische abzuschöpfen. An das Gute im Menschen glauben wir beiden doch schon lange nicht mehr, nicht wahr?«

»Das ist ja ekelhaft«, sagte Stéphanie, die in den letzten Minuten mit ihrem Handy beschäftigt gewesen war.

»Und das solltest du eigentlich auch gar nicht hören«, sagte Pereira und rieb ihr liebevoll über den Arm. »Willst du dir nicht ein wenig die Füße vertreten? Ganz am Ende vom Hafen liegt eine Tauchbasis. Wenn du dem netten Kerl, der dort arbeitet, meinen Namen nennst, führt er dich ein bisschen rum und erklärt dir, was du für dein Tauchdiplom alles wissen musst. Falls du immer noch tauchen möchtest.«

»Ich bin fast siebzehn«, entgegnete Steph, ganz im Stil ihrer selbstbewussten Mutter. »Ich kann selbst entscheiden, was ich hören möchte und was nicht.« Auf den Tauchlehrer ging sie nicht ein.

»Und sonst, was sagen die Leute sonst noch?«, fragte Perez in Pereiras Richtung.

»Am meisten sorgt der Umstand für Verwirrung, dass sich noch niemand gemeldet hat.« Perez verstand nicht. »Oberstes Tauchgebot: Tauche niemals allein«, erklärte Pereira. »Man taucht immer mindestens zu zweit. Daran halten sich Profis wie Amateure gleichermaßen. Wenn es also zu einem wodurch auch immer ausgelösten Tauchunfall gekommen sein sollte, hätte der Partner sich längst bei den Behörden melden müssen. Oder es wird schon bald die nächste Leiche angeschwemmt werden, das ist natürlich auch denkbar. Die Leute jedenfalls sind skeptisch. Dass die Leiche total zerfetzt war, das weißt du? Deshalb fällt auch die Identifizierung so schwer.«

Stéphanie stand ruckartig auf. »Wie heißt der Typ in der Tauchschule?«

»Danny«, sagte Pereira in leicht verklärtem Tonfall. »Er ist Neuseeländer. Bitte grüße ihn ganz herzlich von mir.«

»Ruf mich an, Perez, wenn du hier fertig bist. Euer Gespräch wird mir zu eklig.«

»Weiter«, sagte Perez, nachdem Stéphanie das *El Flock* verlassen hatte. »Kennst du noch andere Taucher hier in Llançà?«

»Ich lebe zwar die meiste Zeit auf einem Boot, viel Kontakt zu Einheimischen habe ich aber ehrlich gesagt nicht. Du weißt ja, ich tauche nicht gern, trinke lieber Champagner als Bier und lasse mir den Fisch ausgenommen und filetiert im Hafen anliefern. In den Augen der meisten Taucher bin ich ein Snob.«

In der Tat hätte man Pereira gut und gerne für einen dieser unnützen Erben halten können, die die Jachthäfen rund um das Mittelmeer bevölkerten und das Geld ausgaben, das andere für sie verdient hatten. Perez wusste, dass sein Freund damit völlig falsch charakterisiert wäre. Alain Pereira war ein äußerst warmherziger, hilfsbereiter Mann, der seinen Reichtum durch harte Arbeit und kluge Entscheidungen Euro für Euro selbst erwirtschaftet hatte. Und davor hatte Perez höchsten Respekt.

»Die Leute behaupten übrigens, die Leiche könne in Zusammenhang mit den Schatzsuchern stehen. Was weißt du über die MTH?«

»Nur was in der Zeitung stand und was Jean-Martin darüber im Internet gefunden hat. Also fast nichts. Die Firma gehört irgendeinem Castellan, stimmt's?«

»Iker García Álvarez. Schillernde Persönlichkeit. Natürlich gefällt es den Katalanen überhaupt nicht, wenn sich ein Kastilier an *ihren* Schätzen vergreift. Für morgen ist eine große Kundgebung in Barcelona angekündigt und heute schon eine lokale Demo hier bei uns.«

»Was hältst du von ihm?«, fragte Perez.

»Mein Gott!« Pereira zuckte mit den Schultern. »Ein Geschäftsmann eben!«

»Und das bedeutet?«

»Ich finde es normal, dass ein Unternehmer seinen Geschäften nachgeht. Er verhandelt, wie man hört, gerade mit den zuständigen Behörden. Sollten sie sich einigen, hat er das Recht auf seiner Seite.«

»Einigen worüber?«

»Die Rechtslage beim Schatzsuchen ist sehr kompliziert, obwohl es eine UNESCO-Konvention von 2001 dazu gibt. Wem gehört der ganze Plunder, der in vielen Fällen seit Jahrhunderten auf dem Meeresgrund liegt? Eine Frage, die alle Küstenländer und viele Firmen, ja sogar Versicherungen umtreibt.«

»Was steht in dieser Konvention?«

Er fuhr sich durch das kurze Haar. »Im Wesentlichen, und stark vereinfacht dargestellt, soll sie den Staaten ermöglichen, ihr Kulturerbe unter Wasser besser zu schützen. Es befinden sich schätzungsweise noch immer über drei Millionen Schiffswracks auf dem Grund der Weltmeere.«

Es war nicht das, was Perez interessierte. Deshalb nutzte er die Pause, die Pereira in seiner Ausführung einlegte, um den Hund, der unter dem Nachbartisch lag, genauer zu betrachten. Ein lustiges kleines Kerlchen mit Schlappohren.

»Und einige dieser Wracks enthalten Schätze von unvorstellbarem Wert.« Perez wandte seine Aufmerksamkeit wieder Pereira zu. »Das sind für manche bloß materielle, in Wahrheit aber eben auch kulturhistorische Werte. Die Schiffsrümpfe, die Waffen, das Geschirr, Ladungen von Gold, Elfenbein und alten Münzen, aber auch Amphoren mit Wein oder Getreide ermöglichen der Wissenschaft, mehr über jene vergangene Zeit in Erfahrung zu bringen, die Lebensweisen zur Zeit des Untergangs zu rekonstruieren.«

»Um zu studieren, muss der Krempel gehoben werden, verstehe ich.«

»Auch unter den Wissenschaftlern gibt es verschiedene Fraktionen.«

Perez ließ hörbar Luft aus seiner Lunge entweichen. »Kennst du zufällig einen Professeur Abel Pasquier?«

»Nein. Wer soll das sein?«

»Den haben sie neulich tot in einem Swimmigpool gefunden. War auch so ein radikaler Unterwasserschützer.«

»Davon gibt's eben einige ... Nein, nie von ihm gehört. Gehört er zu deinem Fall?«

Perez schüttelte den Kopf. »Nein ... Nicht so wichtig. Erzähl weiter. Richten sich die Länder nach der Konvention?«

»Manche mehr, manche weniger. Einige haben sie gar nicht erst unterschrieben. Relevant sind ohnehin nur die großen Seefahrernationen beziehungsweise die Länder, die lange Küstenstreifen besitzen. Denn damit beanspruchen sie auch eine große Meeresfläche.«

»Ein Stück Meer besitzen? ... Hört sich irgendwie falsch an.«

»Sei nicht naiv. Im Groben kann man sagen, die US-Regierung ist relativ lax, dort zählt das freie Unternehmertum mehr als andernorts. Die Briten haben sich in den letzten Jahren großzügig auf einen Verteilungsschlüssel geeinigt. Ich glaube, sie teilen im Verhältnis 20 : 80 für die Bergungsfirmen. So stellen sie sicher, dass zumindest alles gemeldet wird, und bei den riesigen Summen, über die wir sprechen, bleibt immer noch ganz schön was übrig für den Staatshaushalt. Briten halt – immer schön *sophisticated*. Immerhin vermutet man Schätze von über dreißig Milliarden Euro auf dem Meeresboden. Ganz anders sieht es dann aber hier bei uns in Spanien aus. Unsere Regierung besteht darauf, dass alles, was einst unter spanischer Flagge segelte, Spanien auch auf alle Zeit gehört. Wir klagen in höchster Instanz gegen Bergungsfirmen und drängen auf die Herausgabe aller geborgenen Schätze. Da spielen Hoheitsgewässer eine Rolle und auch Fragen danach, wem das Schiff zum Zeitpunkt seiner Havarie gehörte. Sollte zum Beispiel eine Versicherung nach dem Verschwinden des Schiffs für den Schaden aufgekommen sein, so sichert sie sich damit normalerweise alle Rechte an der Ware ... auf alle Zeiten. Wahnsinnig kompliziert! Die Verhandlungen mit Madrid dürften also selbst für einen Mann wie Álvarez schwer werden, auch wenn zu vermuten steht, dass er einige entscheidende Personen in der Regierung ... wie soll ich sagen ... gut kennt. Fest steht allerdings auch, dass die Katalanen, egal zu welchem Ergebnis die bei der Zentralregierung kommen, eine Entscheidung zugunsten von Álvarez nicht anerkennen werden. Das versteht sich bei der angespannten Lage zwischen Barcelona und Madrid von selbst. Gänzlich unerbittlich verhält sich übrigens auch dein Frankreich, immerhin das Land, dem nach den USA die zweitgrößte Meeresfläche gehört. Etwa elf Millionen Quadratkilometer ausschließliche Wirtschaftszone.«

»Wirtschaftszone? Ich kenne bloß die Drei-Meilen-Zone.«

»Nach der Drei-Meilen- kommt die Zwölf-Meilen-Zone und schließlich die Wirtschaftszone, die bis zu zweihundert Seemeilen vor der Küste reicht. Laut einer älteren UN-Konvention kommt danach noch der Festlandsockel, dreihundertfünfzig Seemeilen vor der Küste. Erst danach erreicht man das sogenannte offene Meer. Alles kompliziert, mein lieber Perez, und letztlich nicht bindend geregelt. Schau dir nur an, wie die Territorialkonflikte im Südchinesischen Meer schon seit den Fünfzigerjahren immer wieder aufploppen. Die Spratly-Inseln könnten zu Kriegshandlungen zwischen den Anrainerstaaten führen. Beschissene kleine Atolle, allerdings werden dort große Vorkommen an Erdöl und Erdgas vermutet. Aber zurück zu euch Froschfressern.« Pereira schmunzelte.

»Vorsicht, Amigo!«, sagte Perez mit erhobenem Zeigefinger.

»Man schätzt, dass sich in dieser französischen Wirtschaftszone zwischen 150 000 und 200 000 archäologische Stätten befinden. Deswegen habt ihr, in Person von André Malraux, 1966 die DRASSM eingerichtet. Eine Institution, die dem Kulturministerium unterstellt ist und deren hauptsächliche Aufgabe darin besteht, das archäologische Kulturerbe unter Wasser zu erforschen und zu beschützen. Zum Beispiel vor Plünderern, ob nun Privatpersonen oder Bergungsfirmen wie den *Maritime Treasure Hunters*. Das DRASSM-Schiff müsstest du eigentlich schon öfter gesehen haben. Es fährt häufig hier durch unsere Gewässer. Ist nach dem Gründer André Malraux benannt. Schönes Ding, für ein Forschungsboot.«

»Mon dieu! Was du alles weißt.«

»Schon vergessen, mein Freund José ist Antiquitätenhändler? Er fasst den Begriff sehr weit.«

»Ich verstehe. So wie wir den Begriff ›direkt vom Erzeuger‹ sehr weit fassen?«

»In etwa so, ja.«

»Schön, schön«, sagte Perez. »Weiß eigentlich jemand, um welches Wrack es sich bei der momentanen Aufregung handelt?«

»Ich jedenfalls nicht. Offiziell verhandelt Álvarez mit der spanischen Regierung über ein generelles Abkommen für ein exakt umgrenztes Gebiet, das aber der Öffentlichkeit nicht bekannt ist. Normalerweise kommt so was gar nicht ans Licht. Ich vermute, dass irgendein Katalane bei den Verhandlungen mit am Tisch saß, und sei es nur als Protokollführer, und der hat es dann seinen Landsleuten in Barcelona gesteckt. Im Mittelmeer sind so viele Boote abgesoffen, auf dem Meeresgrund liegen derart viele Schätze. Und an Land gibt es so viele Schatzsucherunternehmen, wenn ich dir die alle aufzähle, sitzen wir morgen noch hier. Und so doll ist die Küche nun auch wieder nicht. Apropos, bisschen ölig, fandest du nicht?«

Perez zuckte mit den Schultern. Er hatte das Essen längst wieder vergessen.

»Unter den Bergungsgesellschaften herrscht Krieg«, fuhr Pereira fort. »Du müsstest dir mal ansehen, wie die Plätze, an denen getaucht wird, rund um die Uhr abgesichert werden. Schade, dass mein Boot auf dem Trockenen liegt, sonst würden wir mal zusammen rausfahren. Dagegen ist ein Hochsicherheitsknast ein Kindergeburtstag.«

»Wieso kennst du dich so gut aus?«

»Ich kenne den Projektmanager an Bord des Bergungsschiffes.«

»Ach! Und damit rückst du erst jetzt raus?«

»Tut doch nichts zur Sache. Die Polizei ist gerade auf dem Weg zu ihm, um die Theorie abzuklopfen, nach der die Leiche eigentlich nur aus dem Tauchteam der *Álvarez I.* stammen kann.«

»Ich darf vermuten, dass es sich bei der *Álvarez I.* um das Schiff der *Maritime Treasure Hunters* handelt?«

»Sei nicht sauer, Perez, ich habe dir doch alles erzählt, was ich weiß. Juan Calero ist, wie soll ich sagen ...? Wir mochten uns mal sehr, okay, reicht dir das? Alles, was er mir jemals über seinen Job, seinen Arbeitgeber und die Wracks erzählt hat, hat er mir unter dem Siegel absoluter Verschwiegenheit erzählt. Juan ist ein netter Kerl. Ich habe dir schon viel zu viel gesagt. Er ist Unterwasserarchäologe und macht auf der *Álvarez* bloß seinen Job. Wenn auf dem Boot jemand zu Tode gekommen wäre, hätte er sofort die Polizei unterrichtet. Dafür lege ich meine Hand ins Feuer.«

»Sagst du das auch der Guardia?«, knurrte Perez.

»Perez, ich bin ein ehrenwerter Geschäftsmann. Und mit dir betreibe ich diese bestenfalls halb legalen Geschäfte. Macht mir Spaß, ohne Frage, doch die Polizei sollte davon nichts erfahren. Der beste Kontakt zu den Behörden ist, keinen Kontakt zu den Behörden zu haben.«

»Meine Rede! Na schön«, sagte Perez, zog aber immer noch einen Flunsch. »Eigentlich sind mir diese Schatzsucher reichlich egal. Und aufs Meer rausfahren ... du kennst mich ... Ich will dir mal sagen, warum mich die Leiche interessiert.«

»Jetzt bin ich aber gespannt.«

»Du hast nicht danach gefragt.«

»Ich wusste, du sagst es mir, wenn die Zeit gekommen ist.«

»Mein alter Schulkamerad Timoteo Mata ist seit einiger Zeit verschwunden. Auch ein Taucher. Seit dieser Arm in Banyuls angespült wurde, machen wir uns Sorgen, es könnte seiner gewesen sein.«

»Polizei? DNA-Abgleich? Kann man so was nicht relativ leicht herausfinden?«

»Schon ... aber was hast du gerade über die Polizei gesagt?«

»Also, du lässt mich hier stundenlang referieren, und in Wirklichkeit willst du bloß wissen, ob euer Arm zu unserem Körper gehört und alles zusammen deinen Schulfreund ergibt?«

»Genau so.«

»Na schönen Dank auch. Das fettige Essen hätten wir unseren Körpern ersparen können.«

»So schlimm war es auch wieder nicht.«

»Er war es nicht.«

»Mata?«

»Ja. Der Körper war zwar zerfetzt, aber man konnte immerhin erkennen – was auch nicht besonders schwer ist –, dass es sich um eine Frauenleiche handelt.«

KAPITEL 12

Im Hafen von Llançà hatten sich einige Hundert Demonstranten versammelt. Als Perez und Pereira dazustießen, standen die überwiegend jugendlichen Teilnehmer noch etwas unentschlossen in versprengten Gruppen zusammen. In unregelmäßigen Abständen wurde *Freiheit für Katalonien!* skandiert, worauf die Fahnenbesitzer in einer Art pawlowschem Reflex ihre mitgeführten Senyeras, wie man die Nationalfahnen auf Katalanisch nannte, hochrissen und grimmig entschlossen schwenkten. Man erkannte die Senyera der Separatisten an dem zusätzlichen Stern neben den üblichen roten Streifen auf gelbem Grund.

Perez konnte beim besten Willen keinen Zusammenhang zwischen der Freiheitsparole und dem, wofür Álvarez angeblich stand, erkennen. Selbst wenn der Kastilier Schiffe, die einstmals unter katalanischer Flagge gesegelt waren, nicht würde bergen dürfen, machte das die Katalanen in seinen Augen keineswegs frei von Madrid. Er verstand die überall aufkeimenden Separatistenbewegungen ohnehin nicht. Als überzeugter Europäer war ihm jedwede Kleinstaaterei ein Dorn im Auge. Eine Abspaltung Kataloniens von Restspanien würde nur überflüssige Grenzen zurückbringen, und wer konnte das schon wollen? Trotzdem fanden solche Demonstrationen in Katalonien tagtäglich statt.

Wie auf ein geheimes Kommando hin setzte sich der Zug in Bewegung. Ein glatzköpfiger Bursche mit Megafon schritt vorneweg. Die restlichen Teilnehmer formierten sich hinter ihm und reckten ihre Fahnen und Transparente in den Winterhimmel.

Zwei Wagen der Guardia Civil folgten der Gruppe, besonders ernst schien die lokale Behörde die Sache nicht zu nehmen.

Perez las, was auf den Transparenten geschrieben stand: *Kastilier: Hände weg von unseren Schätzen.* Etwas weiter hinten im Zug: *Unser Meer! Unsere Schätze!* Direkt daneben: *Álvarez = Dieb!* Zwei Reihen dahinter ein Transparent, das Perez nachdenklich machte: *Álvarez, lass unsere Toten vor Cadaqués ruhen – 42°12'00" N // 3°22'00" E.*

Perez wies Pereira auf das Schild hin.

»Das ist in etwa die Haltung des Professors gewesen, nach dem ich dich vorhin gefragt habe«, sagte er. »Lasst die Toten ruhen.«

»Nicht zu Unrecht, meiner Meinung nach. Überleg mal, mit der *Titanic* sind eintausendfünfhundert Menschen abgesoffen. Das Schiff auf dem Meeresgrund ist ihre letzte Ruhestätte. Viel größer als manch ein Friedhof an Land. Man kann diese Meinung vertreten – unbedingt.«

»Und was sollen die Zahlen dahinter bedeuten?«

»Eine Lagebestimmung. Koordinaten. Woher sollten sie die kennen? Halte ich für ... Verdammt«, entfuhr es ihm. »Das würde allerdings alles verändern ...«

»Was würde alles verändern?«, fragte Perez und sah

in die Richtung, in die sein Freund schaute. Ein breites, von zwei Frauen getragenes Transparent bildete den Abschluss der Kolonne. *Die Santa Maria gehört allen Katalanen* stand dort, kunstvoll in den Nationalfarben gesprayt.

»*Nuestra Señora de la Santa Maria del Mar*«, hauchte Pereira. Offenbar ein Mythos, wie Perez aus der Tonlage schloss. »Das wäre natürlich eine ganz andere Sache.«

»Kannst du es einem Froschfresser trotzdem erklären?«

»Wenn du noch Zeit für einen Kaffee hast.«

»Die *Nuestra Señora de la Santa Maria del Mar* ist so etwas wie das heilige Schiff der Katalanen. Den Erzählungen nach hatte es ungeheure Reichtümer geladen, als es die Karibik verließ.«

»Wann war das?«

»Um 1620. Sie war das Prunkstück der Flotte. Siebenhundert Tonnen schwer, mehr als vierunddreißig Meter lang und zehn Meter breit. Mit zwei rahgetakelten Masten und einem Mast mit Lateinersegeln am Hinterdeck. Das Oberdeck war, wie für Galeonen jener Zeit typisch, in einer Art Balkon über das Deck hinaus verlängert. Ein wahrhaft stolzes Schiff.«

Pereiras Augen bekamen während der Ausführungen einen schwärmerischen Glanz. Perez hingegen musste achtgeben, nicht einzunicken. Es war sehr warm und stickig in dem engen Café.

»Vorn und hinten gab es hohe Aufbauten«, fuhr Pereira fort. »Von dort konnten die Seeleute beim Entern auf feindliche Schiffe springen.«

»Wie viel Mann Besatzung? Die technischen Details verstehe ich nicht.«

»Knapp sechshundert? Bestückt mit zweiunddreißig Bronzekanonen, die größte von ihnen vier Meter lang!«

»Und wie konnte dieses Wunder der Weltmeere sinken?«

»Zuerst solltest du wissen, dass die Santa Maria etwa hundert Tonnen Gold, Silber und Smaragde an Bord gehabt haben soll. Das war damals ein Gegenwert von drei kompletten Jahreseinnahmen der spanischen Krone. Nun zu deiner Frage: Einem historischen Dokument zufolge lauerte ein britisches Kriegsschiff im Auftrag der Queen der Santa Maria kurz hinter Gibraltar auf. Ihr Befehl lautete, das Schiff zu plündern und es anschließend zu versenken. Dabei geschah ein Unglück: Eine der abgefeuerten Kanonenkugeln schlug offenbar versehentlich in die Pulverkammer der Galeone ein, woraufhin das Schiff explodierte und sank, bevor die Briten es kapern konnten.«

»Prima, gleich zwei Verlierer, tolle Geschichte«, sagte Perez. »Klingt wie ein Hollywoodfilm.«

»So klingen nahezu alle Schiffsunglücke. Entweder sie sind im Gefecht gesunken, wurden von Piraten aufgebracht oder sie wurden Opfer eines brutalen Sturms.«

»Und was ist der ganze Plunder heute noch wert?«

»Du meinst, warum sich einer wie Álvarez so sehr dafür interessiert? Bevor ich dir das erkläre, vergiss bitte nicht, dass ich es für äußerst unwahrscheinlich halte, dass die Demonstranten wissen, was genau Álvarez sucht. Er wird es in jedem Fall verschleiern. Und diese Koordinaten sind bloße Vermutung. Alle Jahre wieder behauptet einer, die Santa Maria gefunden zu haben. Dieser Jemand, nennen wir ihn für den Moment mal Iker García Álvarez, wäre ein Held in der Branche. Und eine Legende zu werden, danach trachten viele Abenteurer, auch die modernen. Ein Fund von solch historischer Bedeutung brächte ihm einen Eintrag in die Geschichtsbücher. Zum anderen, aber das hängt natürlich von den Verhandlungen mit der Regierung ab, wäre es sehr lukrativ. Denk allein an den Bronzewert der Kanonen. Man spricht von etwa vierhundert Millionen Dollar für die gesamte Ladung. Manche Schätzungen liegen sogar noch höher. Selbst wenn er davon neunzig Prozent an Spanien abgeben müsste, und das soll, wie man munkelt, die spanische Position in den Verhandlungen sein, blieben ihm ja immer noch mindestens vierzig Millionen. Bergungen sind teuer, aber da bleibt trotzdem ein Batzen übrig.«

»Und die ist so schwer zu finden, dass selbst die jugendlichen Demonstranten schon die Koordinaten kennen?« Perez grinste schelmisch. »Oder ist dein lieber Freund am Ende doch nicht so verschwiegen?«

Pereira winkte ab. »Die wissen gar nichts. Nicht einmal die Zentralregierung wird die Koordinaten kennen. Selbst die Mitarbeiter an Bord des Bergungsschiffes werden zum jetzigen Zeitpunkt nicht Bescheid wissen. Bevor die Besitzfrage nicht rechtskräftig geklärt ist, dürfte es sich nur um einen ganz kleinen Kreis von Menschen handeln, der überhaupt in die Pläne der *Maritime Treasure Hunters* eingeweiht ist. Álvarez selbst, Juan als Leiter der Operation und als derjenige, der das Wrack wahrscheinlich aufgespürt hat. Darüber hinaus ... keine Ahnung. In dem Geschäft operiert man mit Decknamen oder falschen Koordinaten.«

»Man kann deren Schiff doch sicher locker lokalisieren. Die *Álvarez I.*«

»Logisch. Deshalb wird es in dieser Phase auch ständig in Bewegung sein. Schon allein, weil die Crew befürchten muss, dass die Konkurrenz ihr den Platz sonst streitig macht. Bergungsunternehmen sind allesamt wahre Künstler im Täuschen. Jedenfalls steht eins klipp und klar fest: Sollte Álvarez die *Santa Maria* tatsächlich gefunden haben, dann hält er den Jackpot in Händen und hier wird es bald sehr, sehr hektisch zugehen ...Woran denkst du?«, fragte Pereira, dem nicht entgangen war, dass Perez' Gedanken abschweiften.

»Ich frage mich gerade, ob mein Freund Timoteo vielleicht diesem Álvarez in die Quere gekommen sein könnte. Vielleicht ist das sein großes Ding, von dem er mir so geheimnisvoll erzählt hat.«

Pereira trank seinen kalt gewordenen Kaffee aus. Erst dann schüttelte er entschieden den Kopf.

»Ich weiß nicht, Perez. Ich kennen deinen Freund ja nicht, aber ich kann mir nicht vorstellen, dass die beiden in derselben Gewichtsklasse boxen.«

KAPITEL 13

»Was hat dir Alain sonst noch über die Leiche erzählt?«, fragte Stéphanie auf dem Rückweg nach Banyuls.

»Es handelt sich um einen Frauenkörper. Also ist es nicht Timi.«

»Oh.«

»Mmh.«

»Ist das gut für dich?«

»Gut?« Perez seufzte. »Was ist schon gut? Eine Leiche ist immer eine zu viel.«

»Du weißt, was ich meine.«

»Du willst nur eins: wissen, ob ich ermittle oder nicht! Du bist wie deine Mutter, ihr beide wollt mich immer davon abhalten.«

»Weil wir dich lieb haben!«

Perez hatte gerade Luft geholt, um sich in Rage zu reden, nach dieser Antwort schmolz er allerdings dahin.

»Einerseits«, sagte er schnell, um seine Emotion zu überspielen, »ist es natürlich gut, dass Timi noch lebt. Andererseits muss ich mir jetzt überlegen, wo ich weitersuche.«

»Weißt du was, Perez?«

»Alors?«

»Ich bin nicht wie Maman! Ich finde dein Hobby ganz

schön spannend. Diese Ermittlungen und all das. Vielleicht werde ich nicht Ozeanografin, sondern Detektivin.«

»Oh ha«, sagte Perez. »Dann bezahle ich dir lieber den Tauchkurs ... Apropos, was ist dieser Danny für ein Typ?«

Statt einer simplen Antwort geriet Stéphanie ins Schwärmen. Der Junge sei wahnsinnig nett zu ihr gewesen und dabei so witzig und überhaupt nicht überheblich: einfach nur cool. Er habe sie herumgeführt, jede ihrer Fragen beantwortet und alles genau erklärt. Dann habe er ihr von dem gesunkenen Schiff erzählt und diesem bösen Álvarez.

»Ist er Katalane oder warum regt er sich so darüber auf?«

»Nein, er ist Neuseeländer. Hat uns Alain doch erzählt ...«

»Immer diese Zugereisten. Wollen stets die besseren Einheimischen sein. Die Sache geht ihn also eigentlich überhaupt nichts an.«

»Aber dieser Álvarez ist wirklich ein fieser Kerl. Wusstest du, dass er Mitglied in so einem ekligen Klub der Milliardäre ist?«

»Nein«, sagte Perez. »Aber es wundert mich auch nicht.«

»Nicht bloß Klub wie Klub«, sagte Stéphanie.

»Sondern?«

»So ein richtig ekliger Klub eben.«

»Steph! Was bitte ist für dich ein ekliger Klub?«

»Danny hat auch bloß davon gehört. Die machen Mutproben. Wettkämpfe ohne Rücksichtnahme, hat Danny gesagt.«

»Verstehe ich immer noch nicht.«

»Na ja, vielleicht sogar kriminell.«

»Du meinst ...?«

»Ja, wenn du eine solche Info bekommst, dann musst du der doch nachgehen.«

»Junge Dame ...«

»Nix da«, unterbrach Stéphanie. »Wenn du mich da schon mit reinziehst, dann will ich auch wissen, wie es weitergeht.«

Perez hätte antworten können, dass niemand sie in irgendwas hineinzuziehen gedachte. Dass diese Sache sie im Gegenteil nicht das Geringste anging und noch einige Argumente mehr dafür anfügen können, dass private Ermittlungen, zumal ohne Lizenz, kein erstrebenswerter Beruf für ein junges Mädchen waren. Aber Stéphanie Finken war die Tochter von Marianne Finken, und bei den Finkens kam man mit Verboten oder Vertuschungen nicht weit.

»Wir werden sehen«, sagte Perez. »Fürs Erste schlage ich vor, du gehst gleich morgen rüber zu Jean-Martin und ihr macht euch mithilfe seines Computers schlau. Wenn schon dein Danny davon weiß, dann sollte JeMa auch etwas darüber rausfinden können. Und du natürlich, als meine Assistentin.«

Jetzt strahlte Stéphanie mit der untergehenden Sonne um die Wette. Perez konnte sich endlich wieder auf die Straße konzentrieren.

Eine Stunde später, Perez hatte Stéphanie zu Hause abgesetzt, saß er im *Conill* und erzählte Haziem von den Geschehnissen der letzten Tage. Angefangen beim Ausflug nach La Vall bis zu der Demonstration in Llançà.

Als Gegenleistung für seine Auskunftsfreudigkeit erhielt er kräftigende Nahrung und feinste Getränke. Irgendwann war es mit dem Frieden vorbei. Der Zeitpunkt, an dem die Stimmung kippte, war exakt auszumachen: Haziem, der über den Abend verteilt nur wenige gezielte Zwischenfragen gestellt hatte, allenfalls durch kurzes Lachen, Räuspern oder andere kommentierende Laute aufgefallen war, sagte gegen Ende der Geschichte wie aus heiterem Himmel:

»Fabienne Benoit, sagtest du?«

»Äh, was?«, fragte Perez, überrascht, dass Haziem auf den Namen der Frau zurückkam, der vor einer gefühlten Ewigkeit gefallen war. »Ja, Fabienne Benoit. Timis Nachbarin. Du kennst sie doch nicht etwa?« Nur weil Perez genau hinsah, erkannte er, wie der Maghrebiner nickte. »Lass hören! Auf die Auflösung bin ich jetzt mal sehr gespannt.« Er steckte sich eine Zigarette zwischen die Lippen, entzündete sie aber nicht, obwohl sie allein im Restaurant waren.

Haziem druckste lange herum, bevor er Perez erzählte, was sich vor Jahrzehnten bei einer Party in Perpignan zugetragen hatte.

»Willst du mir mit deinem Gestotter tatsächlich sagen, dass du damals ein Verhältnis mit einer verheirateten Frau hattest?«, fragte Perez.

Er schob die Zigarette zurück in die Packung. Weshalb er Fabienne gerade als verheiratete Frau bezeichnet hatte, wusste er selbst nicht. Trotz der gemeinsam verbrachten Nacht wusste er so gut wie nichts von ihr.

Fakt war, dass Haziem beschämt zu Boden blickend nickte, was sich wiederum wenig förderlich auf das ungute Gefühl in Perez' Magengegend auswirkte.

Nach dieser Information musste er sich seinerseits damit auseinandersetzen, ebenfalls mit einer verheirateten Frau geschlafen zu haben. Um die Verstimmung komplett zu machen, kam ihm Millas Aufschrei wieder in den Sinn. Wie hatte sie Fabienne bezeichnet? Als *fiese Schlampe*?

»War ja keine Affäre«, nuschelte Haziem in Richtung seiner Schuhe. »Ist ein Mal passiert, nur ein Mal, Perez. Ich will nicht darüber sprechen, okay? Bin nicht stolz drauf.«

Die Stimme, mit der Haziem bat, nicht darauf herumzureiten, machte Perez deutlich, dass Witzchen oder gar Vorwürfe denkbar unangebracht waren. Ihm war ohnehin nicht mehr danach. Gott sei Dank wechselte Haziem von sich aus das Thema.

»Was machst du eigentlich, wenn Mata wieder auftaucht?«

»Versteh die Frage nicht?«, brummte Perez.

»Wenn nicht er die Leiche ist, dann wird er doch hoffentlich irgendwann wieder auftauchen und in sein Haus zurückkehren. Dann sucht er vielleicht nach den Unterlagen und nach seinem Laptop. Und wenn er dann herausfindet, dass das alles sein alter Kumpel Perez mitgenommen hat, wird es dann nicht ein bisschen … peinlich vielleicht nicht, aber ein wenig blöde siehst du dann schon aus.«

»Ach was. Milla und ihre Tochter haben mich für Nachforschungen angeheuert, und die stelle ich an. Klar, ist nicht lustig, wenn jemand in dein Haus klettert, aber was hätte ich anderes machen sollen? Das erkläre ich ihm schon. Vielleicht ist JeMa ja auch bald fertig mit der Auswertung, dann bringe ich den ganzen Kram zurück.«

In diesem Augenblick betrat Marianne das *Conill*. Perez sah auf, zwinkerte ihr zu. Ihre Reaktion war verhalten.

»Madame Finken, was treibt dich so spät noch aus dem Haus? Hast du Sehnsucht nach mir?«

»Ich war bei Milla Mata.«

»Oh«, sagte Perez.

»Ja, oh. Sonst noch was?«

»Was meinst du? Wieso warst du bei Milla und überhaupt ... Warum bist du so pampig?«

»Du hattest mich heute Morgen darum gebeten, mit dir zu Milla rauszufahren. Vielleicht erinnerst du dich noch? Nachdem ich alles im Hotel vorbereitet hatte und erfahren musste, dass du, ohne es mit mir abzusprechen, meine Tochter auf eine deiner Ermittlertouren mitgenommen hast, bin ich allein zu der armen Frau gefahren.«

»Es ist nicht Mata, den sie gefunden haben.«

»Sondern?«

»Eine Frauenleiche. Steph hätte es dir erzählen können. Die Aufregung war also vergebens. Du musstest da nicht mehr hinfahren.«

»Habe ich aber getan. Lange bevor ihr zurück gewesen seid.«

»Tut mir leid, ich hätte anrufen sollen. Je m'excuse!«

»Milla hat mir erzählt, dass du bei dieser anderen Frau warst? Einer gewissen Fabienne? Die Frau hat einen Ruf, und sie hat ein Verhältnis mit deinem Freund Mata. Muss ich da etwas wissen?«

»Marianne! Eine solche Frage solltest *du* mir nicht stellen. Aber ehe sich da was in deinem Oberstübchen festsetzt: Da gibt es nichts zu wissen. Ich war mit Onkel Luca unterwegs. Wir waren in Timis Haus und haben, nachdem wir zuerst nicht reinkamen, die Nachbarin zu ihm befragt. Wenn du Genaueres über Madame Benoit wissen willst, musst du Haziem fragen«, sagte Perez, um von sich abzulenken.

Über seine Erregung war ihm schwindelig geworden. *Ein Verhältnis mit Mata?* Die beiden passten überhaupt nicht zusammen. Warum bin ich nur so blöde, dachte Perez, und warum bin ich nur so feige, Marianne nichts davon zu erzählen?

Marianne drehte sich schneller zu dem Maghrebiner um, als dieser erwartet hatte. Trotzdem sah sie bloß noch seinen Hinterkopf. Haziem verschwand im Vorratsraum neben der Küche.

»Was ist hier los?«, fragte sie energisch, jetzt wieder Perez zugewandt.

Perez fühlte sich noch schlechter. Nun hatte er auch noch seinen Freund in die Pfanne gehauen.

»Jetzt mal schön ruhig, Marianne. Hier ist alles in bester Ordnung. Erzähl mir lieber, wie's bei Milla war.«

»Da gibt es nichts zu erzählen«, sagte Marianne.

»Na komm schon, irgendetwas wirst du doch von dort mitgebracht haben. Du hast ihr erzählt, dass hier in Banyuls ein Arm und dort drüben der Rest des Körpers gefunden wurde. Und dass es unter Umständen Timi sein könnte. Er ist es aber nicht. Du musst sie sofort anrufen und Entwarnung geben.«

»Ja, das ist in der Tat eine gute Nachricht. Ich spreche gleich mit ihr.«

»Hat sie dir im Laufe des Gesprächs noch etwas über Timi erzählt, das uns weiterhelfen könnte?«

»Sie ist schon elendig lange von ihm getrennt. Sie weiß bloß, dass ihm seine Arbeit im *Laboratoire Arago* auf die Nerven geht.«

»Timi arbeitet im *Arago*?« Perez war überrascht.

»Wo denn sonst? Kennst du noch andere Institutionen hier bei uns, die professionelle Taucher beschäftigen?«

»Ich dachte ... keine Ahnung, ich hab überhaupt nicht darüber nachgedacht, wenn ich ehrlich sein soll ... Ich dachte, er ist Tauchlehrer oder so was. Wir haben mindestens ein halbes Dutzend Tauchbasen im Ort ... verdammt!«

»Was ist daran so schlimm?«

»Dann war Timi ein Kollege vom verrückten Professor. Seltsam, das alles.« Perez verstummte, rollte gedankenverloren eine Zigarette zwischen Daumen und Zeigefinger. »Sag mal, wen kennen wir im *Arago*?«, fragte er nach einer Weile.

»Das ist nicht fair!«, antwortete Marianne. Sie hatte die Hand erhoben, um allen weiteren Fragen Einhalt zu gebieten. Perez versuchte sich am Blick eines treuen Hundes. »Fang nicht wieder damit an«, drohte sie ihm.

Das *Laboratoire Arago* war seit Kurzem eine direkte Dependance der Pariser Sorbonne. Alle wichtigen Positionen wurden von dort aus besetzt. Der neue Direktor war Pariser in der hundertsten Generation, wie man hier scherzte. Aber neben dem Mann, der in der Öffentlichkeit stand, gab es auch noch einen kaufmännischen Geschäftsführer, der sich um Personal und Finanzen kümmerte, und den kannten sowohl Marianne als auch Perez nur zu gut. Der verwöhnte Snob hatte lange Zeit auf Perez' Kundenliste gestanden. So lange, bis dieser aalglatte Typ eine Nacht mit seiner Marianne verbracht hatte.

»Das tue ich nicht. Es geht nicht um dich, sondern um Timis Verschwinden«, sagte Perez. »Aber wenn du schon davon anfängst: Wie konntest du nur?«

KAPITEL 14

Der Schnee fiel in weichen Flocken. Perez stand vor dem Aquarium und sah an der modernen Fassade empor. Im vergangenen Frühjahr hatte er kurz die Hoffnung gehegt, es würde einmal ein hübsches Gebäude werden. Die Zimmermänner hatten damals wunderschöne massive Holzbalken verbaut. Nun, da all das Holz in der Fassade von einer Art Wellblech umkleidet war, war jede Hoffnung auf ein architektonisches Highlight in Banyuls dahin.

Perez' Blick wanderte von der Stelle, wo er den Verwaltungstrakt des Aquariums vermutete, zu dem kleinen Glastiegel in seiner Hand. Er hatte den Safran eben erst aus dem *Tresor* geholt und beim Gedanken daran, was er damit vorhatte, nicht minder gelitten, als hätte er eine Flasche seines heiligen Weins *Creus* zu verschenken. Das rote Gold verkaufte er unter der Hand in Zehn-Gramm-Beutelchen für siebzig Euro. Hervé Delgado war vor der Affäre mit Marianne einer seiner besten Abnehmer dafür gewesen. Echter Safran aus La Mancha, der Gegend um Toledo. Nicht dieses iranische Produkt, das lediglich in Spanien abgepackt wurde, um sich auf diesem Weg das Prädikat »Echter Safran aus Spanien« zu erschleichen. Nach amtlichen Statistiken wurden neunzig Tonnen pro Jahr aus Spanien exportiert. Dabei wurden von dem echten Gewürz gerade einmal anderthalb Tonnen pro Jahr in mühevoller Handarbeit geerntet. Und ein paar Extrakilo, von denen nur der Produzent in dem Zehntausend-Seelen-Städtchen Madridejos etwas wusste. Und natürlich der große Alain Pereira, der Perez die bei Gourmets so beliebte Köstlichkeit lieferte, die selbst den fadesten Reis in eine duftende Delikatesse zu wandeln vermochte. Zum Preis von dreitausend Euro pro Kilo.

Einen Mann zu beschenken, der einem die Frau, wenn auch bloß für eine Nacht, ausgespannt hatte, das taten nur Verrückte oder Masochisten. Oder Leute, die sich etwas davon versprachen. In Augenblicken wie diesem hasste Perez sich selbst.

Er betrat das Gebäude durch den Nebeneingang und bat die Dame am Empfang, ihn bei Delgado anzumelden. Das *Arago* stand zwar in Banyuls, trotzdem konnte man sich gleich beim Betreten des Eindrucks nicht erwehren, man dränge in eine fremde Welt ein. Da konnten sich die Verantwortlichen mit der Eröffnungszeremonie noch so sehr um Volksnähe bemüht haben, irgendwie merkte man sofort: Die Leute hier wollten unter sich bleiben, und die Universitätsgebäude würden für die Banyulencs auf immer *terra incognita* sein. Wahrscheinlich kannte Perez deshalb niemanden hier, und wahrscheinlich starrte ihn die überkorrekt gekleidete, stark geschminkte Frau deshalb auch so an. Vorsichtshalber entledigte er sich seiner Entenjägermütze.

»Nennen Sie ihm einfach meinen Namen: Perez!«, sagte er selbstbewusst, fast ein wenig trotzig, als sie ihn schmallippig nach einem Termin mit *Monsieur le Directeur* fragte.

Mit spitzen Fingern hob die Frau den Telefonhörer ans Ohr, tippte mit der Radiergummiseite eines Bleistifts eine Zahlenkombination ein und nannte ihrem Gesprächspartner seinen Namen.

»Na schön«, stöhnte sie gequält in den Hörer und verzog ihm gegenüber die Lippen zu einem aufgesetzten Lächeln. »Dritte Etage. Fahrstühle sind dort drüben. Meine Kollegin holt sie ab. Bitte tragen Sie diesen Ausweis sichtbar bei sich, solange Sie sich im Gebäude befinden.«

Perez starrte auf das blaue Kärtchen am Band, das nun am selben Bleistift vor seinem Gesicht schaukelte. Ob die Dame überhaupt etwas mit ihren Händen anfasste jenseits des Bleistifts, fragte er sich, bevor er beherzt nach dem Ausweis griff, ihn in die Hosentasche steckte und zum Aufzug stapfte.

Angesichts der Frau, die ihn oben erwartete, wurde Perez bewusst, dass zumindest der Verwaltungtrakt ordentlich geheizt sein musste. Delgados Sekretärin war nur mäßig bekleidet und wirkte, ganz im Gegensatz zu der Frau drei Etagen tiefer, als ginge sie zu einem Cocktailempfang. Nackte Arme, äußerst großzügiges Dekolleté und ein die Rundung ihres Hinterns stark betonender, kurzer Strickrock. Dazu balancierte sie ihre von Perez geschätzten Einmetersechzig auf zehn Zentimeter hohen Absätzen durch den ganz in Weiß gehaltenen Flur. Vorsichtshalber zog Perez den Reißverschluss seines Anoraks schon mal auf. Hätte er sich im Vorfeld Gedanken darüber gemacht, wie wohl die Sekretärin dieses schmierigen Typs aussehen mochte, wäre seine Imagination der Wirklichkeit ziemlich nahe gekommen. Dass seine Marianne diesem Frauenbild so überhaupt nicht entsprach und sie sich trotzdem mit dem Kerl eingelassen hatte, wurmte ihn gerade so sehr, dass er am liebsten auf dem Absatz kehrtgemacht hätte. Doch dafür war es bereits zu spät. Die Blondine bog rechts ab, direkt in Hervé Delgados großes Büro.

»Danke, *chérie*«, flötete Perez' Widersacher in Richtung der Sekretärin, bevor er mit ausgestreckter Hand auf Perez zukam. »Perez, mein Lieber, hast du mir endlich dieses kleine Missgeschick von damals verziehen? Wie schön, dich zu sehen.« Mit der freien Hand klopfte er Perez übertrieben auf den Rücken. »Nimm doch Platz. Darf Mona dir etwas zu trinken bringen?«

Perez schälte sich aus seinem Anorak und warf ihn achtlos über den zweiten Stuhl vor dem Schreibtisch aus grün schimmerndem satiniertem Glas. Ohne die Frage zu beantworten, setzte er sich.

»Offenbar hat Monsieur keinen Durst, Mona, Schatz. Ich würde noch einen Tee nehmen, danke.« Delgado umrundete den Tisch, auf dem nichts außer einem Computer stand, und ließ sich elegant auf seinem modernen Bürostuhl nieder. »Ich habe dich bei der Eröffnung aus der Entfernung gesehen. Bei all den vielen Händen, die ich schütteln musste, bin ich leider nicht bis zu dir vorgedrungen. Aber war das nicht ein tolles Ereignis für Banyuls?«

»Lassen wir doch das Geplänkel«, sagte Perez. »Um auf deine Frage zu antworten: Ich habe gar nichts vergessen und auch nichts verziehen.«

Der schmale Mann in seinem maßgeschneiderten dunkelblauen Anzug über weißem Hemd streckte die Hände aus. »Na schön«, sagte er, »was verschafft mir also die Gnade deines Besuchs?«

»Du warst mal einer meiner besten Kunden.«

»Du warst es, der mich nicht mehr beliefern wollte. Leider, darf ich hinzufügen.«

»Leider? Weil kein anderer dir besorgen kann, womit du vor deinen Gästen angeben kannst?« Perez stoppte. Er überlegte kurz, bevor er beherrscht, aber deutlich leiser fortfuhr. »Ich biete dir hier und heute die einmalige Chance, wieder als Kunde aufgenommen zu werden. Und dazu bekommst du diesen Safran als Geschenk.« Er schob das Glas über den Schreibtisch. Die Augen seines Gegenübers verengten sich zu Schlitzen. »Im Gegenzug«, fuhr Perez fort, »erfahre ich alles, was du mir über Timoteo Mata sagen kannst.«

Delgado brachte sich in eine aufrechte Position. »Mata, sagst du?« Er schien wirklich überrascht. Perez nickte bloß.

Dem Rollcontainer, der neben seinem Stuhl stand, entnahm Delgado eine dicke Akte und hielt sie in die Höhe. »Siehst du das hier? Ich beschäftige mich gerade intensiv mit Monsieur Mata.« Mit einem lauten Knall schlug die Mappe auf der Glasplatte auf. »Ich bin sehr überrascht über dein Interesse. Zufall? Oder schickt er dich am Ende selbst?«

Perez runzelte die Stirn. »Was steht da drin?«

»Gutes und nicht so Gutes. Ist seine Personalakte. Viel wichtiger aber ist, weshalb uns dein feiner Freund gerade in diesen Tagen etwas zu schaffen macht. Wir hegen den Verdacht, um offen mit dir zu sein, dass er uns bestiehlt. Und wenn stimmt, was wir da gerade Stück für Stück herausfinden, dann ist die Sache nicht bloß eine Bagatelle. Zudem ist Mata seit fast zwei Wochen nicht mehr zum Dienst erschienen. Ohne Entschuldigung, versteht sich. Keine Krankschreibung, einfach verschwunden. Und jetzt tauchst du nach all den Monaten aus der Versenkung auf, machst mir Geschenke und erkundigst dich ausgerechnet nach diesem Mann.«

»Was soll Timi geklaut haben? Worauf stützt sich euer Verdacht?« Perez blieb völlig ruhig.

»Hier in der Akte liegt eine zweiseitige Liste der Gegenstände, die wir vermissen. Ob er in allen Fällen dafür verantwortlich gemacht werden kann, klären wir gerade ... Was aber außerhalb jedes Kavaliersdelikts liegt und feststeht: Monsieur Mata hat ein Side-Scan-Sonar und einen Sub-Bottom-Profiler geklaut. Frag mich bitte nicht, was genau man damit anfängt. Ich bin hier ja lediglich dafür zuständig, die Rechnungen zu bezahlen. Deshalb weiß ich allerdings auch, dass dieses Spezialgerät ein kleines Vermögen kostet.«

»Wie viel?«

»Zehntausend! Der Profiler liegt bei etwa zwanzigtausend Dollar! Du verstehst also, dass ich mich um Monsieur Mata kümmern muss.«

»Habt ihr die Polizei schon eingeschaltet?«

»Wenn es nach mir ginge, wäre das längst geschehen. Aber unser neuer Direktor fürchtet sich im Augenblick vor schlechter Presse. Er möchte etwas zeitlichen Abstand zur Eröffnung. Hat die Befürchtung, dass eine solche Anzeige irgendwie zur Presse durchdringen könnte.«

»Merde«, sagte Perez.

»Und als wäre das allein nicht schon schlimm genug, wurden jetzt auch noch größere Fehlbestände beim Dynamit festgestellt.«

»Was habt ihr denn hier für Sicherheitsstandards?«

»Perez, ich hätte dir das gar nicht sagen dürfen.«

»Und ich sollte dich nicht beliefern. Fang bloß nicht so an ... Arbeitet Mata allein?«

Delgado schüttelte den Kopf. »Wir beschäftigen vier hauptamtliche Taucher und dazu noch einige Aushilfen und Teilzeitkräfte, auf die wir zugreifen können, wenn die Wissenschaftler sie benötigen.«

»Ich möchte mit den Männern sprechen.« Delgado sah Perez lange in die Augen, dann nickte er. »Außerdem möchte ich seinen Arbeitsplatz sehen.« Die Reaktion wiederholte sich. »Dann hätten wir das schon mal geklärt. Bevor mich deine Sekretärin dort hinführt, habe ich noch eine letzte Frage. Haben Mata und Professeur Pasquier sich gekannt?«

»Wie kommst du denn jetzt auf den verrückten Professor?«

»Bitte beantworte meine Frage.«

»Klar. Also ... Ich denke schon, ja. Die Taucher arbeiten bei Expeditionen eng mit den Wissenschaftlern zusammen. Da kennt jeder jeden, und Pasquier kannten ohnehin alle. Auch wenn er längst pensioniert war, hing er ständig hier rum ... oder gerade deshalb. Der arme Mann, was für ein grausamer Tod. Erfrieren! Hier im Süden. Fürchterlich.«

»Was hast du von ihm gehalten?«

Delgado stieß einen Schwall Luft aus. »Mein Gott, mir waren seine spinnerten Ideen herzlich gleichgültig. Ich bin hier der Finanzdirektor, verstehst du, was das heißt? Am Ende bin ich immer das Arschloch.«

Die Vorstellung gefiel Perez. Sein Mund verzog sich zu einem Grinsen.

»Aus anderen Gründen«, fuhr Delgado schmallippig

fort. »Am Ende ist es nämlich immer eine Frage des Geldes. Eine Expedition, ein ausgefallenes Experiment, Aufrüstung der Gerätschaften, all das kostet viel Geld. Geld, das in der überwiegenden Zahl der Fälle nicht budgetiert ist. Und mir fällt dann die nette Aufgabe zu, alles abzulehnen. Ich bin der böse Mann ohne Verständnis für die Sorgen und Nöte der Wissenschaftler, während der leitende Direktor bloß milde lächelt, mit den Schultern zuckt und jede Schuld weit von sich weist. Ich war vorher bei Renault, ich könnte morgen für Dow Chemical arbeiten. Geld ist Geld. Verwaltung, Personal, Budgets, das hat nichts mit der Materie zu tun. Hier in Banyuls bin ich nur, weil ich damit wieder näher an meine spanische Heimat gerückt bin. Unterwasserforschung interessiert mich nicht.«

Da haben wir ja wenigstens etwas gemeinsam, dachte Perez, blieb aber still, um sich nicht der Anbiederung verdächtig zu machen.

»Pasquier war einer von denen, die mich für den falschen Mann am falschen Ort hielten. Immerhin blieb er stets freundlich. Aber es war auch nett von mir, ihn zu empfangen. Er hatte zu allem eine Meinung, aber hier nichts mehr zu suchen. Am Ende unserer Diskussionen haben wir uns jedenfalls meist über irgendetwas anderes unterhalten, oft sogar über Privates. Und nun ist er tot.« Sein Blick wanderte zum Fenster hinaus.

Perez schwieg.

»Hast du davon gehört, dass Pasquiers Tochter einen Tag nach ihrem Vater gestorben ist?«

»Mon dieu, nein«, entfuhr es Perez. »Ich wusste nicht einmal, dass er eine Tochter hatte. Ich weiß so gut wie nichts über den Mann. War er überhaupt aus Banyuls?«

»Nein, er lebte in Albi.«

»Grundgütiger«, sagte Perez, der keine Ahnung hatte, wo genau das lag. »Woran ist sie gestorben?«

Delgado stöhnte. »Im Grunde genommen an der Armut der Familie. Sie wartete schon sehr lange auf eine Spenderniere. Aber es hat sich einfach keine gefunden. Pasquier war jedoch anderer Ansicht. *Wenn ich Geld hätte, könnte meine Tochter leben,* hat er mehrfach geäußert. Mehr Geld als die Rente eines exmatrikulierten Professors, hat er damit gemeint. Eine Schande ist das.«

»Geld hatte er nicht«, stammelte Perez, sich an Bouchers Aussage zu Pasquiers Kontostand erinnernd.

»Was?«

Perez schüttelte den Kopf.

»Na ja!«, rief Delgado und schlug in die Hände. »Der Professor war jedenfalls 'ne echte Marke. Immer auf der Suche nach Verbündeten für seine verrückten Ideen. Bei mir konnte er damit nicht landen. Aber dieser Typ in Argelès, dieser Belgier, dem das Haus gehört, in dem man Pasquiers Leiche gefunden hat, das war einer seiner wichtigsten Verbündeten.«

»Delhaize?« Perez riss die Augen auf.

»Wenn das der Name des Belgiers ist, ja! Der Mann soll 'ne Menge Kohle haben, hörte ich. Und er wollte wohl einiges davon in eine der Ideen des Professors stecken.«

Perez starrte vor sich auf die Tischplatte. Hatte der Belgier nicht Boucher gegenüber ausgesagt, Pasquier nicht zu kennen? Nun denn, das ist nicht meine Baustelle, ging ihm kurz darauf durch den Kopf. Der Tod des Professors war tragisch, der seiner Tochter ebenso, aber er war hier bei Delgado, um sich um Timis Verschwinden zu kümmern.

Wie kann man auf diesen Absätzen nur so schnell sein, dachte Perez, während er hinter Delgados Sekretärin herlief, den Gang hinunter in eins der Treppenhäuser. Zwei Etagen tiefer dann über den eiskalten Hof in den Altbau hinein, nochmals eine Etage tiefer in den Keller, einen weiteren Gang mit zuckendem Neonlicht entlang bis zu einer halb offen stehenden Tür im hintersten Winkel des Gebäudes. Eine fette Bohrmaschine, schoss es Perez durch den Kopf, als er sich der Lage bewusst wurde, und er würde durch die Außenmauern des Neubaus direkt in seinem angrenzenden *Tresor* landen. Ob die Universitätsmitarbeiter wohl ahnten, welche Schätze direkt neben ihnen lagerten?

»Da sind wir schon«, flötete die Sekretärin und strahlte Perez übertrieben großäugig an.

»Für die Taucher nur das Beste«, knurrte Perez, während er sich an der Blondine vorbei in den fensterlosen Raum quetschte. »Danke, ab hier schaffe ich es alleine«, sagte er und schlug ihr die Tür vor der Nase zu.

Er ließ sich in einen ausgeleierten Drehstuhl sinken und zündete sich erst mal eine Zigarette an. Was für ein Mist, dachte er gerade, als er von draußen das Stimmchen der Dame vernahm.

»Hier ist leider Rauchverbot!«, ließ sie ihn wissen.

Nicht einmal geruchsdicht waren die altersschwachen Türen in diesem Teil des Gebäudes. Perez ignorierte ihre Intervention. Stattdessen drehte er sich einmal um die eigene Achse und ließ den Raum auf sich wirken. Auch hier, ähnlich wie in Matas Haus, hingen die Wände voller Seekarten.

Direkt über dem Schreibtisch klebte eine Fotografie auf der dreckigen Wand. Eine Handvoll Taucher vor einer übergroßen gelben Boje. Perez kannte den Ort, an dem das Bild aufgenommen worden war. Unter der Promenade vor dem alten Aquarium existierten mehrere Lagerräume, in denen Material und die Werkstatt der Taucher untergebracht waren. Perez betrachtete das Bild, riss es schließlich von der Wand und schob es in eine Anoraktasche. Danach wühlte er sich durch einen Stapel Papier, stieß aber auf nichts Interessantes.

Zu guter Letzt zog er die Schublade eines Rollschranks heraus. Dreiecke, ein Taschenrechner, zwei Bücher aus der Bibliothek. Ein paar Seilstücke, wahrscheinlich um Seemannsknoten zu üben. Darunter ein kleines schwarzes Notizbuch. Perez blätterte darin. Welch eine penible Handschrift, dachte er. Bedachte man den Zustand des Hauses in La Vall und auch die nicht eben sorgfältige Ablage in diesem Büro, verwunderte einen Timis Schönschrift fast ein wenig.

Perez fand nichts darin, was einen Hinweis auf Matas Verbleib lieferte. Kurze Einträge über Tauchgänge, Titel von Büchern zur Unterwasserarchäologie, Memos, was noch zu besorgen war. Wahrscheinlich deckten sich einige der hier aufgelisteten Gegenstände mit denen auf Delgados Diebstahlliste.

Einige Seiten weiter stieß er auf eine Adresse:

Archivo General de Indias, Sevilla. Daneben ein Datum: *11. Oktober 2016.*

Auf der letzten Seite der Kladde dann noch zwei beschriebene Zeilen.

CA42DE35HH00

DE03YZ48AP00

Perez starrte einen Moment lang auf die Reihen aus

Buchstaben und Zahlen. Sosehr er auch nachdachte, er fand keinen brauchbaren Ansatz, wozu sie dienen könnten. Vielleicht öffnete die Kombination einen Tresor? Die Schlösser von weiteren Rollschränken? Oder waren es Passwörter für Konten?

Entschlossen stopfte er das Notizbuch zu dem Foto in den Anorak, ließ ein letztes Mal seinen Blick durch den Raum streifen, trat die Zigarette auf dem Betonfußboden aus und stieß die Tür so heftig auf, dass Delgados Sekretärin vor Schreck einen Satz machte.

»Fertig«, sagte er, unschuldig wie ein Kind nach dem Zähneputzen. »Bringen Sie mich jetzt bitte in die Bibliothek. Zu jemandem, der mir über die Ausleihen Auskunft geben kann.«

»Es tut mir leid, aber mein Chef hat mich lediglich autorisiert, Ihnen Matas Büro zu zeigen.«

»Dann rufen Sie ihn bitte an und teilen Sie ihm mit, dass sein lieber Gast nun auch noch in die Bibliothek möchte.«

Chérie Mona tat, wie ihr geheißen, sobald ihr Handy wieder Empfang hatte, wofür sie erst in den Neubau zurückmussten.

Keine fünfzehn Minuten später stand Perez der Bibliotheksleiterin gegenüber.

»Madeleine«, rief er überrascht, als er der mittelgroßen Frau mit den grauen Haaren gewahr wurde. »Wie lange ist das denn her?«

»So eine Frage stellt man einer Frau nicht, Perez.« Sie gab ihm einen Kuss auf jede Wange. »Was treibt dich denn in eine Bibliothek? Hast du dich derart verändert? Danke, dass Sie Perez hergebracht haben, Sie müssen nicht warten«, wandte sich die Mitsechzigerin an Delgados Sekretärin. »Sagen Sie Direktor Delgado, dass ich dafür sorgen werde, dass unser lieber Perez das Haus wieder verlässt, ohne größeren Schaden angerichtet zu haben.«

Mit diesen Worten wandte sie sich von der Sekretärin ab, hakte Perez unter und zog ihn mit sich durch die nächste Glastür in den angrenzenden Lesesaal. In einer ruhigen Ecke ließen sie sich in zwei Sesseln mit Ausblick über den gesamten Hafen nieder.

Madeleine war während der Schulzeit Teil einer Clique gewesen, der neben Perez' damaliger Liebe, Marielle Fabre, der Mutter seiner Tochter, auch er selbst angehört hatte. Wie sich in der nächsten halben Stunde herausstellte, war Madeleine später zum Studium nach Paris gegangen und hatte danach einige Jahre im französischen Teil Kanadas verbracht. Als ihre Ehe geschieden wurde, kehrte sie zurück. Zunächst nach Lyon, später dann nach Toulouse, wo sie die Bibliothek der Airbus-Zentrale in Schuss brachte, wie sie es nannte. Vor zwei Jahren, mit der Aussicht auf den Neubau des *Arago,* war sie schließlich wieder in Banyuls gelandet. Der Umstand, dass sie sich seither noch nicht begegnet waren, lag darin begründet, dass Madeleine eine Wohnung in Perpignan bezogen hatte. Sie nehme lieber die vierzig Kilometer jeden Morgen in Kauf, als vollständig in den Ort ihrer Geburt zurückzukehren, sagte sie augenzwinkernd. Außerdem habe sie sich in Perpignan noch einmal verliebt.

Nachdem Perez mit einer kurzen Schilderung seiner letzten vierzig Jahre ihr Vertrauen erwidert hatte, schwiegen sie für einen gebührend langen Moment. Es war offensichtlich, dass sie sich in der Gegenwart des jeweils anderen wohlfühlten.

»Ach, mein lieber Perez«, seufzte Madeleine. »Und nun sitzen wir uns nach all den Jahren hier gegenüber. Wie schön.« Sie streckte ihm ihre Hand entgegen, er drückte sie herzlich.

»Mon dieu, ja. Ich als alter Mann, und du ...«

»Stopp«, sagte sie scharf. »Spar dir das für die Monas dieser Welt auf.«

»Haben die beiden was miteinander?«

»Delgado und die Kleine, meinst du? Gut möglich. Delgado vögelt hier alles, was ihm vor die Flinte kommt. Ekliger Typ, wenn du mich fragst.«

»Ist dein Chef.«

Sie lachte ein raues Lachen. »Niemals!«, sagte sie, verzichtete aber auf eine Erklärung. »Also, Perez, wir gehen mal zusammen was trinken, einverstanden?«

»Verträgst du immer noch so viel wie früher?«

»Mehr! Deutlich mehr, wirst schon sehen.«

»Dann wird's grausam! Jetzt zu deiner Frage, weshalb ich hier bin. Es geht um Timoteo Mata. Er ist verschwunden, wie du sicherlich weißt?« Sie nickte. »Seine Frau, seine Ex-Frau genauer gesagt, Milla, hat mich gebeten, wegen seines Verschwindens zu recherchieren.«

»Man erzählt sich wahre Wunderdinge von deinem Gespür als Ermittler.«

»Jetzt habe ich gerade von Delgado erfahren, dass er hier Material gestohlen haben soll«, sagte Perez. Auf seine kleine Leidenschaft angesprochen zu werden war ihm stets peinlich.

»Davon weiß ich nichts«, sagte Madeleine. »Timi ist

kein übler Kerl. Ich kenne ihn nicht wirklich gut. Aber immerhin ist er einer meiner häufigsten Besucher.«

»Hat sicher viele Bücher ausgeliehen.«

»Das stimmt. Viele Bücher ausgeliehen, viele alte Karten studiert. Und unzählige Listen großer Versicherungsfirmen eingesehen. Timi ist ziemlich gut, weißt du, besser als manch ein professioneller Unterwasserarchäologe. Er weiß genau, ein Mangel an ausreichender Recherche in den Archiven ist der häufigste Grund für das Scheitern von Wracksuchern. Man kann hier nämlich nahezu alles finden ...« Sie fuhr mit dem Zeigefinger die Reihen der Regale ab. »Aber es erfordert detektivisches Geschick, die Details zusammenzufügen, und auch eine Art von Gespür für das, was die Menschen in der Vergangenheit angetrieben hat. Wo ihre Wünsche und Bedürfnisse lagen, wie sich ihre sozialen Bedingungen gestalteten. Arbeit für einen sensiblen Menschen.«

»Und so einer ist Timoteo Mata?«

»Mehr noch als in den Büchern hängt Timoteo vor den Computern und recherchiert. Manchmal habe ich den Eindruck, sein Hobby ist ihm wichtiger als sein Beruf.«

»Dafür kenne ich ihn nicht gut genug. Aber dass er ein Interesse an alten Wracks hat, ist eindeutig. Ob es reines Hobby ist oder ob er dadurch eine Verbesserung seiner Lebensumstände herbeiführen will ... Mit seiner Arbeit hier im Institut hat es jedenfalls nichts zu tun. Die Taucher erforschen doch wahrscheinlich eher Flora und Fauna des Meeres ...«

»Jedenfalls ist er besessen von alten Schiffen«, fiel ihm Madeleine ins Wort. »Aber ich sage immer, die Recherche kann noch so intensiv sein, die Computerprogramme, mit deren Hilfe sich zeitgenössische Berichte mit Stürmen und Strömungen vergangener Jahrhunderte kombinieren lassen, noch so ausgefuchst, wenn die Unterwasserarchäologen den Hafen verlassen, haben sie selten genaue Koordinaten. Das wollte Timoteo aber nicht wahrhaben. Er war sich sicher, auf etwas gestoßen zu sein.«

»Und das wäre?«

»Perez! Natürlich habe ich ihn nie danach gefragt.«

»Nein, natürlich nicht«, sagte Perez indigniert. »So was tut man wohl nicht ... Würde mich auch nicht interessieren, wenn sich seine Tochter nicht so große Sorgen um den Verbleib ihres Vaters machen würde. Ich würde der jungen Frau wahnsinnig gerne helfen.«

»Wenn ich mehr wüsste, würde ich es dir sagen. Ich könnte dir mit einer Liste der Werke, die er ausgeliehen hat, dienen. Aber das bringt dich keinen Schritt weiter. Es sind allgemeine Bücher, jedenfalls für alle, die sich nicht in der Welt der Unterwasserarchäologie bewegen. Was er sich direkt hier im Lesesaal angesehen hat, weiß ich leider nicht.«

»Schade.« Perez zog die Kladde aus der Tasche und schlug die Seite mit der Adresse auf. »Sagt dir das hier vielleicht was?«

»Das *Archivo General de Indias*? Ich bitte dich, Perez. Wenn du jetzt dort säßest anstatt hier bei mir, wärst du wahrscheinlich mit mehr als der Hälfte aller weltweit operierenden Schatzsucherunternehmen in einem Raum. Die Recherche lassen sich diese Abenteurer eine Menge Geld kosten, und in Sevilla stößt man auf alles, was Bedeutung hat. Dagegen ist unser Bestand ein Witz. Das *Archivo* besitzt nahezu siebentausend alte Seekarten,

Stadtpläne, Zeichnungen und etwa neunzig Millionen Seiten Handschriften. Ein Eldorado für gut ausgebildete Rechercheure.«

»Und warum Sevilla?«

»Nachdem Kolumbus Amerika entdeckt hatte, entwickelte sich Sevilla zum Zentrum des Handels zwischen Neuer und Alter Welt.«

»Das Datum bedeutet wohl, dass Timi dort war. Glaubst du, es wäre ...«

»Nein, Perez. Das ist nichts für dich. Das *Archivo* ist ein Ort für absolute Insider und akribische Wissenschaftler. Nichts, was für die Öffentlichkeit aufbereitet wäre oder ihr zur Verfügung gestellt würde. Eigentlich ist es mehr eine Art Mausoleum. Da findest du dich nicht zurecht, und Auskunft wirst du auch keine erhalten. Nein, das bringt dich Mata nicht näher.«

KAPITEL 15

Die Werkstätten der Taucher lagen direkt gegenüber. Perez betrat die Straße, sofort setzte ein Hupkonzert ein. Wie angewurzelt blieb er stehen. Er zwinkerte gegen die Sonne und sah die Front eines Ein-Euro-Busses aus Richtung Cerbère direkt neben sich aufragen. Schnell sprang er zurück auf den schmalen Bürgersteig und sah dem Bus und der wütend gestikulierenden Fahrerin hinterher. Kopfschüttelnd fingerte er eine Zigarette aus dem fast leeren Päckchen und steckte sie sich umständlich an. Alles war umständlich, wenn man so verpackt war wie er nun schon seit Tagen. In dieser unförmigen Stepphose, dem dick gefütterten Anorak und mit der Entenjägermütze auf dem Kopf.

Bevor er erneut einen Schritt auf die Straße wagte, schaute er sich sorgfältig nach beiden Seiten um. Fußgänger zu sein, war weiß Gott kein Zuckerschlecken. Er wusste schon, warum er im Allgemeinen dem Kangoo den Vorzug gab.

Am Hafenbecken verharrte er und blickte hinauf zum Himmel. Über dem Coll de les Portes hing eine dicke Wolke, die auch das Fort Béar verschluckt hatte. Sie markierte die Trennung zwischen der Gemeinde Port-Vendres und Banyuls am Firmament. Ob sie dahinten immer noch zürnten, dass sich der schlaue Lacaze-Duthiers seinerzeit für Banyuls entschieden hatte, wie es in der Eröffnungsrede des Direktors geheißen hatte? Perez lächelte und schickte einen stummen Gruß gen Nachbargemeinde.

Zwei Männer hingen über einen Außenborder gebeugt. Ein dritter saß, den Kopf in den Händen vergraben, in der hintersten Ecke des Lagers, das eher einem Verlies als einem Arbeitsplatz glich. Perez begrüßte die Männer. Ein grimmiges Nicken bedeutete ihm, was man von Besuch hielt.

»Macht wohl Mucken«, sagte Perez und deutete mit der Kinnspitze auf den aufgebockten 250-PS-Motor. Die Hände hielt er tief in den Taschen seiner Thermohose vergraben.

Die Männer sahen nicht einmal mehr zu ihm auf.

»Bisschen kalt, um an Motoren rumzuschrauben. Spendieren euch die Herren Wissenschaftler nicht mal 'ne mobile Heizung?«

Einer der Männer erbarmte sich. »Was wollen Sie?«, brummte er.

»Nichts weiter. Nur mal Hallo sagen. Ich bin ein Freund von Timi. Hat einer von euch eine Ahnung, wo ich ihn finden kann?«

Der Mann sah ihn wortlos an. Immerhin hatte sich der zweite Kerl ihm nun ebenfalls zugewandt.

»Keine Sorge«, sagte Perez. »Ich bin keiner aus der Verwaltung oder so. Und schon gar kein Flic. Ich habe von den Vorwürfen gegen meinen Freund bloß gehört, aber daran glaube ich keine Sekunde. Ihr doch wohl auch nicht?«

Der zweite Mann trat einen Schritt vor. Der erste ergriff dessen Arm. Perez dachte kurz nach.

»Kennt ihr Milla?«, fragte er dann. Der Einzige der Truppe, der bislang gesprochen hatte, nickte kurz. Immerhin eine Reaktion, dachte Perez und schob ein »Sie schickt mich« hinterher. »Genau genommen schickt mich Andréa, Timoteos Tochter. Die Kleine macht sich große Sorgen um ihren Vater. Er ist seit zwei Wochen wie vom Erdboden verschluckt. Ich würde ihr gerne helfen.«

»Du bist Perez, oder?« Der schnelle Wechsel von der Höflichkeitsform zum vertrauten Du war hier unten keine Seltenheit.

»Ja. Und du bist nicht von hier. Spanier?«

»Catalán!«

»Natürlich. Wie heißt du?«

»Rui.«

»Und, Rui, was weißt du?«

Der Mann zuckte mit den Schultern, während sich sein Kamerad wieder dem Motor zuwandte.

»Hat Timi geklaut oder nicht? Ach was, das interessiert mich eigentlich gar nicht. Sagt mir einfach, wo der verdammte Hurensohn steckt.«

»Timi stiehlt nicht«, stellte der Mann unmissverständlich fest. »Wir alle borgen uns von Zeit zu Zeit etwas aus. Weißt du, was wir hier verdienen?«

»Kann's mir denken. Nicht genug für die schwere Arbeit, die ihr leistet.«

Auch der Mann am Motor nickte nun eifrig.

»Und, was leiht man sich hier so aus? Ich bin kein Taucher, hab nicht die leiseste Ahnung. Sprengstoff vielleicht?«

»Alles Mögliche«, sagte Rui ruhig. »Werkzeug, um zu Hause den Rasenmäher zu reparieren. Starke Bohrmaschinen, Schleifmaschinen und Schleifpapiere fürs eigene Boot. Dann und wann einen Trockenanzug für einen privaten Tauchgang. Unterwasserlampen, Flaschen. Wir füllen unsere privaten Sauerstoffflaschen hier, mein Gott, das ist doch nicht der Rede wert. Manchmal auch größere Sachen: ein Sonar, um unsere Kinder am Wochenende mit Bildern vom Meeresgrund zu beeindrucken. Aber wir klauen nicht, alles kommt an seinen Platz zurück! Sprengstoff? Wer sollte damit etwas anfangen können?« Rui sah Perez herausfordernd an. »Timi hat Angst vor dem Zeug, haben wir alle. Schließlich sind wir keine Militärtaucher.«

»Mehr borgt ihr euch nicht aus?«

»Was soll das? Manchmal leihen wir uns auch eins der Boote.«

»Und das fällt nicht auf?«, sagte Perez überrascht. »Habt ihr denn so viele?«

»Das *Arago* ist eines der führenden Institute der Meeresforschung. Wir haben hier nahezu unbegrenzte Möglichkeiten. Bis hin zu Tiefseetauchbooten und Bergungsrobotern halten wir alles bereit. Die meiste Zeit liegt das Zeugs allerdings nur rum. Wir warten das Material, aber keiner benutzt es, weil die entsprechenden Expeditionen oder Forschungen dann doch wieder so viel Geld kosten, dass sie nicht genehmigt werden.«

»Der geizige Delgado«, rief Perez im Stil von *Hab ich doch schon immer gesagt*. »Der Typ ist ein echtes Arschloch.«

Rui nickte grimmig. »Ist doch lächerlich. Entweder sollen sie das Zeug verkaufen oder es benutzen. Also, mehr benutzen, als sie es derzeit tun. Dann müssten wir auch nicht den ganzen Tag hier untätig rumhängen, sondern hätten Arbeit, echte Arbeit.«

»Und deswegen macht *ihr* das von Zeit zu Zeit? Zeug ausleihen.«

»Hör mal ...«

»War kein Vorwurf«, sagte Perez beschwichtigend. »Zurück zu unserem gemeinsamen Freund. Ihr habt wirklich keine Ahnung, wo er sich aufhalten könnte? Fehlt vielleicht derzeit ein Boot?«

»Nur sein eigenes. Die *Sanctus Franciscus*.«

»*Sanctus Franciscus*?«

»So heißt sein Boot.«

»Sein Haus auch!«

»Er ist verrückt nach dem alten Kram. Untergegangene Schiffe. Versunkene Schätze. Die ganze Seeräuberromantik. Er kennt jede Geschichte und hat 'ne Menge eigener Theorien dazu.«

Perez nickte. »Und *Sanctus Franciscus* ist auch so ein untergegangenes Schiff? Eins wie die *Nuestra Señora de la Santa Maria del Mar*?«

»Ich habe keine Ahnung von dem ganzen Scheiß, die anderen von uns auch nicht. Und wir wissen nicht, wo Timi ist«, fuhr Rui fort. »Hoffentlich ist ihm nichts passiert.«

»Hätte man dann nicht sein Boot längst gefunden?«

»Eigentlich schon.«

Perez sah den beiden Männern nacheinander fest in die Augen. »Ich wollte Timi eigentlich sagen, dass ich mitmache, bei seiner Sache.« Ein Impuls, nichts weiter. Er meinte, in Ruis Augen ein Flackern erkannt zu haben.

»Kann ich mit euch darüber sprechen? Vielleicht seid ihr ja auch mit dabei? Ich habe ein bisschen was gespart, wollte aber erst nachdenken. *Die Zeit des Darbens ist vorüber,* hat Timi immer gesagt.«

Die Männer lachten und nickten gleichzeitig. »Typischer Satz für ihn«, sagte Rui.

»Na schön, ich muss weiter. Sollte er auftauchen, sagt ihm, dass ich dabei bin. Er kann sich bei mir melden, aber vorher soll er seine Tochter anrufen ... die Arme.«

Perez drehte sich um und machte Anstalten, zurück zu seinem Wagen zu gehen.

»Wobei willst du mitmachen?«, hörte er Ruis Stimme in seinem Rücken.

Er wandte sich nochmals um. »Na, bei seinem Geschäft, wie ich schon sagte.«

»Was soll das für ein Geschäft sein?«

»Merde, das ist es ja eben.« Perez' Körpersprache legte den Verdacht nahe, dass er sich zu weiteren Einlassungen überwinden musste. »Timi wollte nicht richtig mit der Sprache rausrücken. Er wollte mich erst einweihen, wenn ich sicher dabei wäre. Wenn ich ihm das Geld übergeben hätte. Ich habe ihm gesagt, dafür müsste ich doch zuerst wissen, um was es genau ginge ... Das versteht ihr doch? Mir war irgendwie mulmig bei der Sache. Man investiert doch sein mühsam gespartes Geld nicht, wenn man nicht weiß, was genau damit geschieht. Doch er sagte nur, ich müsse ihm vertrauen.«

Die beiden Taucher sahen sich an. Sie lächelten.

»Das stimmt«, sagte Rui schließlich. »Wir haben ihm das Gleiche gesagt: *Erst musst du die Sache rauslassen,* haben wir zu ihm gesagt. Aber das wollte er absolut nicht.

Die Einzige, die eingeweiht ist, ist Arans Frau. Aber die schweigt auch wie ein Grab.«

»Aran?«

»Ja, der Trauerkloß dahinten.« Er deutete mit dem Daumen über die Schulter.

»Was ist mit ihm?«

»Seine Frau ist ebenfalls verschwunden.«

»Dieu! Seine Frau auch?«

»Ja, Fabienne ist seit zwei Wochen unauffindbar.«

»Fabienne?«, fragte Perez. Seine Augen weiteten sich.

»Fabienne Benoit. Hat ihren Familiennamen behalten.«

Perez blieb die Luft weg.

Plötzlich hatte er es eilig, wegzukommen.

KAPITEL 16

Perez umrundete fluchend das Hafenbecken. Erst auf der menschenleeren Île Petite, einer an den Hafen angrenzenden Halbinsel, auf der sich eine dörfliche Vergnügungsmeile befand, wurde ihm bewusst, dass er seinen Kangoo vor dem *Tresor* vergessen hatte. Er riss sich die Entenjägermütze vom Kopf und schlitterte mit vor Schweiß dampfenden Locken zurück zum Aquarium, von dort die wenigen Meter die Rue du Professeur Pruvost hinauf.

Da nahm er sich einmal das Recht heraus, das zu tun, was Marianne deutlich häufiger tat, und schon stand er knöcheltief in der Scheiße. Wer, verdammt noch mal, fragte er sich, ist Timis vermeintliche Nachbarin tatsächlich? »Und was geht mich das alles überhaupt an!«, stieß er zusammen mit einem Schwall heißen Atems aus. »Mata und dieser ganze Schatzsucher-Unsinn!«

Kaum ausgesprochen, kam ihm der Albtraum wieder in den Sinn. Der, in dem Puig ihn so unter Wasser gedrückt hatte, dass er fast ersoffen wäre. Puig, dieser Hundesohn! Marie-Hélène hatte vermutlich recht: Mit dem musste er sich treffen. Zwar hätte er im Augenblick keine konkreten Fragen zu formulieren gewusst, aber Perez war überzeugt, dass sich manchmal Antworten in Gesprächen finden ließen, auch wenn man die richtigen Fragen nicht parat hatte.

Wahrscheinlich kannte Puig Timi. Und Rui und Aran, weil sie allesamt Taucher waren. So viele von dieser Spezies gab es hier unten nun auch wieder nicht. Hätte er Puig doch bloß nicht vor einiger Zeit zu dieser gefährlichen Mittelmeerüberquerung gezwungen. »Ach was!«, stieß er aus. Für den Alten war das vermutlich doch nur ein weiteres Abenteuer gewesen, mit dem er heute wahrscheinlich schon voller Stolz prahlte.

Perez öffnete die Autotür und ließ sich in den Sitz plumpsen. Eine Zigarette verhalf ihm zu weiterer Konzentration, schlug ihm allerdings auch ein wenig auf den Magen. Er zog die Füße nach und fuhr hinüber ins *Conill*.

Haziem stand in Vorbereitungen für den Abend versunken hinter dem Tresen. Ein einzelner Mann saß am Tisch davor und tippte auf seinem Mobiltelefon.

»Alain, was machst du denn hier?«, fragte Perez und klopfte seinem Freund zur Begrüßung freundlich auf die Schulter.

Pereira strahlte ihn an, perfekt gekleidet wie immer. »Haziem hat mir versprochen, sein *signature dish* zu kochen. Da konnte ich nicht widerstehen. Außerdem habe ich derzeit außer Warten kaum etwas zu tun, das ich nicht mit meinem kleinen Freund hier«, er hob das Handy in die Höhe, »erledigen könnte.«

Perez' Blick wanderte zu Haziem, der ihm freundlich zuzwinkerte. Allerdings ließ er sofort nach der netten Begrüßung eine Geste folgen, die ihn unmissverständlich aufforderte, seine nassen Klamotten abzulegen. Perez blickte zu Boden, eine Pfütze breitete sich zwischen seinen Schuhen aus. Er brachte den Anorak raus in den Kangoo. Ersatzschuhe oder eine vernünftige Hose hatte er nicht.

»Was kocht er?«, fragte er, zurück im Restaurant. Seine Freunde mussten erst einmal den Gedankengang wiederaufnehmen, brachen dann aber gleichzeitig in Lachen aus.

»*Signature dish*«, sagten sie im Chor und lachten nur noch mehr.

»Das Gericht, das einem Restaurant ein Gesicht gibt, das man am meisten mit ihm in Verbindung bringt, das nennt man *signature dish*, mein alter Freund«, sagte Pereira. »*Conill amb Cargols!* In deinem Fall ist es sogar der Namensgeber.«

»Es gibt Kaninchen? Dann sag das doch! Du immer mit deinem Gastro-Geklimper.«

»Und Schnecken. Die wirklich guten, fetten, die aus Lleida.«

Haziem sah auf. »Personalessen. Nur für euch beide.«

»Das heißt wohl, du hast keine Reservierungen für heute Abend?«

»Das heißt, ich nehme heute keine Reservierungen an. Irgendwer wird trotzdem kommen und auch bedient werden. Aber im Augenblick brauchen wir keine Gäste.«

Das *Conill* wusch das Geld, das Perez mit seinem Delikatessen-Schwarzhandel verdiente. Ein Prinzip, so alt wie die Menschheit, wie er unter vorgehaltener Hand oft sagte. Haziem Chorba war der Maître des Restaurants, dem man in allen Küchenfragen vertrauen konnte. Darüber hinaus auch in allen Fragen rund ums Geld. Und deshalb gab Perez sich mit der Antwort zufrieden.

Er ließ sich ein Glas Rotwein geben und wartete, bis der

Alkohol ihn entspannte. Inzwischen war die Sonne hinter die Hügelkette der Albères gesunken.

»Aber jetzt mal zu dir, Perez!«, sagte Pereira nach einigen Minuten, in denen jeder sich um seine Dinge gekümmert hatte. Perez' Mailbox war voll mit Bestellungen. Schmolz der Schnee, wartete jede Menge Arbeit auf ihn.

»Du siehst ... ja, wie eigentlich, Haziem?«

»Nicht gut aus«, komplettierte der Hüne sachlich.

»Gar nicht gut aus. Ist irgendwas passiert? Kann ich dir helfen?«

Perez druckste rum, nahm sich ein weiteres Glas Wein, hielt Haziem an, sich mit dem Essen zu beeilen, konnte sich aber nicht durchringen, den Grund seines inneren Aufruhrs mit seinen Freunden zu teilen.

»Irgendwas Neues bei euch drüben in Llançà?«, fragte er stattdessen.

»Du meinst wegen der Toten? Also, sie haben meinen Freund befragt, wie ich dir ja schon angekündigt hatte. Du weißt, der Unterwasserarchäologe von Señor Álvarez.«

»Juan Calero.«

»Du hast dir sogar den Namen gemerkt, Respekt. Juan hat gegenüber der Guardia Civil angegeben, dass niemand aus seiner Mannschaft vermisst wird, und auch, dass auf seinem Schiff kein Unfall stattgefunden hat. Weder über noch unter Wasser. Und sie haben auch keinerlei Explosionen eingeleitet, bei denen jemand ums Leben gekommen sein könnte. Jeden Einzelnen der Besatzung haben sie kontaktiert, selbst diejenigen, die sich auf Landgang befanden. Alle haben sich unverzüglich zurückgemeldet. Also, nichts auf der *Álvarez I*. Aber ich sagte dir ja bereits, ich würde für Juan die Hand ins Feuer legen.«

»Wenn man dich so hört, könnte man denken, ihr hättet was miteinander«, nuschelte Perez.

»Hatten wir auch, aber das liegt Jahre zurück.« Pereira grinste schelmisch.

»Dann bist du voreingenommen.«

»Nö. Ich kenne ihn bloß sehr gut, und ein hübscher Kerl ist er immer noch ... Die Tote kann übrigens gar nicht für Álvarez gearbeitet haben.«

»Ach ja?«, sagte Perez überrascht.

»Álvarez beschäftigt ausschließlich Spanier und Spanierinnen. Castellanos, um genau zu sein.«

»Ihr habt sie doch nicht alle da drüben«, brummte Perez.

»Find ich auch!«, stimmte Haziem zu.

»Ist doch jetzt völlig wurscht! Was ich damit sagen will: Die Tote ist Französin und kann allein schon deshalb nicht auf Álvarez' Gehaltsliste gestanden haben. Er macht niemals eine Ausnahme, nicht innerhalb seiner spanischen Unternehmungen, und dazu gehören die *Maritime Treasure Hunters*.«

»Und warum nennt er seine Firma dann so, *Maritime Treasure Hunters?*«

Pereira griff sich theatralisch an den Schädel. »Wie du das aussprichst, Perez ... Bist *du* eigentlich schwul oder ich? Das Geschäft ist international, also gibt er seiner spanischen Firma einen englischen Namen – macht man einfach so. Juan hat es mir bestätigt, wir waren gestern Abend nach seiner Anhörung zusammen im *Miramar* eine Kleinigkeit essen: ausschließlich Castellanos. Und die Tote war Französin. Man kennt inzwischen sogar ihren Namen.« Perez schaute interessiert auf. »Wartet.« Calero beugte sich über sein Handy. »Mieser Empfang hier bei euch«, sagte er und wartete, während seine Fingerkuppen einen Rhythmus auf die Tischplatte klopften. Wenige Augenblicke später legte er seinem Geschäftspartner das Handy so vor die Nase, dass der lesen konnte, was in dem Artikel geschrieben stand.

»Das kann doch nicht ...« Perez erstarrte. Haziem bemerkte es und kam um den Tresen herum. Er nahm das Handy. Auch er erbleichte.

»Kann mir vielleicht mal einer sagen, was hier gerade abgeht?«, sagte Pereira. »Euren Gesichtern nach muss es sich bei Fabienne Benoit um eine lang verschollene Adlige handeln, die ein Anrecht auf Frankreichs Thron gehabt hätte.«

»Unglaublich«, sagte Perez tonlos. »Was kommt denn noch alles?«

»Haziem! Perez!«, rief Pereira, dem langsam dämmerte, dass der Name der Toten kein Teil einer belanglosen Geschichte war. »Lasst mich teilhaben.«

»Mon dieu«, sagte Perez. »Gib mir noch was zu trinken, Haziem. Ich werde euch jetzt die Wahrheit erzählen, auch wenn es mir schwerfällt. Da ist nämlich eine Sache, die mir gerade etwas über den Kopf wächst. Wenn ihr alles gehört habt, werdet ihr verstehen, weshalb die Geschichte nur für eure Ohren bestimmt ist.«

Perez erzählte den beiden Männern von den Geschehnissen, die sich vor achtundvierzig Stunden in La Vall zugetragen hatten. Nicht zu ausführlich, kein Wort über Onkel Luca, der ebenso ein Mitwisser war, und natürlich auch keine Einzelheiten über die Nacht als solche. Aber das war auch nicht nötig. Haziem und Alain Pereira wussten am Ende des kurzen Berichts sehr genau, wo das Problem lag.

»Und du willst es Marianne nicht sagen, richtig?«, fragte Pereira. »Ich dachte immer, ihr führt eine Art offene Beziehung?«

»Verdammt, ja, das tun wir. Eigentlich.« Pereira bestätigte durch ein längeres Schließen seiner Augen, dass er verstand. »Der Fehltritt ist das eine, aber es kommt ja noch dicker. Zum Verrücktwerden ist das, als wollte mich einer bestrafen.« Perez griff sich verzweifelt in seine schwarzen Locken.

»Du bist nicht religiös«, sagte Haziem, als müsste er den Patron daran erinnern.

»Manchmal denke ich, es wäre besser, es zu sein.« Perez holte tief Luft und berichtete von dem Gespräch mit den Tauchern. »Und am Ende eröffnet mir dieser Rui, dass der Typ in der Ecke der Ehemann von Fabienne Benoit ist.«

»Und dann komme ich und sage dir, dass die Frau, mit der du gepennt hast, tot ist«, vollendete Pereira.

»Quatsch! Das passt doch zeitlich überhaupt nicht. Als ich mit der Frau, die sich für Fabienne Benoit ausgegeben hat, gepennt habe, wie du es so mitfühlend ausdrückst, war die echte Fabienne längst tot. Ich rutsche von einer Ohnmacht in die nächste, versteht ihr? Wer war die Frau in La Vall wirklich? Was wollte sie in dem Haus? Und wem gehört das Haus überhaupt? ... Was soll das alles?«

Während Perez sich in Selbstmitleid erging, hatte sich Pereira unbemerkt Matas schwarzes Notizbuch gegriffen, das vor Perez auf dem Tisch gelegen hatte. Er blätterte darin herum.

»Woher hast du das?«, fragte er zu Perez' Überraschung.

»Habe ich in Timis Büro im *Arago* gefunden. Meine Nöte scheinen dir ja richtig an die Nieren zu gehen.«

Pereira drehte das Notizbuch und zeigte auf die beiden Zahlen-und-Buchstaben-Reihen auf der letzten Seite.

CA42DE35HH00

DE03YZ48AP00

»Was ist damit? Kannst du damit was anfangen?«

»Gib mir mal 'nen Moment.«

Pereira zog einen goldenen Kugelschreiber aus seinem Jackett und schrieb lediglich die Buchstaben hintereinander. Daraufhin strich er zuerst die jeweils ersten Buchstaben, dann die jeweils zweiten und schließlich im Wechsel. »Kannst du vergessen«, sagte er am Ende dieser Versuchsreihe. »Nichts ergibt ein sinnvolles Wort. Dann tat er das Gleiche mit den Zahlen. »Könnten Telefonnummern sein oder ein Passwort. Glaube ich aber nicht.« Er richtete seinen Blick auf einen Punkt an der Wand, bevor er erneut etwas aufschrieb und Perez das Buch wieder über den Tisch schob.

»Das sind Koordinaten, wenn du mich fragst. Verschlüsselt von einem Amateur, damit andere Amateure nicht darauf kommen.« Er grinste.

Perez besah sich die von Pereira hinzugefügten Zeilen:

42° 35' 00" N

03° 48' 00" E

»Woher wusstest du ...?«, flüsterte Perez.

»Ich habe mich als Kind mit solchen Dingen beschäftigt. Verschlüsselungen waren der letzte Schrei, wenn wir Krieg gespielt haben ...«

»Wie bitte?«

»Wir waren Kinder, da tut man so was. Außerdem hatten wir von der Enigma gehört. Das hat uns elektrisiert. Ich weiß noch, dass ich meine Mutter so lange genervt habe, bis sie mir Bücher zu dem Thema in der Bibliothek ausgeliehen hat. Darunter war eins, das hieß *Der kleine Detektiv*. War ein Bild von Sherlock Holmes drauf. Wunderbare Erinnerung.«

»Na schön, Sherlock, hast du auch eine Ahnung, wo das sein könnte?«

»In jedem Fall irgendwo hier im Golfe du Lion. Mithilfe einer Seekarte finden wir die exakte Stelle schnell heraus.«

KAPITEL 17

Perez schob den Teller beiseite.

»Ça suffit!«, stieß er aus. »Ich kann nicht mehr.«

»Hätte nicht gedacht, den Satz heute noch von dir zu hören.« Haziem stand hinter Perez und legte ihm sanft die Hand auf die Schulter.

Perez sah kurz zu ihm auf. »Du kennst mich doch, mein Großer. Bei Stress bekomme ich Hunger. Ich bin andersrum.«

»Sagte ich das nicht eben?«, rief Pereira.

Die Männer lachten, der Alkohol vermochte die verkrampfte Stimmung etwas zu lösen.

»Haziem, setz dich bitte mal zu mir«, sagte Perez. »Ich muss dich etwas fragen.«

Wohl wissend, dass das zumeist nichts Gutes bedeutete, goss sich der Maghrebiner zwei Fingerbreit Banyuls ein. »Alors?«

»Was ist ...« Perez stockte. »Was *war* diese Fabienne für eine Frau? Die echte Fabienne Benoit, meine ich. Du hast sie gekannt.«

»Hab ich nicht. Als ich damals die Nacht ... Ich möchte nicht darüber sprechen.«

»Komm schon, wir sind unter uns«, sagte Perez. Er füllte Haziems Glas mit dem süßen Banyuls auf, dieses

Mal allerdings randvoll. »Sie war mit einem Taucher verheiratet. Aber mit dir hat sie geschlafen.«

»Auch.«

»Und noch mit weiteren, ist es das, was du sagen willst? Milla hat sie auch schon als Flittchen bezeichnet.«

»Das habe ich nicht gesagt und auch nicht so gemeint. Sie war kein Flittchen.«

»Was redet ihr denn?«, mischte sich Pereira ein. »Flittchen! Das Wort habe ich seit meiner Kommunion nicht mehr gehört. Was habt denn ihr für ein Frauenbild?«

»Das waren die Worte von Timis Ex, nicht meine.« Perez sah Pereira herausfordernd an.

»Sie wirkte sehr unglücklich«, sagte Haziem in diesem Moment leise. »Auch nicht glücklich bei dem, was wir getan haben. Es war keine schöne Nacht. Ich glaube, sie hat sehr bereut, diesen Taucher überhaupt geheiratet zu haben. Die Nacht mit mir, vielleicht auch die mit anderen Männern ... Sie versuchte, von ihm loszukommen. Verstehst du, was ich meine?«

»Sie traute sich nicht, ihn zu verlassen. Und dabei tat sie genau das. Stück für Stück. Mit jedem neuen Kerl ein Stückchen mehr?«

Haziem nickte.

»Hast du eine Ahnung, wie es mit den beiden weitergegangen ist?«

»Ich vermute, sie haben sich getrennt. Ich habe Fabienne danach bloß noch einziges Mal gesehen. Im Supermarkt. Sie war kurz angebunden, wirkte aber deutlich fröhlicher. Sie sagte, sie habe es endlich getan. Was ja wohl bedeutet, dass sie ihren Mann verlassen hatte. Und sie habe sich neu verliebt.«

»In wen?«

»Keine Ahnung ... Habe nie wieder etwas von ihr gehört. Dass sie da draußen wohnte, habe ich erst durch dich erfahren.«

»Sag mal, du hast nicht zufällig ein Foto von ihr?«

»Warum sollte ich? Außerdem ist es eine Ewigkeit her.«

»Na klar. Aber wo wir gerade über Fotos sprechen. Ich habe das hier in Timis Büro gefunden.« Er legte die Fotografie, die er von der Wand gerissen hatte, auf die Tischplatte. »Erkennt ihr vielleicht einen der anderen Taucher?«

Pereira, der müde aussah, nahm das Bild als Erster. Er ließ seinen Blick einen Moment darauf ruhen und schüttelte dann den Kopf.

Perez besah sich seinen Freund genauer. In dem Zustand, in dem er sich befand, hätte man ihm auch ein Bild seiner eigenen Familie unterschieben können. Auch das hätte er mit dem Ausdruck des Bedauerns weitergereicht. Mein guter Alain verträgt einfach keinen Alkohol, stellte Perez zum wiederholten Mal fest.

»In deinem Zustand kannst du unmöglich noch nach Hause fahren, Alain. Wir werden dich bei Marianne im Hotel einquartieren. Apropos, wollte sie nicht noch vorbeikommen?«, fragte er an Haziem gewandt.

»Laut Stéphanie ist sie bei der Sitzung einer Bürgerinitiative. Gegen den Umbau der Strandpromenade.«

Perez holte tief Luft. »Was ist jetzt daran wieder schlecht?«, fragte er an niemanden speziell gerichtet. Er selbst hatte im *Conseil Municipal* für den Entwurf gestimmt.

»Nach meiner Kenntnis sind sie nicht damit einverstanden, dass die Cafés am Boulevard nach dem Umbau ihre Terrassen wiederbekommen. Stattdessen sollen mehr Palmen gepflanzt werden. Genau weiß ich es aber nicht.«

Perez nestelte sein Handy aus der Tasche und drückte die Schnellwahltaste. Marianne zeigte sich sehr kurz angebunden. Perez sah keinen Grund dafür und wurde entsprechend schnippisch. Am Ende einigten sie sich darauf, dass Marianne Pereira innerhalb der nächsten zwei Stunden abholen käme, um ihn ins Hotel zu verfrachten.

»Sie ist sauer«, stellte Haziem hinterher fest.

»Bof«, antwortete Perez, schob die Unterlippe vor und zog gleichzeitig die Schultern hoch.

»Die Ame«, sagte Pereira. Das r zu artikulieren wollte ihm nicht mehr gelingen. In Perez' Augen war die Wortmeldung ohnehin überflüssig.

Während Perez' Gedanken noch bei Fabienne Benoit verweilten, schlug die Tür auf, und eine sichtlich aufgekratzte Marie-Hélène sprang die Stufe hinunter ins Lokal, im Schlepptau ihren Ehemann Jean-Martin.

»Hallo Leute! Salut Haziem! Hello Papa! Alain, du bist hier? Was für eine schöne Überraschung. JeMa, ich glaube, ihr kennt euch noch nicht: Das ist Alain Pereira, mein Lieblingsonkel.«

Als sie noch klein war, hatte sie wie selbstverständlich angenommen, dass Pereira zur Familie gehörte und folglich ihr Onkel sein musste. Später hatten die beiden beschlossen, es dabei zu belassen. Schließlich waren sie mehr Familie, als so manch echter Onkel es für Marie-Hélène war.

Durch Pereira war bei Maries Eintreten ein Ruck gegangen. Plötzlich schien er weniger betrunken – jedenfalls deutlich wacher – zu sein als noch vor Minuten. Die beiden mochten sich sehr. Stießen sie aufeinander, war kaum noch Platz für andere Menschen. Allenfalls Stéphanie wurde in ihren Flüsterkreis aufgenommen. Beide teilten einen gewissen Hang zum Klatsch, zu dem Stéphanie selten etwas beizutragen hatte, dem sie aber atemlos zuhörte.

Dieser Abend bildete keine Ausnahme. Nach weniger als zehn Minuten hatten sich Marie-Hélène und Pereira separiert. Sie hockten verschwörerisch flüsternd in der äußersten Ecke an einem kleinen Tisch und kicherten um die Wette. Perez hatte dafür nur ein Kopfschütteln übrig, wenn auch ein äußerst liebevolles.

Perez zeigte nun auch Jean-Martin das Foto der Taucher.

»Kennst du einen von denen?«, fragte er.

Der Dürre sah lange auf das vor ihm liegende Foto. Er erkannte zwei Personen und nannte Perez deren Namen. Andere kannte er vom Sehen aus dem *Catalan*, wusste aber nicht mehr über sie.

»Auswärtige wahrscheinlich. Wonach suchst du denn? Der hier scheint jedenfalls schlechte Laune zu haben«, lachte er und zeigte mit dem Finger auf Fabiennes Mann.

»Schon gut«, wiegelte Perez ab. Ihm war die Laune der Taucher ziemlich gleichgültig.

Inzwischen hatte Haziem sich das Foto genommen. Er tippte mit dem Zeigefinger auf die Person neben Timoteo in der Bildmitte.

»Die Frau neben Mata ist Fabienne.«

Perez riss die Augen auf. Schlagartig war er wieder nüchtern. »Die hier?«, stammelte er. »Verdammt, Ha-

ziem.« Wenn er ehrlich war, war ihm nicht einmal aufgefallen, dass es sich bei besagter Person um eine Frau
handelte. Er schob es auf die eng anliegenden Neopren-
anzüge.

Ruckartig stand er auf, watschelte ungelenk hinter die
Theke, wo er sich an einer Schublade zu schaffen machte.
Kurz darauf kam er zum Tisch zurück, in der Hand eine
Lupe, die er nun direkt über das Bild hielt.

»Verdammt«, wiederholte er. Die halten sogar Händchen. Hast du das gesehen, Haziem? Die halten sich an
der Hand.« Er besah sich die anderen Taucher genauer.
Jean-Martin hatte recht gehabt, der Typ in der zweiten
Reihe hatte keine gute Laune. Kein Wunder, dachte Perez,
wie würde ich wohl gucken, wenn der verdammte Hervé
Delgado vor mir Händchen mit meiner Marianne halten
würde. »Der mit der schlechten Laune ist Aran, Fabiennes
Mann«, sagte er nun laut. »Oder Ex-Mann, das weiß ich
noch nicht so genau.«

»Du meinst, es könnte sich um ein Eifersuchtsdrama
handeln?«, fragte Haziem.

»Ist immerhin eine Möglichkeit.«

Perez legte die Lupe erneut über das Bild. »Haziem«,
sagte er schließlich. »Du kannst mich für verrückt erklären oder für zu betrunken. Aber diese Fabienne Benoit
ähnelt ... der anderen ziemlich stark.« Er hatte *meiner
Fabienne* sagen wollen, sich aber im letzten Moment daran
erinnert, dass seine Tochter im Raum war. Marie-Hélène
war in der Lage, an einem Tisch mit Alain ein Gespräch
zu führen und gleichzeitig den anderen Gesprächen im
Raum zu lauschen. »Ich meine, diese Fotografie ist ziemlich schlecht, aber doch ... ja, sie sieht ihr ähnlich.«

»Wer ist diese Fabienne?« Jean-Martin hatte er ganz vergessen.

»Niemand«, sagte er. »Eine Nachbarin von Timi. Nicht wichtig.«

»Wieso? Zeig mal her, das Foto. Ich könnte es einscannen und die Leute im Vordergrund vergrößern. Würde dir das helfen, Schwiegerpapa?«

»Das wäre super, JeMa«, antwortete Perez, ohne auf das Wort *Schwiegerpapa* einzugehen, das für ihn immer noch einer schlimmen Beleidigung gleichkam. »Und wo wir einmal dabei sind, mein Lieber. Hast du schon mal einen Blick in Timis Computer geworfen?«

»Ich bin noch dabei. Habe derzeit nicht allzu viel Zeit.« Er deutete mit dem Daumen in Richtung Marie-Hélène, aber so, dass diese die Bewegung nicht sehen konnte. »Aber eins kann ich dir schon mal sagen: Dein Freund will ein Wrack heben.«

»Weiß ich schon.«

»Das Wrack heißt *Sanctus Franciscus.*«

»*Sein* Boot heißt *Sanctus Franciscus.*«

Jean-Martin sah Perez verständnislos an.

»Das Boot liegt unten im Hafen. Also normalerweise. Im Augenblick ist es ebenso unauffindbar wie Timoteo selbst. Er nennt auch sein Haus so. Anstelle einer Hausnummer, verstehst du? Alles bei Timi ist *Sanctus Franciscus.* Aber du meinst, er sucht nach einem Wrack namens *Sanctus Franciscus*? Kann schon sein. Was hast du sonst noch auf der Festplatte gefunden?«

»Seitenweise eingescannte Buchseiten, allerdings in irgendeiner alten Sprache, die ich weder kenne noch verstehe.«

»Sonst noch was?«

»Leider nicht, Steph hat mir auch noch Zeit gestohlen. Allerdings in deinem Namen.«

»Stéphanie?«

»Stichwort: Klub der Milliardäre?«

»Ach so, ja. Mein Gott, also ... Das hat sie behauptet? In meinem Namen? Die Kleine hat wirklich zu viel Fantasie. Habt ihr denn was gefunden?«

»Nein, noch nichts Konkretes.«

»Na schön. Hast du eigentlich den Laptop für Steph besorgt?«

»Ist bestellt und wird pünktlich geliefert. Aber billig ist er nicht.«

»Verdirb mir nicht weiter die Laune. Ich zahle, mach dir keine Sorgen.«

Inzwischen hatten sich Marie-Hélène und Pereira wieder zu ihnen gesellt.

»Darf ich mal?«, fragte der Spanier und deutete auf den Laptop.

Es dauerte einige Minuten, dann begann er zu lachen. Gleichzeitig drehte er den Bildschirm zu Perez.

»Was ist daran so lustig? Alles blau.«

»Das, mein lieber Freund, ist die Stelle, auf die die Koordinaten verweisen. Ziemlich genau hier in der Mitte des Bildschirms.«

Perez versuchte zu lesen, was dort stand.

»*Canyon Bourcart* steht dort, falls du es nicht lesen kannst. Du solltest übrigens ernsthaft über eine Brille nachdenken. Eine Stelle innerhalb der Hoheitsgewässer Frankreichs, ungefähr zwanzig Kilometer von der Küste entfernt. Hat also vermutlich nichts mit der *Nuestra*

Señora zu tun, wegen der sie bei uns so ein Gewese machen. Falls die *Nuestra Señora* tatsächlich vor Cadaqués liegt, wie alle Welt derzeit vermutet, und das alles nicht bloß ein riesiges Ablenkungsmanöver von Álvarez ist – was man niemals ausschließen sollte. Dieser Ort«, er deutete auf die Mitte des Laptops, »ist übrigens sehr berühmt. In der Gegend gibt es gleich drei dieser Canyons. Der erste ist nach Lacaze-Duthiers benannt, der zweite, weiter entfernte, heißt *Canyon Pruvot*, und dann eben dieser hier, *Bourcart*. Ich glaube, das Wasser ist dort besonders tief. Die Sohlen der drei Canyons dürften zwischen dreihundert und über eintausend Meter tief liegen. Das *Arago* hat dort lange geforscht, war ein großes und teures Projekt. Aber dafür haben sie auch unglaubliche Spezies entdeckt, die es nirgendwo anders gibt. Pflanzen und Tiere.«

»Tausend Meter«, murmelte Perez. Er mochte sich das nicht einmal vorstellen. Wo ihn doch schon wenige Zentimeter unter Wasser zur Raserei brachten. »Und was bedeutet das?«

»Was weiß ich?«

»Könnten wir dort hinfahren?«, hörte Perez sich fragen. Ob er eine solch abenteuerliche Idee auch in nüchternem Zustand geäußert hätte, erschien ihm selbst mehr als fraglich.

Pereira stieß ein merkwürdig verrutschtes Lachen aus. »Da ist nur Wasser, sehr tiefes Wasser. Willst du etwa tauchen?«

»Und was ist, wenn dort ein Wrack liegt?«

»Selbst wenn dort ein Wrack liegt, ich sag's gern noch mal: eintausend Meter im schlimmsten Fall! Nix für Anfänger, nicht mal was für Fortgeschrittene. Außerdem, ich vermute, selbst wenn du direkt darüber schweben würdest, würdest du es nicht sehen. Ein Schiff, das seit drei oder vier Jahrhunderten da unten liegt, das ähnelt mehr einem Korallenriff oder es ist ganz einfach vollständig von Sand bedeckt. Wir beide haben da nichts zu suchen, so leid es mir tut. Für so was braucht man alte Karten, jede Menge Literatur, um herauszufinden, was das für ein Schiff ist, was es geladen hatte. Dazu braucht man detektivisches Gespür. Und zuletzt braucht man Ausrüstung im Wert von zig Millionen. Und deinen Freund Timoteo wirst du dort ganz sicher nicht finden.«

»Glaubst du«, mischte sich nun Jean-Martin ein, »dass es dazu noch mehr auf Timoteos Computer gibt?«

»Glaubst du, dass ich Perez heiße?«

Der Dürre nickte verwirrt.

»Ich kann mich auch über diese Fabienne Benoit hermachen«, fügte Jean-Martin an.

»Nicht du auch noch«, antwortete Perez trocken.

Jean-Martin bekam einen knallroten Kopf. »Ich meine, nach ihr im Netz suchen. Vielleicht finde ich was zu ihr.«

»Mach das, mein Lieber. Schaden kann es nicht.«

KAPITEL 18

Perez taumelte und schlitterte durch den Schnee. Noch schwieriger gestaltete sich das Treppensteigen in der Rue Napoléon. Er hatte sich in den Kopf gesetzt, sich mit Marianne auszusprechen, ungeachtet der späten Stunde, ungeachtet seines Zustands. Diese Mischung aus Schuldgefühl und Angst, entdeckt zu werden, hielt er nicht länger aus. Er hatte keine Lust mehr auf offene Beziehungen, damit musste ein für alle Mal Schluss sein, oder er würde die Beziehung zu Marianne beenden. Jetzt oder nie!

Hinter den Dachgeschossfenstern brannte noch Licht. Marianne ging selten vor Mitternacht zu Bett. Ohnehin hielt sie Schlafen für Zeitverschwendung.

Perez klingelte. Als sich nichts tat, drückte er noch einmal etwas länger auf den Knopf. Gerade wollte er sein Handy zücken, als ein Fenster geöffnet wurde.

»Was willst du?«, zischte Marianne von oben herab. Die Gassen waren so eng, dass der Schall ihre Worte in alle Richtungen verteilte.

»Mach auf!«, drängte Perez, ebenfalls im Flüsterton. »Ich muss mit dir reden.«

»Du bist betrunken.«

»Mach bitte auf«, wiederholte er. »Jetzt. Sofort.«

Als er endlich die an eine DNA-Helix erinnernde, stark geschwungene Treppe erklommen hatte, musste er erst einmal verschnaufen. Er riss sich die Mütze vom Kopf, schälte sich aus der Jacke und ließ sich in einen Sessel fallen. Die Zeit, sich zu erholen, bekam er nicht.

»Sag, was du zu sagen hast, und dann lass mich schlafen, ich muss morgen früh raus.«

»Ich wollte fragen, wieso du Steph so spät noch geschickt hast, anstatt selbst zu kommen? Und ich wollte dich um den Zweitschlüssel bitten, damit ich Alain morgen früh im Hotel abholen kann.«

Stéphanie war vor einer halben Stunde im Restaurant aufgekreuzt und hatte Pereira zusammen mit Marie-Hélène ins Hotel begleitet. Auf die Frage, warum sie so spät noch draußen herumlief, hatte sie mit einem gewissen Ärger »Frag Maman« geantwortet.

»Die Antwort kennst du«, sagte sie und warf ihm den Schlüssel zu.

Perez starrte auf den kurzen roten Läufer, der zwischen Couch und Sessel auf den Holzdielen lag. Das Erbstück von Mariannes Großmutter schien sich zu bewegen, als wollte es sich jeden Moment in die Lüfte erheben.

»Marianne«, hob er an. »Ich habe mit einer anderen Frau geschlafen. Du hast es ja schon vermutet. Ja, es stimmt, es ist passiert. Ich fühle mich seither beschissen. Dabei müsste ich das nicht, wir haben ja diese bescheuerte Abmachung, dass wir nur miteinander befreundet sind ... dass wir kein Paar sind ... nicht wie all die anderen ... kein Paar im klassischen Sinne.« Er trocknete sich die nasse Stirn. »Damit haben wir uns den Anfang unserer Beziehung leichter gemacht, ich weiß. Aber inzwischen?

Haben wir das tatsächlich immer noch nötig? Ich weiß nicht, wie es dir nach deinen Liebesabenteuern geht. Mir geht es schlecht. Nach diesem und auch schon nach dem davor, das sicher vier Jahre zurückliegt. Jedes Mal bist entweder du sauer und enttäuscht, wie jetzt gerade, oder ich bin es, wie bei diesem geschniegelten Delgado. Ich will das nicht mehr. Ich kann das nicht mehr. Entweder wir führen ab jetzt eine richtige Beziehung, oder ...«

»Oder?«, fragte Marianne eine Spur zu laut.

Perez schüttelte nur den Kopf.

»Bist du fertig mit deinem Vortrag?«

Er nickte.

»Dann geh jetzt bitte, ich möchte allein sein.«

Wortlos erhob er sich und schloss die Wohnzimmertür hinter sich. Im Flur stand Stéphanie. Sie wischte sich die Tränen aus dem Gesicht. Perez hatte für einen Augenblick das Gefühl, seine Knie gäben nach, doch er fasste sich wieder.

»Was machst du denn hier, meine Kleine?«, flüsterte er.

Stéphanie kam zu ihm und legte den Kopf an seine Brust.

»Ich hab dich lieb«, hörte er sie sagen.

Sanft löste er sich aus ihrer Umarmung, drückte ihr einen Kuss auf die Stirn und lief, so schnell er konnte, die Treppe hinab, raus in die ungewohnte Kälte der Nacht. Er schlitterte die Stufen der Rue Napoléon hinunter und kam in einem Hauseingang keuchend zum Stehen. Hier endlich konnte er seinen Gefühlen freien Lauf lassen.

*

Bevor er das Haus und seine Wohnung betrat, klopfte er sich den Schnee von den Stiefeln. Er war froh, ins Bett zu kommen. Der Tag war lang gewesen, aufrüttelnd, und das Ende musste er erst noch verdauen. Völlig in Gedanken versunken schleppte er sich die Treppe hinauf zu seiner Wohnung. Er steckte den Schlüssel ins Schloss. Es war nicht abgeschlossen.

»Merkwürdig«, murmelte er.

Zwar vergaß er häufiger abzuschließen, doch an diesem Morgen, daran meinte er sich zu erinnern, hatte er extra auf dem Treppenabsatz noch einmal kehrtgemacht, weil ihm eingefallen war, dass er es wieder einmal vergessen hatte.

»Darauf kommt's jetzt auch nicht mehr an«, nuschelte er.

Drinnen kickte er die Stiefel von den Füßen, schmiss den vermaledeiten Anorak zusammen mit der Entenjägermütze in die Ecke und bereute zum ersten Mal, nichts Alkoholisches im Haus zu haben. Er brauchte nicht nachzusehen, denn er hatte überhaupt keine Lebensmittel im Haus. Keinen Kaffee, keine Säfte und folglich auch keinen Wein. Nichts zu essen, nicht einmal Töpfe besaß er. Eine Wohnung brauchte man zum Schlafen und Duschen, da war er ganz Katalane. War er wach, war er auch schon draußen. Er trank begierig aus dem Wasserhahn im Bad. Dann erst schälte er sich aus der Thermohose und löschte das Licht.

Zehn Minuten später, kaum in der Horizontalen, war die Müdigkeit wie weggewischt, und sein Herz begann zu rasen. Eine innere Unruhe, die er so nicht kannte, hatte ihn erfasst. Beunruhigt griff er seitlich neben das Bett, um die Nachttischleuchte anzuknipsen. Mitten in der Bewegung verharrte er. Seine Hand hatte etwas Kaltes, etwas Eiskaltes berührt, und es war nicht der Marmor der Tischplatte gewesen.

Mit einem Satz war Perez aus dem Bett und machte das Deckenlicht an. Vorsichtig, als näherte er sich einem bissigen Hund, umrundete er das Bett und sah nun in aller Deutlichkeit, was ihn derart erschreckt hatte. Er schlug die Hand vor den Mund. Überflüssigerweise machte er jetzt doch noch die Nachttischlampe an, die er eben verfehlt hatte. Alles war, wie er es am Morgen verlassen hatte, mit dieser kleinen Ausnahme. Die allerdings veränderte alles.

Mitten auf dem sonst leeren Marmor lag, nunmehr üppig ausgeleuchtet wie ein Kunstobjekt, der abgerissene Finger einer menschlichen Hand.

Perez ließ sich ungläubig aufs Bett sinken. Jetzt rasten neben seinem Herz auch noch seine Gedanken. Er hatte nicht den leisesten Zweifel, dass sich bei einer DNA-Probe herausstellen würde, dass der Finger zu dem am Strand gefundenen Arm gehörte. Was nichts anderes bedeutete, als dass auf seinem Nachttisch ein Teil der echten Fabienne Benoit lag. Perez zitterte am ganzen Leib.

Wer wollte ihm Angst einjagen? Wer wusste von seinen Ermittlungen? Alle Menschen, die eben noch im *Conill* zusammengesessen hatten. Seine Familie also. Als Täter schieden sie aus.

Er nahm all seine Energie zusammen und ging die übrigen Namen und Gesichter in Gedanken durch. Boucher wusste von nichts, wahrscheinlich ahnte er nicht einmal, dass Perez an der Sache dran war, so sehr war er mit seinem neuen Posten beschäftigt. Onkel Luca? Aber nein, der war doch auch irgendwie Familie. Und dann noch … diese andere Frau!

So schnell er konnte, verließ Perez die Wohnung. Keine Minute länger würde er dort bleiben können. Jedenfalls nicht in dieser Nacht. Er schlitterte zurück zu Marianne. Er klingelte. Klingelte erneut. Oben ging das Licht an. Ein Fenster wurde geöffnet.

»Marianne«, rief er.

Das Fenster schloss sich wieder. Als er zwei weibliche Stimmen miteinander streiten hörte, verzog er sich wie ein geprügelter Hund.

Ihm blieben zwei Optionen: ins *Conill* gehen und dort auf dem Boden schlafen. Oder zu Haziem, was ziemlich weit war.

Und dann fiel ihm zum Glück noch eine weitere Möglichkeit ein.

KAPITEL 19

Perez schlug die Augen auf. Es dauerte, bis er sich orientiert hatte. Nach und nach kamen die Erinnerungen an den gestrigen Abend zurück. Als der Finger vor seinem geistigen Auge auftauchte, schoss sein Oberkörper in die Höhe.

»Na endlich«, sagte der Mann, der frisch geduscht und freundlich lächelnd auf einem Stuhl in der Ecke des komfortablen Zimmers saß. »Ich dachte schon, du wachst nie mehr auf.«

»Alain«, stammelte Perez, den Geschmack von nassem Pappkarton im Mund.

»Wie hält Marianne einen Mann neben sich aus, der derart schnarcht? Du weißt schon, dass man da was machen kann? Also, *mein* Freund ...«

»Alain, bitte! Gib mir eine Minute.« Perez hob die Beine aus dem Bett und vergrub das Gesicht in den Händen. Erst nach einem Moment der Konzentration drückte er langsam den Rücken durch.

»Das Glas mit der aufgelösten Schmerztablette steht auf deinem Nachttisch«, hörte er den Spanier in seinem Rücken.

Perez neigte den Kopf zur Seite. Ein Glas mit klarer Flüssigkeit im Schein der modernen Leuchte. Besser als ein abgerissener Finger allemal, dachte er. Vorsichtig führte er das Glas an die Lippen und leerte es in kleinen Schlucken.

»Frühstück für Champions! Bravo! So, Monsieur Perez, und nun sagen Sie mir bitte, was Sie dazu gebracht hat, sich in volltrunkenem Zustand neben einen schwulen Mann zu legen. Es hätte sonst was passieren können.«

Perez war nicht zum Scherzen zumute. »Wie spät?«, knurrte er.

»Kurz nach zehn. Wie wär's so langsam mit einer Erklärung?«

Perez griff nach seiner Hose. Er zog das zusammengerollte Taschentuch samt Inhalt hervor, faltete es auseinander und legte es mitten auf die weiße Bettwäsche.

»Ho!« Der Spanier machte einen Satz vom Bett weg und hielt sich gleichzeitig die Nase zu. »Du musst sofort ins Krankenhaus. Das stinkt ja schon.«

Perez streckte beide Hände aus, sodass Pereira seine Finger zählen konnte.

»Verdammt! Und wem gehört der dann?«

»Der Frau, die sie bei euch gefunden haben.«

»Sicher?«

»Hundertprozentig!«

Perez rappelte sich auf, ging ins Badezimmer und ließ sich für eine Minute kaltes Wasser über den Nacken laufen. Danach wickelte er seine nassen Haare in ein Handtuch und ging nur mit Boxershorts bekleidet zurück ins Zimmer.

»Sexy! Sehr verlockend.«

»Willst du nun wissen, was mich in dein Bett getrieben hat, oder nicht?«

Perez berichtete Pereira von den Geschehnissen der vergangenen Nacht. Von dem Moment an, da sie sich getrennt hatten, bis zu seiner nicht ganz freiwilligen Entscheidung, im Hotel zu übernachten.

»Wow«, sagte Pereira am Ende von Perez' Erzählung sichtlich beeindruckt. »Ich hätte nicht gedacht, dass noch so viel passieren würde, nachdem die Mädchen mich hierhergeführt hatten. Das mit Marianne tut mir echt leid. Ihr bekommt das doch wieder hin?«

Perez zuckte mit den Schultern. Wer konnte das schon wissen? Marianne hatte so sehr ihren eigenen Kopf, dass unmöglich vorauszusagen war, was sie als Nächstes tun würde. Ähnliches behauptete man von ihm allerdings auch.

»Und der Finger? Ich kenne deine Einstellung, aber ich finde, als Freund sollte ich erwähnen, dass dieser Vorgang eine Sache für die Polizei ist. Jemand ist bei dir eingebrochen und hat dort als Warnung den Finger einer Leiche platziert. Den Finger kann ja wohl nur haben, wer bei deren Abdankung zugegen war. Ob Mord oder Unfall, frag mich, und ich sage dir: Die Hinzuziehung der Polizei wäre in diesem Ausnahmefall die richtige Entscheidung.«

»Ich brauche Kaffee.«

»Dann zieh dich an. Aber wickel den stinkenden Finger ein. Riechst du das eigentlich nicht?«

»Wir frühstücken im *Catalan*. Danach fährst du zurück nach Spanien, und ich werde versuchen, Aran zu sprechen. Den Mann der echten Fabienne Benoit. Je nachdem, was bei dem Gespräch rauskommt, fahre ich im Anschluss zu Puig rüber nach Port-Vendres. Ich lasse mich doch von diesem beschissenen Finger nicht unterkriegen.

Da will jemand, dass ich aufhöre, in der Sache zu ermitteln, obwohl ich mich bisher lediglich ein wenig hier und da erkundigt habe. Tue ich das, hat er ... oder sie«, korrigierte er sich mit grimmiger Miene, »erreicht, was er oder sie wollte. Aber nicht mit mir, hörst du, nicht mit Perez. Jetzt werden wir mal ernsthaft in diese Sache einsteigen. So was«, er zeigte auf den Finger, der auf dem riesigen Bett etwas verloren wirkte, »weckt den Katalanen in mir, das sage ich dir!«

»Dann tausch wenigstens das Schloss in deiner Wohnung aus und vergiss nicht noch einmal abzuschließen ... Ich fahre direkt zurück. In meinem Aufzug möchte ich nicht in der Öffentlichkeit gesehen werden.«

Perez besah sich Pereira. Zur Sicherheit warf er noch einen Blick auf sich selbst. »Verstehe ich nicht«, sagte er dann so ernst, dass Pereira lachen musste.

»Wir sind verschieden. Ich trage die Kleidung vom Vortag, was ich niemals tue. Ich bin unrasiert, was ich niemals bin. Ich habe hier weder Deo noch frische Unterwäsche. Ist nicht mein Stil, so einfach ist das.«

»Du bist frisch geduscht. Komm schon, das kannst du mir nicht antun. Bitte komm mit, sonst hab ich gleich wieder Jean-Martin an der Backe. Das vertrage ich nicht, nicht nach dieser Nacht.«

»Du warst gestern Abend nicht sehr nett zu ihm.«

»Ach ja?«

»Er versucht dir zu helfen, und du kritisierst seine Ergebnisse.«

»Hatte er welche?«

»Er gibt sein Bestes.«

»Komm mit, na los! Du redest mit JeMa, machst ihm

Komplimente, während ich in Ruhe meinen Kaffee trinke. Los, Pereira!«

Pereira fühlte sich tatsächlich nicht wohl in seiner Haut. Seine Bewegungen waren anders, seine Körperhaltung weniger selbstbewusst. Das fiel sogar Perez auf, der ihm deshalb den Arm um die Schulter legte.

»Vielleicht fangen wir doch mal was miteinander an. Ich bin ja eventuell wieder zu haben«, sagte er und knuffte Pereira in die Seite. »Du siehst selbst in derangiertem Zustand noch einhundertmal besser und eleganter aus als jeder, den wir im *Catalan* treffen werden.«

»Du bist nicht mein Typ«, flötete Pereira auf der Schwelle zum Café.

»Schade.«

Marie-Hélène brachte ihnen Kaffee und Perez' geliebte Croissants. Vor Pereira stellte sie, mit der Entschuldigung, keinen besseren anbieten zu können, ein Glas heißes Wasser und einen Beutel schwarzen Tee.

Meine Tochter kennt sogar Pereiras Frühstücksgewohnheiten, dachte Perez. Auch, dass er zum Frühstück nichts aß, wusste sie, denn den Korb mit dem Blätterteiggebäck schob sie auf seine Seite des Tischs.

»Stéphanie hat nach dir gefragt«, sagte Marie-Hélène.

»Mmh.«

»Da ist doch noch was vorgefallen, gestern Nacht. Willst du mir davon erzählen, Papa?«

»Was hat sie gesagt?«

»Nichts. Aber es war ihr deutlich anzusehen, dass sie nicht geschlafen und sich die Augen ausgeweint hat. Habt ihr euch wieder mal gestritten, Marianne und du?«

»Tochter, das geht dich nichts an. Wo ist JeMa?«

»Der hat Angst vor dir.« Pereira nickte, sah Perez aber nicht an. »Der Arme hat die ganze Nacht vor dem Computer gehockt, um deinen Erwartungen gerecht zu werden, und ist dann völlig übernächtigt im Sessel eingeschlafen. Ich hab ihn heute früh erst mal ins Bett geschleppt.«

»Das hätte doch nicht sein müssen«, sagte Perez, der sich insgeheim ein wenig freute, dass es ihm gelungen war, den Dürren anzuspornen.

»Marie-Hélène, ich möchte mich noch für mein Aussehen entschuldigen. Perez hat mich hierhergeschleift«, sagte Pereira.

»Das hat er gut gemacht. Du siehst fantastisch aus, *chéri*!«

»Empfangt ihr eigentlich spanische Sender?«, fragte Pereira.

»Klar«, antwortete Perez, den Fakt ignorierend, dass die Frage Marie-Hélène gegolten hatte. »Ist dir noch nie aufgefallen, dass sie alle Spiele von Barça übertragen? Und nach dem Abpfiff so lange wiederholen, bis das nächste Spiel ansteht? Natürlich empfangen wir hier spanisches Fernsehen. Warum fragst du?«

»Um elf Uhr soll Álvarez eine Presseerklärung abgeben. Man vermutet, dass es entweder um die Bergung geht oder um den Zwischenfall mit der Taucherin. Interessiert dich das?«

»Und wieso sagst du das erst jetzt? Marie, kannst du den Sender einstellen? Lass den Ton ruhig aus, bis es anfängt. Danke.« Er blickte auf die Uhr. »Wir haben noch etwas mehr als zehn Minuten. Sag mal, Alain«, sagte er, nachdem sich seine Tochter vom Tisch verabschiedet hatte und nun unter Murren der übrigen Gäste das Pferderennen auf dem Bildschirm unterbrach, um den gewünschten Sender einzustellen, »ich hatte dir doch neulich von dem Artikel im *L'Indépendant* erzählt. Oder stand es in der *Vanguardia*? Na egal ...« Pereira zuckte mit den Achseln. »Na der, wo drinsteht, dass die Firma von Álvarez mit unserem Lokalparlament zu verhandeln gedenkt und später dann auch in Paris vorstellig werden will.«

»Und?«

»Was wollen die Typen bei uns in Frankreich, wenn das Schiff, das sie zu bergen gedenken, drüben bei euch in Spanien liegt?«

»Puh, Perez, du stellst Fragen ... Nehmen wir mal für einen Moment an, dass Álvarez tatsächlich dieses sagenumwobene Schiff gefunden hat. Und auf die Gefahr hin, mich zu wiederholen: Niemand außer einigen handverlesenen Menschen in seiner Organisation würde in diesem Fall die tatsächlichen Koordinaten kennen. Wenn sie die *Nuestra Señora* tatsächlich lokalisiert haben, werden sie ihre Konkurrenz, ihre Kritiker, die Regierung, kurzum alle, die ein Interesse daran haben könnten, zu täuschen versuchen. Es ist also theoretisch möglich, dass das Wrack teilweise oder ganz auf französischem Gebiet liegt. Genauso gut kann es sein, dass die Verhandlungen mit der französischen Regierung Teil des Ablenkungsmanövers sind. Oder die mit der spanischen Regierung. Sicher ist nur eins, Perez: dass in diesem Spiel nichts sicher ist. Also beantworte ich deine Frage mit einem klaren: Wer weiß das schon ...«

»Dein Freund Juan Calero«, sagte Perez trocken.

Pereira lachte. »Gut aufgepasst! Ja, der weiß es. Bestimmt sogar. Nützt uns bloß nichts, weil er nicht mal mit der Wimper zucken wird, wenn wir ihn danach fragen. Zum anderen sagte ich dir ja bereits, dass da unten mehr Schiffe liegen als im Augenblick auf dem Mittelmeer segeln. Vielleicht haben die Jungs der *Maritime Treasure Hunters* es auch auf ein ganz anderes Schiff abgesehen. Auch das kann man nicht sagen.«

»Auf die *Sanctus Franciscus* zum Beispiel, das Schiff, nach dem Timi sucht.«

»So herum würde jedenfalls ein Schuh draus. Álvarez greift den bedeutungslosen Timoteo Mata an und nicht umgekehrt. Sie spielen nicht in derselben Liga, du erinnerst dich.«

»Tun sie nicht. Aber sie könnten sich für dasselbe Objekt interessieren. Dafür brauchst du zunächst mal kein Geld.«

»Dafür nicht, nein.«

In diesem Augenblick deutete Pereira auf einen der Fernseher. Rasch wechselten sie die Plätze.

»Lauter bitte, Marie«, rief Perez aufgeregt. »Und ihr haltet jetzt die Klappe«, fuhr er die übrigen Gäste am Tresen an. Deren Gespräche verstummten unmittelbar, auch wenn sie Perez mürrische Blicke zuwarfen.

Álvarez war ein aalglatter Typ, der viel redete, aber nichts sagte. Jedenfalls nichts über die Leiche. Natürlich beteuerte er, was der französischen Taucherin zugestoßen sei, tue ihm leid, aber Neuigkeiten zu dem tragischen Unfall habe er nicht. Er bestätigte lediglich, dass es sich bei ihr nicht um ein Mitglied seiner Mannschaft handelte. Er wolle sich auch nicht an Spekulationen beteiligen, das gehöre sich angesichts des traurigen Schicksals der Frau nicht. Damit war der Unfall auch schon abgehakt.

Dann aber die Nachricht, auf die sie gewartet hatten: In der Tat, so versicherte er, habe sein Unterwasserteam aus Spezialisten Grund zu der Annahme, endlich auf das lang gesuchte Wrack der *Nuestra Señora de la Santa Maria del Mar* gestoßen zu sein. Es sei für sie alle eine große Ehre, den Stolz Kataloniens zu bergen. Mit den Behörden in Barcelona habe man weitgehend Einigkeit über die Modalitäten des Geschäfts erzielt. Er lobte die Regierung, den freundlichen Ton während der langen Verhandlungen, das gegenseitige Vertrauensverhältnis, und versprach, sich dieses Vertrauens als würdig zu erweisen. Nachfragen der zahlreichen Reporter nach ebendiesen Modalitäten tat er mit einem Lächeln ab. Auch, was nach einer erfolgreichen Bergung mit den Schätzen geschehen werde, wolle er zu diesem frühen Zeitpunkt nicht offenlegen. Auf die Frage, ob es nicht richtig wäre, die letzte Ruhestätte der Seeleute, die mit dem Schiff in den Tod gerissen worden waren, zu respektieren, antwortete er wie aus dem Lehrbuch. Perez kannte die Argumentation schon aus dem ersten Gespräch mit Pereira.

Die Pressekonferenz plätscherte dahin. Viele Fragen, lauter ausweichende Antworten. Perez verlor das Interesse, bis zu dem Zeitpunkt, als die Kamera über einen Pulk von Leuten schwenkte, die hinter Álvarez aufgereiht standen. Er hätte den Moment fast verpasst, hätte nicht Pereira gerufen: »Sieh nur, da steht Juan, siehst du ihn, den hübschen Burschen in der letzten Reihe?« Perez folgte dem ausgestreckten Finger, wusste aber nicht, um welchen der Männer es sich handelte.

Was er aber stattdessen sah, warf ihn fast vom Hocker. »Da, da, da«, brüllte er. »Halt mal an.«

Die belustigt fragenden Blicke der Umstehenden ignorierte er. Er fühlte sich, als hätte man ihn an einen elektrischen Draht angeschlossen, fast wäre er über den Tresen geklettert, doch was ihn so erregte, war längst nicht mehr auf dem Bildschirm zu sehen.

Was er gesehen hatte, war nicht der ehemalige Gespiele Alains, sondern eine schöne Frau, die ihm vor einigen Tagen den Hof gemacht hatte. Fabienne Benoit die Unechte. In der letzten Reihe, noch hinter Calero, für Perez bestand kein Zweifel. Was machte die falsche Fabienne auf Álvarez' Pressekonferenz? Wieso stand sie inmitten von dessen Mitarbeitern? Gehörte sie etwa zu seiner Crew?

Perez wartete, ob die Kamera den Schwenk wiederholen würde – vergebens. Als der Moderator das Ende der Liveübertragung ankündigte, wandte sich Perez an Pereira.

»Wo hat diese Pressekonferenz stattgefunden?«, fragte er.

»Keine Ahnung, haben sie nicht gesagt. Irgendwo in Barcelona. Wahrscheinlich in einem der großen Hotels.«

»Aran, der Taucher, muss warten. Du rufst deinen Freund an, ich muss ihn treffen. Los, sofort!«

KAPITEL 20

Als Pereira das Café wieder betrat, zeigte sich ein Siegerlächeln auf seinem Gesicht.

»Hast du ihn erreicht?«, fragte Perez, der sich vor lauter Aufregung und auch ein wenig als Konter gegen den letzten Abend ein Bier bestellt hatte.

»Sí, Señor.«

»Sprich!«

»Wir können ihn nicht in Barcelona treffen. Er wird in diesem Augenblick vom Firmenhubschrauber zurück auf die *Alvarez I.* geflogen. Er stand schon auf dem Rollfeld.«

»Wenn bei dir so die guten Nachrichten aussehen ...«

»Warte«, unterbrach Pereira. »Sei nicht immer so ungeduldig. Ich habe auf Juan eingeredet wie auf einen lahmen Gaul. Und ich war wohl sehr überzeugend. Er hat tatsächlich zugestimmt, uns zu treffen. Allerdings erst, nachdem ich ihm mit meinem Ehrenwort versichert hatte, dass du an Unterwasserschätzen nicht das geringste Interesse hast und es dir lediglich um einen lieben Menschen geht. Fremde an Bord zu lassen ist so ziemlich das Heikelste, was sich ein Missionschef leisten kann. Deshalb habe ich ein bisschen dick aufgetragen. Ich sagte, du seist mein bester und ältester Freund und der Gesuchte sei dein Bruder.«

»Das Letzte ist vielleicht nicht ganz wahr, aber sonst ...«
Perez drückte Alain die Hand. »Danke, mein bester und
ältester Freund, ich werd's nicht vermasseln. Wie geht es
jetzt weiter?«

»Du musst uns ein Schiff besorgen.«

»Was?« Perez bekam es unmittelbar mit der Angst
zu tun. Ein Boot? Irgendwie wurden ihm erst jetzt die
Begleitumstände von Pereiras Einlassungen so richtig
klar.

»Meins liegt auf dem Trockenen, schon vergessen? Wir
müssen uns morgen bereithalten.«

Problem eins, das Schiff, würde zu lösen sein, dazu
hatte Perez sofort eine Idee. Was aber seine Angst an-
belangte, wusste er nicht, wie er sie in den Griff kriegen
sollte. Bislang waren noch alle seine Bekannten von ihren
Schiffsreisen sicher zurückgekehrt, das sprach dafür, die
Sache gelassen anzugehen. Er würde den Ausflug wohl
überleben. Wäre er ein rationaler Mensch gewesen, hätte
ihn diese Denkweise positiv beeinflussen können, so aber
fuhr er mit reichlich Respekt rüber nach Port-Vendres, wo
er die Person wusste, die den ersten Teil des Problems lösen würde.

Es kam ihm keinen Moment in den Sinn, dass er Puig
nicht antreffen oder der alte Bock Widerstand leisten
könnte. Auf Pereiras Frage »Willst du nicht zunächst anrufen?« hatte er lediglich mit einer wegwerfenden Handbewegung geantwortet.

Die Quecksilbersäule war in der vergangenen Nacht um einige Striche geklettert und weiterer Neuschnee zum Glück
nicht gefallen. Daher waren die Straßen nach Port-Vendres

einigermaßen frei. Trotzdem nahmen sie Pereiras Wagen, schon allein wegen der funktionierenden Heizung.

»Nicht schlecht für ein deutsches Fahrzeug«, bemerkte Perez irgendwann auf der Strecke, befand aber, dass er selbst niemals eine solch eklatante Summe für ein Auto ausgeben würde.

Perez dirigierte Pereira zum Parkplatz am Hafen. Von dort liefen sie die wenigen Meter hinüber zum *Tramontane*. Zur Mittagszeit war das Ecklokal der Ort, an dem man den Paten von Port-Vendres, wie Perez Puig getauft hatte, zuverlässig antraf. Der Alte änderte seine Tagesroutinen nur, wenn es unbedingt sein musste. Und das Mittagessen war ihm heilig.

Wie erwartet saß er dann auch an seinem angestammten Tisch im hinteren, mit Tischtüchern und Stoffservietten eingedeckten Bereich des Restaurants und löffelte eine famos duftende Fischsuppe.

»Puig, mein Freund, wie schön dich zu sehen«, eröffnete Perez bewusst offensiv.

Der so Angesprochene erschrak derart, dass er erst nach einem Hustenkrampf zu einer Antwort imstande war.

»Perez«, krächzte er.

»Das ist mein ältester und bester Freund Alain Pereira«, fuhr Perez betont sachlich fort. »Alain, das ist mein sehr alter Freund Francesc Puig, eine Institution in Port-Vendres, ach, was sage ich, an der ganzen Côte Vermeille. Riecht verdammt lecker, die Suppe, Fran«, fuhr er fort. »Du hast doch sicher nichts dagegen, wenn wir dir ein wenig Gesellschaft leisten, ich hätte da nämlich eine Bitte an dich. Aber zunächst habe ich riesigen Hunger. Ist die Suppe zu empfehlen?«

Das darauffolgende Knurren interpretierte er für Pereira mit den Worten: »Er freut sich, nimm Platz, Alain. Für dich auch die Suppe oder nur etwas frischen Fisch? Du hast noch nicht gefrühstückt. Wird dir guttun.«

Pereira setzte sich und fühlte sich sichtlich unwohl.

»Bonjour, Monsieur«, sagte er brav, sah Puig dabei aber nicht an.

Perez hingegen tat, als stünde hier alles zum Besten. Er bestellte, als hätte er seit Wochen keine warme Mahlzeit mehr gehabt. Ein Dutzend frische Austern, um den ersten Wein, einen einfachen Collioure blanc, zu begleiten. Danach die Fischsuppe mit einem kräftigen Rosé, vielleicht einem Côté Mer der Domaine de la Rectorie. Falls nicht im Keller, täte es auch ein Grand Cuvée Rosé von Lafage, ließ er die fleißig mitstenografierende Restaurantbesitzerin wissen. Danach den dicken Steinbutt, schließlich habe der Saison. Aber keinen Babysteinbutt, den könne man getrost den Touristen servieren, schwadronierte er ungebremst weiter. Es solle schon ein erwachsenes Tier sein, nicht unter fünf Kilogramm und natürlich aus Wildfang. »Davon dann ein schönes saftiges Filet. Keine Beilagen. Etwas frischen Salat vielleicht.« Beide Roséweine würden bestens passen, dozierte er, beide hätten genug Gehalt, um nicht nur der Suppe, sondern auch dem frischen Fisch Paroli zu bieten. Ob es danach noch etwas Entenbrust sein solle oder nicht, würde er zu diesem Zeitpunkt offenlassen wollen. Falls sie sich dazu aufraffen sollten, wäre es gut, einen passenden Roten parat zu haben. Vielleicht einen Domaine Augustin aus dem Hause Parcé.

»Wisst ihr eigentlich, wie das ist, wenn man erst beim Bestellen merkt, was für einen Kohldampf man hat?«, fragte er in die Runde, als die Dame des Hauses sich auf dem Weg zur Küche befand.

Pereira stand der Mund offen. Puig sah nicht minder erstaunt drein. Die Menge an Gerichten war es allerdings nicht, die ihn überraschte. Bei ihm herrschte vermutlich eher die Überraschung über Perez' Chuzpe vor. Hier einfach so aufzutauchen, als wäre nichts gewesen. Doch bevor er etwas sagen konnte, war es abermals Perez, der das Wort ergriff.

»Fran, bevor die Austern kommen, wie lange brauchen wir mit einer deiner Jachten rüber nach Spanien? Irgendwo vor Cadaqués, vermute ich. Alain, gibst du Francesc mal die genauen Koordinaten, bitte?«

Der Spanier brachte kein Wort heraus. Dafür fand Puig zu seiner gewohnt gastfreundlichen Art zurück.

»Wie kannst du es wagen, du verdammter Dreckskerl! Tauchst hier auf, als wäre nichts geschehen. Setzt dich an *meinen* Tisch und willst auch noch eins meiner Boote? Wahrscheinlich haust du dann gleich ab und lässt mich mit der Rechnung sitzen.«

»Nein, Monsieur ...«, hob Pereira an. Perez' Hand auf seinem Arm stoppte ihn.

»Fran, mein alter Freund, das kann ich unmöglich annehmen«, rief er mit vor Glück strahlendem Gesicht. »Wir platzen hier einfach so rein, und du willst uns sofort einladen. Also ich weiß nicht ... aber wenn du darauf bestehst. Uns Katalanen darf man nicht bei der Ehre packen«, sagte er in Richtung Pereira. »Und Fran ist für seine Großzügigkeit bekannt.«

Wenn Puig ihm jetzt nicht an den Hals ginge, wäre das Spiel so gut wie gewonnen. Perez sah zu dem Alten hinüber. Der kochte vor Wut, verkniff sich aber vorerst jede Reaktion.

Die Austern wurden gebracht, zusammen mit dem ersten Wein. Sofort machte Perez sich darüber her. Zwischendrin schob er Pereira eine auf den Teller und forderte ihn gestenreich auf, zu probieren. »Köstlich«, stieß er ein ums andere Mal aus. »Nun iss schon, Alain. Die sind aus Bouzigue am Bassin de Thau. Das ist hinten bei Sète. Sind wirklich köstlich und so schön fleischig. Und nun sag endlich, wo wir hinmüssen. Bist du in Eile, Fran?«

»Wir sind quitt, schon vergessen?« Die Augen des Alten waren zu Schlitzen verengt.

»Ach was ... Das hast du zwar damals in der Nacht am Strand auch schon gemeint. Ich kann mich allerdings nicht erinnern, dem zugestimmt zu haben. Nein, hab ich wirklich nicht, da musst du dich irren, Fran. Und außerdem, ich bitte dich, ein kleiner Ausflug mit Freunden ...«

»Wenn *du* einen Fuß an Bord eines Schiffes setzt, handelt es sich niemals um einen normalen Ausflug. Jeder kennt deine Angst vor dem offenen Meer. Und bei dem momentanen Seegang geht auch mal leicht einer über Bord.«

Perez, dem das Essen wirklich außergewöhnlich gut schmeckte – gerade traf die Suppe ein –, machte kurz ein betretenes Gesicht. »Seegang«, sagte er vorwurfsvoll in Richtung Bouillabaisse. »Jetzt mal im Ernst: Wir brauchen dich. Eine Jacht und einen guten Skipper, um rauszufahren zu diesen Schatzsuchern. *Maritime Treasure Hunters,* das sagt dir doch sicher was? Die Firma von diesem Kastilier, Álvarez.«

»Álvarez? Woher kennst *du* Álvarez?«

»Nun ja, das ist eine lange Geschichte. Du weißt ja, ich komme mächtig rum ...«

»Hör auf, mich zu verarschen.«

Perez brummte mit vollem Mund. »Ich kenne ihn nicht. Aber mein Freund hier, der gar keinen Hunger zu haben scheint, der kennt seinen Expeditionsleiter. Und ebender wird uns morgen an Bord der *Álvarez I.* empfangen. Ich hab da kurz was zu besprechen, und dann geht's auch schon wieder nach Hause.«

»Und du weißt, wo die liegen?«, fragte Puig zum ersten Mal direkt an Pereira gewandt. Den Umweg über die für Fremde vorgesehene Höflichkeitsform ersparte er sich ganz offensichtlich.

»Nein«, antwortete Pereira und überraschte damit nicht nur Puig. »Wir werden es erst erfahren, wenn wir auf See sind. Aber die grobe Richtung Cadaqués stimmt fürs Erste.«

»Sagen wir, ich fahre euch tatsächlich dahin, was habe ich davon?«

»Denk doch nicht immer so materialistisch, Francesc. Im Laufe unserer langjährigen Beziehung hat dich das noch niemals weitergebracht. Ich freue mich sehr, dass du uns helfen willst.«

Ohne Vorwarnung trat Puig den Stuhl nach hinten, Pereira kreuzte seine Arme vor dem Gesicht, als suchte er Deckung. Perez bekam einen Lachanfall. Der Witz war noch älter als Puig selbst. So was machte er gerne. Beim ersten Mal erschrak man sich, befürchtete das Schlimmste, dabei ging er nur aufs Klo. So auch in diesem Fall.

»Wenn ich gewusst hätte, wo du mich da reinziehst, wäre ich niemals mitgekommen«, stieß Pereira aus, als der Alte außer Hörweite war. »Ach was, ich hätte Juan niemals gebeten, uns an Bord zu lassen. Den Typen darf ich da keinesfalls anschleppen, das steht fest.«

»Aber das muss er doch heute noch nicht wissen, oder? Ist dir nicht aufgefallen, um wie viel zutraulicher Puig geworden ist, nachdem er erfahren hat, worum es geht?«

»Na ja.«

»Aber ja doch. Iss jetzt deine Suppe, die warten schon mit dem *turbot*. Was sagst du zum Wein? Unfassbar eigen, nicht wahr? So was findest du nirgendwo anders auf der Welt. Das, mein Lieber, nennt man Terroir.«

»Vielleicht will er bloß mal hinter die Kulissen einer Schatzsucherfirma gucken. Sicher weiß er, dass die Sicherheitskontrollen normalerweise unüberwindbar sind. Aber was ich gerade gesagt habe, entspricht der Wahrheit. Ich weiß nicht, wer von uns überhaupt an Bord kommen darf. Vielleicht erscheint es dir ja einfach, weil es mich nur einen Anruf gekostet hat, aber das ist es nicht. Und der Typ ist mir absolut nicht geheuer. Hast du gemerkt, wie er mich gemustert hat? Er hasst Schwule, das sage ich dir.«

»Ich glaube, er ist selber schwul. Die vielen Frauengeschichten sind bloß Tarnung. Wahrscheinlich hatte er was mit seinem Leibwächter. Kräftig wie ein Gorilla, aber macht immer Männchen, wenn Onkel Puig einen Befehl bellt. Zum Piepen, sag ich dir.«

Perez bekam sich kaum noch ein vor Lachen, als er sich an den Bodyguard des Alten erinnerte. Aus jener Zeit rührte die Schuld, die Puig immer noch zu begleichen hatte.

Als der Alte nach einer gefühlten Ewigkeit zurück an den Tisch kam, waren Perez und Pereira bereits beim

Fisch. Inzwischen hatte Alain sich einigermaßen im Griff und aß zusammen mit Perez. Bloß vom Alkohol ließ er die Finger.

»Na schön«, sagte Puig noch im Stehen. »Morgen früh also. Ich hole dich im Hafen von Banyuls ab. Sagen wir gegen zehn.«

»Danke, Fran. Ich warte dort auf dich.«

Der Alte wandte sich zum Gehen.

»Und danke für die Einladung«, rief Perez ihm hinterher.

»Pass auf«, sagte Pereira. Sie saßen im Auto, das inzwischen wieder vor dem *Conill* stand. »Ich fahre jetzt zurück nach Llançà in mein Hotel. Du glaubst ja wohl nicht, dass ich noch einen Tag länger in dieser nach Besäufnis riechenden Garderobe rumlaufe. Ihr holt mich morgen am Hafen ab. Ruf an, wenn ihr in Banyuls losfahrt. Ich telefoniere heute Abend noch mal mit Juan und versuche, ihm die Koordinaten zu entlocken, und ich erkundige mich, wie wir an den Sicherheitsleuten vorbeikommen.«

»Sicherheitsleute?«

»Warte ab, du wirst schon sehen. Du spielst mit den Großen, Perez. Das ist kein Kindergeburtstag, dafür geht es um zu viel Geld. Aber vielleicht hat sich ja auch was geändert und Juan kommt an Land. Dann können wir uns auch ohne deinen Freund mit ihm treffen. In diesem Fall melde ich mich umgehend.«

»Das wäre wunderbar. Bitte versuch ihn doch davon zu überzeugen, ja?«

»Ich kann nichts versprechen. Es sind ihre Spielregeln. Aber eigentlich würde es mich auch interessieren, warum

dieser Puig sein Verhalten geändert hat, nachdem er erfahren hat, worum es geht.«

»Bist du der Detektiv oder ich? Steig aus und trink noch
was mit mir. Vielleicht hat Haziem noch etwas Leckeres
für uns im Topf.«

Pereira sah Perez fassungslos an. »Mach, dass du raus-
kommst«, sagte er dann lächelnd. »Wir sehen uns morgen früh.«

KAPITEL 21

Am nächsten Morgen saß Perez schon früh im *Catalan*. So früh, dass ihn seine Tochter unentwegt misstrauisch beäugte. Die Nacht war eine einzige Tortur gewesen, an Schlaf nicht zu denken. Unruhig waren seine Gedanken zwischen bevorstehendem Seegang, abgerissenen Gliedmaßen und einer ungewissen Zukunft mit Marianne hin und her gesprungen. Entsprechend zerschlagen und missgelaunt hatte er sehr früh geduscht, sich wieder in die verhassten Winterklamotten gezwängt und war rüber zum Café geschlittert.

Die Sonne war inzwischen aufgegangen, es würde ein schöner, wenn auch frostiger Tag werden. Nach der zweiten Tasse Kaffee und dem zweiten Croissant rauchte er vor der Tür eine Zigarette, die ihm überhaupt nicht bekam. Sein Magen machte ihm zu schaffen, ihm schwindelte.

»Sei so gut, Marie, und gib mir einen Pastis«, rief er zu seiner Tochter rüber, nachdem er wieder am Tisch saß.

»So weit kommt es noch«, rief diese zurück. Voller Unverständnis schüttelte sie den Kopf und stellte kurze Zeit später eine Porzellankanne vor Perez auf den Tisch.

»Kamille«, sagte sie. »Trink das, es wird dich beruhigen. »Und schluck die dazu. Vitamin C, hoch dosiert.« Sie legte zwei Pillen neben die Tasse. »Hilft gegen Seekrankheit. Trinken! Schlucken! Keine Widerrede!«

Sie goss ihm die Tasse voll. Er sah beleidigt daran vorbei.

In diesem Augenblick betrat Stéphanie das *Catalan*. Vor der Schule trank sie hier für gewöhnlich ihre heiße Schokolade. Perez blinzelte auf die Uhr. Wenn er den Stand der Zeiger richtig erahnte, sollte der Unterricht längst begonnen haben.

»Salut«, hauchte sie und sah ihn dabei nicht an. Normalerweise war das Mädchen ein Sonnenschein und schon am Morgen fröhlich und aufgekratzt.

»Was ist denn mit dir los?«, fragte Perez.

»Nichts.«

»Steph!«

»Ich habe endgültig die Nase voll von ihr. Ich hau ab. Für immer.«

»Habt ihr euch wieder gestritten, du und deine Mutter?« Er erinnerte sich an die nächtliche Szene am Fenster. »Aber nicht wegen mir, oder?« Sie nickte, verkniff sich aber die Tränen. »Stéphanie, jetzt hör mir mal zu: Das ist eine Sache zwischen deiner Mutter und mir. Du kannst dich da nicht einmischen.«

»Hör mir mal zu! Hör mir mal zu! Immer soll ich zuhören. Ihr geht mir so was von auf die Nerven. Weißt du überhaupt, wie sich das anfühlt, wenn morgens ein fremder Mann in unserer Küche steht? Und weißt du, wie oft ich das schon erleben musste? Und endlich sagst du auch mal was dazu und lässt dir nicht immer alles von ihr gefallen. Und dann benimmt sie sich wieder so ... so ... Verdammt, ich hasse sie!«

Perez versuchte, ihr den Arm um die Schultern zu legen.

Sie schlug nach ihm. »Versuch's nicht mal«, zischte sie.

Stéphanies und Mariannes Verhältnis war kompliziert. Die beiden stritten und vertrugen sich an manchen Tagen im Stundenrhythmus. Stéphanie fühlte sich von ihrer Mutter vernachlässigt, weil stets irgendwelche Probleme wichtiger waren als ein gemeinsamer Abend mit ihrer Tochter, weil sie ständig versuchte, die Welt zu retten. Was Stéphanie aber noch weniger behagte, wofür sie sich regelrecht schämte, war das Liebesleben ihrer Mutter. Die Art freier Liebe, die ihre Mutter praktizierte, tat ihr weh.

Marianne hatte auf der einen Seite Verständnis für Stéphanie, sah aber andererseits nicht ein, sich als erwachsene Frau in ihrem Liebesleben zu beschränken. »Liebe heißt nicht, nur für eine Person da zu sein« war einer der Sprüche, die sich das Mädchen oft hatte anhören müssen. Perez kannte den Ausspruch, denn auch er hörte ihn dann und wann.

»Stéphanie, du weißt doch genauso gut wie ich, woher das kommt. Seit dein Vater sich davongemacht hat, hat sie fürchterliche Angst, sich noch einmal so an einen Menschen zu binden. Das war in gewisser Weise ein traumatisches Erlebnis.«

»Und alles, was danach kam, ist traumatisch für mich«, entgegnete das Mädchen trotzig. »Gestern habe ich dich so bewundert, weil endlich mal jemand was gesagt hat, und jetzt, anstatt mal ernsthaft darüber nachzudenken, verschanzt sie sich hinter ihrem Stolz. Nicht ich bin das Kind, *sie* weigert sich, erwachsen zu sein. Wenn sie sich von dir trennt, dann ist es auch zwischen ihr und mir aus. Dann haue ich ab.«

»Stéphanie«, sagte Perez so ruhig er konnte. »Ich verstehe dich, und ich verstehe Marianne. Es gibt da eine Art unauflöslichen Konflikt. Unabhängig davon aber ist die Beziehung zwischen deiner Mutter und mir allein unsere Sache. Die Auswirkungen bekommst du zu spüren, ich weiß, und das tut mir sehr leid, aber trotzdem bist du in dieser Angelegenheit keine handelnde Person.«

»Ich habe Geld gespart und fahre zu Oma in den Schwarzwald.«

»Ich dachte, du hasst es da. Der dunkle Wald, das schlechte Wetter. Sibirien hast du es mal genannt.«

»Nicht so sehr wie hier.«

»Und wenn wir zusammenbleiben? Noch ist es bloß ein Streit.«

Sie zuckte mit den Schultern.

»Willst du nicht in die Schule gehen und abwarten, wie sich die Dinge entwickeln? Wäre das nicht viel klüger?«

»Ich gehe heute nicht in die Schule!«

»Du bist wirklich die Tochter deiner Mutter«, sagte Perez. »Eine echte Finken. Was willst du statt Schule machen?«

»Sagte ich doch eben. Ich warte, bis sie im Hotel ist, dann packe ich meinen Koffer und fahre zu Oma.«

»Du sprichst kein Deutsch.«

»Und ob.«

»Ach ja? Habe ich noch niemals gehört, dass ihr euch in Mariannes Muttersprache unterhalten hättet.«

»Maman will, dass ich Deutsch spreche.«

»Verstehe, deshalb tust du es nicht.« Er stöhnte. »Euch täte etwas Abstand echt mal gut. Was mache ich jetzt bloß mit dir?«

Er versuchte, in Gedanken Pro und Kontra der Idee durchzuspielen, die ihm gerade in den Sinn gekommen war. Alles war besser, als das Mädchen sich selbst zu überlassen. Am Ende setzte sie sich tatsächlich noch in den Zug. Auch ihre Mutter war mit siebzehn von zu Hause abgehauen, das hatte Tradition.

»Warum kommst du nicht mit mir?«, sagte er daher. »Ich könnte eine Assistentin gebrauchen.«

»Wobei?«

»Bei meinem gefährlichen Hobby, wie ihr es immer nennt. Ich steche jetzt gleich in See.« Sie sah ihn ungläubig an. »Ja, ich kann's selbst kaum glauben. Ich muss mit Pereira rausfahren zu den Schatzsuchern.«

»Klar komme ich mit«, rief sie derart erfreut, dass man hätte meinen können, die vorherige Wut und Traurigkeit seien bloß einer vorübergehenden Laune entsprungen.

»Das ging ja schnell«, sagte Perez mehr zu sich selbst.

»Wir sind doch ein Team.«

»Warte mal eben einen Moment, ja?«

Perez hatte aus den Augenwinkeln beobachtet, wie Jean-Martin das Lokal betreten hatte. Er war in ein Gespräch mit Marie-Hélène vertieft. Perez zupfte den Dürren am Ärmel.

»Salut, Schwiegersohn«, sagte er zuckersüß. »Ich wollte mich bei dir für vorgestern Abend entschuldigen. Ich wollte nicht undankbar erscheinen, hatte bloß viel Stress. Okay?«

»Aber klar doch, kein Problem.« Marie verdrehte hinter JeMas Rücken die Augen.

»Schön, schön. Sag mal, der Laptop für die Kleine, ist der inzwischen angekommen?«

»Gestern, ja, und ich habe ihn schon eingerichtet. Alles fertig für den Geburtstag. Ich muss nur noch den WLAN-Anschluss bei den Finkens aufmotzen. Der neue Router liegt bei mir zu Hause. Hast du schon mit Marianne darüber gesprochen? Ich möchte mir keinen Anschiss einfangen.«

»Gibst du ihn mir, bitte?«

Zwei Minuten später stand der Dürre wieder neben seinem Schwiegervater und drückte ihm das Notebook samt Schutzhülle in die Hände.

»Ich vermute, den Karton brauchst du nicht. Sieht so aus, als würde es gleich in Betrieb genommen werden.«

Perez klopfte Jean-Martin auf die Schulter und trabte selig zurück zum Tisch. Ihm war einfach danach, dem Kind schon jetzt eine Freude zu bereiten. Außerdem konnte Stéphanie ihm dann tatsächlich besser helfen. So gut recherchieren wie Jean-Martin würde sie allemal.

Zurück am Tisch überreichte er ihr den Laptop.

»Wollte ich dir eigentlich erst zum Geburtstag schenken, aber irgendwie finde ich, heute ist eine gute Gelegenheit. Ist aber auch dienstlich, damit das klar ist. Als meine Assistentin sollst du gut ausgestattet sein. Bloß kein Gemurre, wenn ich dir eine Aufgabe stelle.«

Stéphanie fiel ihm um den Hals. Sie hätte nicht glücklicher sein können.

Als sie am Hafen ankamen, lag die Jacht schon an der vereinbarten Stelle. Perez ließ sich dennoch Zeit, er hatte es nicht allzu eilig, an Bord zu gehen. Puig stand lässig an die Reling gelehnt und sah hämisch grinsend zu ihm herüber.

»Hast du Verstärkung mitgebracht?«, rief er.

»Francesc, das ist Stéphanie, Mariannes Tochter. Steph, der ältere Herr ist Francesc Puig aus Port-Vendres. Unser Skipper für heute.«

»Na dann mal los. Eine Nervensäge und ein Küken, wird sicher reizend. Können wir?«

Perez machte immer noch keine Anstalten, an Bord zu gehen. Noch einmal schaute er auf sein Handy – vielleicht hatte Pereira doch noch frohe Kunde –, dann ließ er alle Hoffnung fahren.

Stéphanie drängte ihn in Richtung Boot. Puig bereitete derweil bereits das Ablegemanöver vor. Erst als nur noch ein einziges Tau die Jacht an Land hielt, sprang Perez mit einem verzweifelten Satz an Bord.

»Muss man sich anschnallen?«, fragte er, der sich im Auto niemals den Gurt umlegte.

Puigs Antwort bestand aus einem Grunzen und dem Umlegen des Gashebels. Mit einem Ruck hob sich der Bug ins Blau des Himmels, und die Jacht nahm Fahrt auf, ganz sicher schneller als im Hafen erlaubt. Doch an der Côte gab es niemanden, der dem alten Francesc Puig Vorschriften machte, erst recht nicht auf See.

Kaum war das Schiff am Leuchtfeuer, das die Hafeneinfahrt markierte, vorbei, begann der Tanz auf den Wellen. Immer wieder stieg der Bug hoch empor, um im nächsten Augenblick mit Getöse zurück auf die Wellen zu schlagen.

Kreidebleich klammerte Perez sich am Ledersitz fest. Ein ängstlicher Blick hinüber zu Puig, der stoisch und breitbeinig hinter dem Steuer stand. Ein weiterer in Richtung Stéphanie, die, so schien es ihm, vor Freude am liebsten geschrien hätte. Kein Wunder, das Kind mochte Riesenräder, Achterbahnen, Kettenkarussells und jedes andere Höllengerät auf dem Rummel.

Perez hätte sich aus dem Schaukeln auch nicht so viel gemacht, wähnte er unter sich nicht Hunderte von Metern unbekanntes, lebensbedrohendes Terrain. Im Golf gab es sogar Haie, erst im vergangenen Sommer hatten Fotos eines dieser Monster die Titelseite des *L'Indépendant* geschmückt.

»Supergeil!«, rief Stéphanie ihm zu. »Hundertmal besser als Schule.« Die Sache mit ihrer Mutter schien vergessen zu sein. »Findest du nicht? Das Meer ist doch gar nicht so schlimm.«

Gar nicht so schlimm? Wie musste es erst sein, wenn das Meer weiße Schaumkronen trug? Wenn der Tramontane die Wellen mit einhundertzwanzig Stundenkilometern zwischen Cap de Creus und Cap Béar aufpeitschte?

Leute wie Puig fuhren bei jedem Wetter raus. »Küstennaher Quatsch«, hatte der Alte einmal gesagt. »Erst wenn man weiter rausfährt, das Land außer Sicht gerät, weiß man, warum man zur See fährt.« Na vielen Dank. Immerhin hatte Perez sich bis hierher noch nicht übergeben, eigentlich, so fand er, eigentlich habe ich mich bislang ganz gut gehalten.

Ein Gutes hatte die schnittige Jacht: Sie war sehr schnell und die Distanz nach Llançà über Wasser deutlich kürzer als auf dem Landweg. Kaum eine Viertelstunde nach dem Auslaufen sah Perez auch schon die weit geschwungene Bucht vor sich auftauchen.

Wenige Minuten später winkte Pereira ihnen zu. Er

stand wie vereinbart an der Tankstelle im Hafen und unterhielt sich mit dem Pächter. Natürlich musste Puig nicht tanken, er besaß in Port-Vendres seine eigenen Zapfsäulen, die nur ihm und seiner Flotte vorbehalten waren.

Pereira sprang an Bord und drückte dem Alten einen Zettel mit Koordinaten in die Hand. Erst danach begrüßte er Perez und erkundigte sich, wie dieser die ersten Seemeilen überstanden habe. Perez tat, als verstünde er die Frage nicht. Pereira ließ ihn stehen und herzte stattdessen Stéphanie, während Puig Kurs auf die offene See nahm.

Nachdem die Jacht erneut Fahrt aufgenommen hatte, stellte sich Pereira neben Puig an die Steuerkonsole und vertiefte sich mit ihm in ein Gespräch über unterschiedliche Schiffsmodelle, über Maschinenstärken, über die besten Reviere im Golf und andere Dinge, die Perez nicht im Geringsten interessierten.

Zeigte sich Puig zu Beginn abweisend und schroff, so konnte ihn Pereira im Laufe der Unterhaltung durch sein glänzendes nautisches Wissen für sich einnehmen.

Als die Küstenlinie immer weiter zurückfiel, erhob Perez sich vorsichtig aus seinem Sitz und torkelte nach vorn zu den beiden Männern. Er warf einen Blick auf den Zettel, den Puig neben dem Steuerrad festgeklemmt hatte.

»Verstehst du seit Neuestem etwas von Seefahrt?«, fragte der Alte.

Perez schüttelte den Kopf. Er wusste selbst nicht, warum ihm die Koordinaten nicht aus dem Sinn gingen. Ein paar blöde Zahlen auf einem Zettel. Bei Timi, bei der Anti-Álvarez-Demo und jetzt auch hier. Zahlen, denen Glück innewohnen sollte, die aber bloß Verderben brachten.

»Die Demonstranten im Hafen waren wohl doch sehr

gut informiert«, sagte er und deutete auf den Zettel. »Das sind doch die Koordinaten von dem Transparent, oder irre ich mich?«

Pereira nickte. »Bedeutet nichts. Es müssen nicht die letzten sein, die wir bekommen. Wir haben den Funk auf eine Frequenz eingestellt, auf der Juan uns jederzeit erreichen kann. Und wir können ihm umgekehrt mitteilen, wenn wir dort angekommen sind.«

Perez sprach die Koordinaten laut vor sich hin. Direkt danach die dechiffrierten Zahlen aus Timoteos Kladde, er hatte sie auswendig gelernt. Dabei beobachtete er Puig genau. Er meinte ein kurzes Zucken der Gesichtsmuskulatur zu erkennen, war sich aber angesichts des immer stärker werdenden Seegangs und der damit verbundenen Schlingerbewegungen auf dem Boot nicht sicher.

»Die *Sanctus Franciscus*. Wie kommst du jetzt darauf?«, fragte Pereira, der genau wusste, was Perez bezweckte. Also warf er eine Nebelkerze, denn auch ihn interessierte, was Puig sich von diesem Ausflug versprach. Ihre Gesellschaft würde es nicht sein.

»Kennst du das Schiff, Fran?«, fragte Perez nun ganz direkt.

»Ihr redet nur Scheiß. Die *Sanctus Franciscus* ist nur ein Gerücht. Das weiß doch jeder. Es gibt keinerlei Beweis für ihre Existenz«, erwiderte Puig.

»Ein so großes Schiff und kein Beweis für seine Existenz?«, sagte Perez, ohne zu wissen, ob es tatsächlich ein großes Schiff gewesen war.

»Man findet nichts über sie, absolut nichts. Daran haben sich schon ganz andere Leute versucht. Sie ist ein Gerücht. Seemannsgarn. Ein Schwesterschiff der *Nuestra Señora de la Santa Maria del Mar*? Exakt baugleich, nicht von dieser zu unterscheiden, gebaut als Täuschungsmanöver. Seemannsgarn, nichts weiter. Wollt ihr darüber mit den Leuten auf der *Álvarez* sprechen? Dann können wir getrost umkehren.«

»Du kennst dich aber gut aus«, stotterte Perez. Was redete Puig da? Er war verwirrt, musste darüber nachdenken. Auch Pereira blinzelte verwundert, wie Perez mit einem schnellen Blick feststellte.

»Du kennst doch auch alle Delikatessen. Ich weiß eben alles übers Meer. Über und unter Wasser.«

»Wie lange fahren wir noch?«, fragte Pereira.

»Puig?«, sagte Perez.

»Was denn?«, knurrte der Alte gedankenverloren.

»Wie lange wir noch zu fahren haben?«

»Siebzig Minuten.«

Perez verstummte und versuchte sich vorerst in buddhistischer Einkehr.

KAPITEL 22

Tatsächlich erwartete sie bei den angegebenen Koordinaten nicht die *Álvarez I*. Stattdessen nahm sie ein Schnellboot in Empfang. Kaum in Sichtweite, knackte das Funkgerät. Eine Stimme befahl: »Alle Mann an Deck und steuerbord aufstellen.«

»Was soll das?«, fragte Perez. Pereira zog ihn aus dem Sessel und schob ihn auf die rechte Schiffsseite.

»Die wollen sehen, wen sie sich eingeladen haben«, erklärte er.

Und so standen sie wie aufgebrachte Seepiraten und drehten die Gesichter in Richtung Schnellboot. So lange, bis das Funkgerät erneut knackte. Eine leicht verzerrte Stimme gab kommentarlos neue Koordinaten durch.

Puig und Pereira sahen sich an. »Das ist noch mal eine gute Stunde. Knapp außerhalb der spanischen Wirtschaftszone«, sagte Puig leicht genervt.

Schlimmer konnte es für Perez nicht mehr kommen. Seit sie den Sichtkontakt zum Land vollends verloren hatten, produzierte sein Gehirn immer wildere, immer lebensbedrohlichere Szenarien. »Dann sterbe ich eben hier und heute«, hatte er sich kurz vor Erreichen des Schnellboots gesagt. Seither wurde er, ein kurioser Effekt, von Minute zu Minute ruhiger.

Fünfzig Minuten später schossen zwei Schlauchboote auf sie zu, gingen längsseits und zwangen Puig, die Fahrt zu drosseln. Pereira suchte mit dem Fernglas den Horizont ab. Kurz darauf stieß sein Finger nach vorne.

»Da drüben«, rief er. »Das muss die *Álvarez I.* sein.«

Ein Mitglied der Besatzung verlangte nach ihren Ausweisen. Genau drei bekam Pereira unter Murren zusammen. Stéphanie hatte ihren Pass nicht dabei. Sie tippte sich bloß an die Stirn.

Nachdem Pereira die Dokumente rübergereicht hatte, was sich angesichts des Seegangs gar nicht so leicht gestaltete, ging der Mann mit den Pässen zum Funkgerät.

»Wie früher«, knurrte Perez. »Alles wie früher, als es noch Grenzen gab. Schreckliche Zeiten.«

Der Mann, der die Pässe genommen hatte, hatte inzwischen wohl Kontakt mit der *Álvarez I.*, gab ihre Personalien durch und beantwortete Fragen.

Vielleicht schilderte er auch nur, was er sah: eine fette Jacht, einen alten Skipper, ein junges Mädchen, einen wohlgekleideten Herrn und einen dicken, kleinen Mann mit schwarzen Locken, der einer Moorleiche ähnlicher sah als einem lebenden Menschen.

Nachdem der Mann sein Gespräch beendet hatte, rief er etwas zu ihnen hinüber. Puig streckte den Daumen gut sichtbar in die Höhe und gab den neuen Kurs in den Bordcomputer ein.

Die beiden Boote ließen sich etwas zurückfallen, folgten aber in einem Abstand, den sie bei Bedarf binnen kürzester Zeit auf Schlagdistanz würden verkürzen können.

Was sie erwartete, war ein mittelgroßes Schiff, dessen Rumpf unten rot und ab der Hälfte gelb gestrichen war. Am Heck, neben einem das Schiff überspannenden Stahlbügel, ragte backbord ein Kran in den Himmel, der sicher einige Tonnen Gewicht aus dem Wasser heben oder zu Wasser lassen konnte. Am Bug stand ein etwa zwanzig Meter hoher Sendemast. Ansonsten sah man wenig mehr als etwa ein halbes Dutzend weißer Container.

Und dafür der ganze Aufwand, ging es Perez durch den Kopf. Aber was hatte er erwartet? Ein Pfahldorf mitten im Meer, mit Palisaden drum herum? Wie in diesem elenden Science-Fiction-Film, den er sich vor langer Zeit zusammen mit Stéphanie hatte ansehen müssen?

Das Schiff war etwa siebzig Meter lang. Aber es war die Höhe, die Perez Sorgen bereitete. Noch während er sich fragte, wie sie wohl an Deck gelangen würden, fiel eine Strickleiter herab. Ein Mann kam heruntergeklettert und sprang von der letzten Sprosse an Bord. Er begrüßte Pereira mit Handschlag, flüsterte ihm einige Worte ins Ohr und war auch schon wieder auf dem Weg zurück an Deck.

»Okay«, sagte Pereira an alle gewandt. »Hier kommt die Ansage: Perez und ich haben Erlaubnis, an Bord zu kommen. Monsieur Puig, Sie müssen auf Ihrer Jacht bleiben. Und du, Steph, leider auch. Eins der Geleitboote bringt euch auf Abstand, bis ihr uns wieder aufnehmen könnt. Währenddessen wird die *Álvarez I.* weiter Fahrt machen.«

»Aber ...«, stieß Puig aus. Seine Augen hatten sich verengt, sein Kopf rötete sich schneller als ein Krebs in der Pfanne. Seine Körpersprache verdeutlichte, dass man so nicht mit ihm umspringen durfte.

»Es gibt kein Aber. Tut mir leid. Entweder so, oder wir drehen um und fahren alle gemeinsam wieder zurück, ohne mit Juan gesprochen zu haben. Sie lassen sich auf keine Diskussion ein, die Ansage ist eindeutig.«

»Ich habe Netz«, rief Stéphanie plötzlich begeistert. Sie hatte ihren Laptop auf dem Schoß. »Wahnsinn.«

»Für die Kleine ist es also kein Problem«, sagte Perez. »Aber du bürgst mir mit deinem Leben für sie, Francesc. Und mach jetzt bitte keinen Aufstand.«

Puig kam Perez bedrohlich nahe. »Ich bin kein verdammter Chauffeur«, zischte er, als sich ihre Nasenspitzen fast berührten.

»Danke, Fran, es wird auch nicht lange dauern«, sagte Perez laut. »Wie kommen wir denn da hoch?«

Pereira deutete auf die Strickleiter.

Perez wurde steif wie ein Brett. »Kannst du vergessen.«

»Dann sind wir hier fertig. Deine Entscheidung«, sagte Pereira.

»Es muss einen anderen Weg geben, frag sie!«

»Madre mía!«, rief Pereira. »Warte hier, ich organisiere was.«

Er wandte sich der Leiter zu und kletterte, wenn auch etwas weniger behände als der Mann zuvor, hinauf an Deck. Kaum war er außer Sicht, schwang auch schon ein Kranarm über die Bordwand hinaus. Von einer Seilwinde rollte ein Tau herab, an dessen Ende ein Sitzgurt befestigt war. Selbst einen Eisbären vor seiner Haustür in Banyuls hätte Perez nicht fassungsloser anstarren können.

»Das – oder kein Gespräch«, brüllte Pereira von oben und unterstrich das Gesagte mit einer strengen Geste.

Ein weiterer Mann hatte sich zu Pereira an die Reling

gesellt. Wieder kam der Matrose von eben an der Leiter heruntergeklettert, um Perez beim Einstieg in den Gurt behilflich zu sein.

Perez sah noch mal an der Bordwand empor. Inzwischen hatte sich die halbe Mannschaft an der Reling versammelt, bereit, ein Schauspiel zu beobachten, das sie nicht jeden Tag zu sehen bekam. Allerdings zierte sich Perez noch immer, in dem Stück eine tragende Rolle zu übernehmen. Er fluchte wie ein Rohrspatz und beschwor die Menschenwürde, bevor er sich von dem Mann den Gurt anlegen ließ.

Er sah lächerlich aus und fühlte sich genauso. Erst recht, als er kurz darauf wie ein Elefant, den man für die Überfahrt von Afrika nach Europa an Bord eines Transportschiffes hievte, in der Luft schaukelte. Wenngleich Elefanten keine Entenjägermützen trugen.

»Denk daran, ihn auch nach dem Milliardärsklub zu fragen«, rief Stéphanie ihm von unten hinterher. Zuvor hatte sie ihm rasche Ergebnisse versprochen, jetzt, wo sie nicht mehr auf den Computer von Jean-Martin angewiesen war.

Perez war so verärgert, dass ihm nicht mal die arktischen Temperaturen etwas anhaben konnten. Als er jedoch wenige Augenblicke später auf wackeligen Beinen an Deck des Forschungsschiffes stand, machte sich so etwas wie Stolz in seiner Brust breit. Immerhin: Er war hier. Auf einem Schiff, das nur wenige betreten durften.

So schnell sie gekommen waren, so schnell zerstreuten sich die Männer auch wieder, nachdem sie ihm zuerst noch Applaus gespendet hatten. Übrig blieben Juan Calero, Pereira und Perez.

Calero war tatsächlich ein sehr gut aussehender Mann. Ende dreißig, schätzte Perez. Die Nasenflügel nah beieinander, buschige Augenbrauen, ein schön geschwungener Mund. Mittelgroß, dezent gebräunt, mit pechschwarzem Haar. Außerdem besaß er die weißesten Zähne, die Perez je gesehen hatte.

»Danke, dass Sie sich Zeit für uns nehmen. Können wir irgendwo ungestört sprechen?«, sagte er.

»Ich bin Juan, herzlich willkommen auf der *Álvarez I*. Waren Sie schon einmal auf einem ähnlichen Schiff?« Perez verneinte. »Na schön, dann kommen Sie bitte. Hier entlang.«

Sie passierten ein riesiges gelbes Etwas, das Perez an die erste Mondlandefähre erinnerte. Die Einstiegsluke stand offen, ein Mitglied der Besatzung machte sich an großen Kameragehäusen zu schaffen.

»Was ist das?«, wollte Perez wissen.

»Das da ist *Zeus*! Unser Tiefseeroboter. Er ist so was wie unser Unterwasserkollege. Handlungsfähig bis zu einer Tiefe von 2500 Metern. Er ist durch ein Glasfaserkabel mit uns verbunden.« Calero deutete auf eine riesige Winde. »Damit sendet er uns Bilder und Daten nach oben, und so können ihn die Navigatoren hier an Bord steuern. Auf ihren Bildschirmen sehen sie, was *Zeus* sieht beziehungsweise seine Kameras sehen, die leider derzeit ein wenig spinnen. Na ja, Charles wird sie schon wieder auf Vordermann bringen. Ohne *Zeus* sind wir aufgeschmissen.«

»Steht er deshalb an Deck?«

»Nein. Er kann nur tauchen, wenn das Schiff exakt auf einer Stelle gehalten wird. Bewegen wir uns, wie im Augenblick, muss er gesichert an Bord stehen.« Er bemerkte

Perez' fragenden Blick. »DPS heißt das Zauberwort. *Dynamic Positioning System*. Die *Álvarez I.* verfügt über ein im Rumpf befindliches Netzwerk von Strahlrudern. Die wiederum sind mit einem Computersystem verbunden, das alle Daten zu Wind und Wellengang ständig neu verarbeitet. Aus diesen Daten und den Sensorinformationen berechnet das Programm die Lenkwinkel der Schubdüsen und ihre Schubkraft. So kann man das Schiff bei nahezu jedem Seegang exakt auf demselben Punkt halten. Eine Technik aus dem Offshorebereich. Sie wird bei Windparks und Bohrplattformen eingesetzt. Ach, ich langweile Sie sicher. Gehen wir in mein Büro.«

Der Eindruck, auf einem hoch technisierten Schiff zu sein, verstärkte sich nochmals unter Deck. Welchen Raum sie auch durchquerten, überall erwarteten sie Wände voller Monitore, summende Computerschränke, Papier spuckende Hochleistungsdrucker und Elektronik, die fiepte und fluoreszierendes Licht verbreitete. Perez hatte nicht die leiseste Ahnung, welche Prozesse hier abliefen, aber eins war ihm sofort klar: Mit Abenteurerromantik hatten diese modernen Schatzsucher nichts am Hut.

»Beeindruckend«, sagte er, um etwas zu sagen.

»Nicht wahr?«, antwortete Juan Calero.

Endlich erreichten sie eine Art Konferenzraum. Auch hier war die gesamte Kopfseite mit Monitoren ausgestattet. Auf dem Tisch standen Kaltgetränke, zwei Thermoskannen, vermutlich Tee und Kaffee, dazu das entsprechende Geschirr.

»Monsieur Perez, was kann ich für Sie tun?«, fragte Calero, als sie sich gegenübersaßen. »Alain hat mir erzählt, dass Sie Ihren Bruder vermissen. Und dass es einen

Zusammenhang mit der toten Taucherin geben könnte oder gibt? Für Unterwasserarchäologie interessieren Sie sich nicht, und auf See sind Sie auch nicht gern. Es muss also dringend sein.«

Perez erzählte umständlich, welche Mühen er tatsächlich auf sich genommen hatte, von seiner Angst vor dem Meer, aber auch von den besonderen Umständen. Er sei auf der Suche nach seinem Bruder Timoteo. Mit Nachnamen Mata, er habe bei der Hochzeit den Namen seiner Frau angenommen. Pereira nickte eifrig zu Perez' Ausführungen.

Calero zuckte mit den Achseln. »Leider nie gehört, den Namen.«

»Er war der Lebenspartner der toten Taucherin. Hat sich wegen ihr sogar von seiner Frau getrennt. Sie, also die Tote, hieß Fabienne Benoit.«

»Ja, das weiß ich wohl. Wegen dieses schrecklichen Ereignisses hat die Polizei uns zwei Tage lang an unserer Arbeit gehindert. Mich haben sie auch dazu befragt ... verhört trifft es eigentlich genauer. Außerdem musste ich Listen von allen Männern an Bord erstellen. Wer sich gerade wo aufhält. Dienst, Landurlaub, der ganze bürokratische Mist. Ich habe es der Guardia genau so gesagt wie Ihnen jetzt: Ich habe noch niemals von dieser Frau gehört.«

»Hat die Polizei Ihnen ein Foto der Toten gezeigt?«

Calero nickte.

»Nie gesehen?«

Er schüttelte den Kopf.

»Ich frage deshalb, weil auf der Pressekonferenz gestern eine Frau, die Fabienne Benoit sehr ähnlich sah, gleich hinter Ihnen stand.«

Juan Calero legte den Kopf schief. Gleichzeitig nahm er Körperspannung auf. Perez bemerkte es sofort. Ein Blick rüber zu Pereira zeigte, dass auch ihm die Wandlung nicht verborgen geblieben war.

Keiner der Männer sprach ein Wort. Calero sah Perez nur aus zusammengekniffenen Augen an. Offensichtlich ging ihm etwas durch den Kopf. Plötzlich stand er ruckartig auf und lief hinüber zur Computerkonsole unter den Monitoren. Unmittelbar darauf erschien die Pressekonferenz auf den Bildschirmen an der Wand. Calero spulte vor, bis die falsche Fabienne ins Bild kam.

»Stopp, sehen Sie? Das ist sie!«, rief Perez.

Calero hielt das Bild an. »Verdammt«, stieß er aus. »Und ich habe mich noch gefragt, woher ich die Frau kenne. Sie haben recht. Jetzt wird es mir klar, sie hat mich an das Foto der Toten erinnert. Die Ähnlichkeit ist wirklich groß. Bloß die Lippen sind anders, aber die Ähnlichkeit ist verblüffend. Was wollte diese Frau auf unserer Pressekonferenz? Wer ist sie denn?«

Perez sah Calero belustigt an. »Nun, ich hatte gehofft, das würden Sie mir sagen.«

»Nein«, entgegnete Calero bestimmt. »Ich habe nicht die leiseste Ahnung. Was aber nichts bedeutet. Da waren mehrere Leute, die ich nicht kannte. Ich bin Archäologe und zudem noch Projektmanager bei *Maritime Treasure Hunters*. Solange ich keinen Urlaub habe oder zu Sondersitzungen mit Señor Álvarez gerufen werde, bin ich auf See. Auf meinem Schiff, bei meinen Leuten. Ich weiß nicht einmal, wer im direkten Umfeld von Señor Álvarez arbeitet. Gestern wollte er mich aus irgendeinem Grund dabeihaben. Für den Fall, dass detailliertere Fragen aufgekommen wären, vermute ich. Obwohl, er wollte ja sowieso nicht konkret werden.« Er zeigte ein Lächeln. »Ist ja auch egal. Am Ende des Tages hat mich dieser sinnlose Ausflug auch wieder nur zwölf Stunden Arbeitszeit gekostet. Da fällt mir ein, die Kolleginnen von der Presse müssten eigentlich wissen, wer die Dame war. Schließlich haben sie sie zur Pressekonferenz eingeladen.« Noch während er sprach, verfasste er eine E-Mail. Dann kam er zurück zum Tisch, goss sich eine Coca-Cola ein und ließ sich in den Sessel fallen. »Was für eine Scheiße«, sagte er. Sein Ton verriet, dass er gerade jedwedes diplomatisches Handwerkszeug zu den Akten legte.

»Arbeiten Sie hier an Bord eigentlich mit Sprengstoff?« Perez' Frage kam unvermittelt.

»Wieso interessiert Sie das? Wir haben Bestände an Bord, na klar. Aber wenn wir ihn tatsächlich einsetzen müssen, lassen wir Experten einfliegen. Wir sind Archäologen.«

»Ich verstehe nicht?«

»Wir arbeiten eher mit Pinsel und Pinzette, das Grobe liegt uns nicht. Übersetzt bedeutet das, wir tragen Sedimentschicht für Sedimentschicht ab. Zumeist mithilfe von *Zeus*. Manchmal schicken wir auch die Taucher runter. Wir gehen bei unserer Arbeit nicht weniger vorsichtig zu Werke als die Kollegen an Land. Sprengstoff? Nein, eher nicht.«

»Verstehe. Können Sie mir sagen, ob es in letzter Zeit zu Fehlbeständen gekommen ist?«

Juan Calero sah zu Alain Pereira rüber, der sandte einen flehenden Blick zurück. Calero seufzte tief, ging dann aber rüber zum Bordfunk und gab Anweisung, die tatsächliche Menge Sprengstoff mit den Inventarlisten abzugleichen.

Nun warteten sie bereits auf zwei Antworten. Dieses Mal aber war es Calero, der Perez eine Frage stellte. »Dieser Monsieur Puig, was sagten Sie, wer das ist?«

»Wir haben noch gar nicht über ihn gesprochen.«

»Er kommt mir irgendwie bekannt vor. Ich weiß nicht, woher. Aber ich habe kein gutes Gefühl bei ihm. Deshalb habe ich ihn nicht an Bord gelassen.«

»Machen Sie sich über ihn keine Gedanken. Er ist kein Freund, aber jemand, der sich auf dem Meer auskennt und ein schnelles Boot besitzt. Wie hätten wir sonst zu Ihnen kommen sollen? Puig ist so was wie die graue Eminenz von Port-Vendres. Ein wichtiger Mann bei uns an der Côte. Seinen Charterjachten sind Sie sicher schon mal auf dem Meer begegnet.«

»So weit raus verirren sich keine Charterer.«

»Das stimmt. Dabei fällt mir ein: Die ersten Koordinaten, die Sie Alain geschickt haben, waren bloß Täuschung, nicht wahr? Das Wrack liegt in Wirklichkeit hier draußen.«

Calero lachte. Sympathisch immerhin, das musste Perez zugeben.

»Sagen wir, es war Vorsicht. Wo die *Black Swan* liegt, wo wir sie vermuten ... Sie werden verstehen, dass ich Ihnen dazu nichts sagen kann.«

»*Black Swan*? Bisher dachte ich, Sie suchen die *Nuestra Señora*?«

»Ein Codename«, erläuterte Pereira und sah dabei Calero entschuldigend an. »Schatzsucher verwenden Codenamen oder Koordinaten. Wie *Black Swan* zum Beispiel. Der kann für jedes beliebige Schiff stehen. Keiner hier an

Bord würde jemals Klarnamen verwenden. Ist es nicht so, Juan?« Calero zuckte bloß mit den Schultern. »Oder das Objekt der Begierde wird nach Koordinaten benannt, wie zum Beispiel 35 F.«

Perez sah noch ratloser drein.

»Entschuldige«, sagte Pereira zu Calero. »Aber wenn wir schon hier sein dürfen, dann sollte Perez die Sache zumindest verstehen können. »Also«, wandte er sich jetzt wieder an Perez. »Zuerst erstellen die Bergungsunternehmen mithilfe eines Schleppsonars eine Karte des Meeresbodens. Dadurch entsteht sozusagen ein firmeneigenes Raster. Niemand sonst kennt es oder kann es irgendwo einsehen. 35 F sagt folglich nur dem etwas, der die entsprechende Karte einsehen kann. Hoher Sicherheitsfaktor, ähnlich wie beim Militär.«

»Wow, ihr tut ja ganz schön geheim, nicht wahr?«

»Wir wissen, warum wir es so machen, glauben Sie mir«, sagte Juan Calero ernst.

»Aber uns haben Sie jetzt die tatsächlichen Koordinaten verraten. Dadurch, dass wir an Bord kommen durften.«

»Ich hoffe nur, mein Chef wird das niemals erfahren. Meine Schwäche für Señor Pereira wird mir eines Tages noch mal richtige Schwierigkeiten bescheren.« Die beiden sahen sich lange in die Augen. Der Moment war Perez peinlich. »Aber«, fuhr er dann fort, »die Koordinaten der *Black Swan* kennen Sie nicht, keine Sorge. Wie Sie bemerkt haben dürften, befinden wir uns in permanenter Bewegung.«

»Nur wegen uns?«

Er lachte. »Nein, nicht nur wegen Ihnen. Es gibt sogenannte Shipspotter, die die Bewegungen aller Schiffe auf den Weltmeeren verfolgen. Und aus unseren Bewegungen versuchen sie herauszulesen, welches Gebiet uns interessiert. Die Konkurrenz ist immer wachsam. Unser Geschäft ist eine Mischung aus Täuschung und schneller Attacke.«

In diesem Augenblick zerfetzte ein markerschütternder Lärm die Stille. Calero stieß seinen Stuhl nach hinten und rannte zur Tür. Pereira und Perez warfen sich einen Blick zu. Dann folgten sie entschlossen.

KAPITEL 23

Juan Calero stand auf dem Austritt neben der geöffneten Tür zur Kommandobrücke und richtete den Feldstecher gen Himmel. Der Fahrtwind verfing sich in seinem schwarzen Haar. Immer wieder deutete er auf das Objekt, das den Alarm ausgelöst hatte. Kaum höher als die Aufbauten der *Álvarez I.* donnerte ein Propellerflugzeug über sie hinweg. Unmittelbar vor ihnen flog es eine Kurve und kam nun frontal auf sie zu.

»Der ist verdammt tief, oder täuscht das?«, rief Perez. »Entweder die Maschine stürzt ab, oder ...«

»Mierda!«, schrie Pereira. Aus seinem Gesicht wich die Farbe.

Das Geräusch der Motoren wurde immer lauter.

»Hoh«, rief Perez und ließ sich auf den Boden fallen, Gesicht nach unten, Hände über dem Kopf. Die Maschine schien auf Augenhöhe direkt auf sie zuzuhalten. »Das ist ein Anschlag.«

»Verschwindet!«, brüllte Calero in Richtung Himmel und fuchtelte dabei mit den Armen, als gelte es eine Schar Hühner aufzuscheuchen. »Das ist illegal!«

Mit ohrenbetäubendem Krach donnerte die Maschine über sie hinweg.

»Verdammte Scheiße, was war denn das?«, brüllte

Perez. Mühsam rappelte er sich wieder hoch. Niemand beachtete ihn.

»Französische Marine. Aufklärungsmaschine. Eine ATL-2«, rief Calero seinem ersten Offizier gegen den Krach zu. »Die verstoßen klar gegen das Gesetz. Fliegen viel zu tief, diese Scheißkerle.«

»Die wollen uns die Party verderben.« Ein derbes Lachen verließ die Kehle des Ersten Offiziers. Offensichtlich machte er sich wenig Sorgen.

»Abdrehen!«, brüllte Calero. »Zurück nach Spanien.«

»Hier draußen haben die nichts zu sagen«, versuchte der unrasierte Raufbold angriffslustig zu widersprechen.

»Hast du nicht verstanden?« Caleros Augen funkelten zornig. »Zurück in spanische Gewässer, sofort!«

Erneut überflog die Maschine das Schiff. Inzwischen hatten auch Pereira und Perez verstanden, dass das Flugzeug sie nicht rammen würde, dennoch überkam sie bei jedem erneuten Anflug ein mulmiges Gefühl. Genau sechs Mal wiederholte sich das bizarre Spiel. Und jedes Mal drohte Calero dem Flugzeug mit der Faust.

»Jetzt haben die Mistkerle alle Daten gesammelt«, sagte Calero zu dem Rest der Besatzung. »Sie fliegen zurück. Arschlöcher.«

Erst in diesem Moment schien er die Anwesenheit seiner Gäste zu bemerken. »Was macht ihr denn hier? Ihr habt nichts auf der Brücke verloren. Gehen wir zurück.«

»Passiert so was öfter?«, wollte Perez wissen, nachdem sie sich im Konferenzraum erneut gegenübersaßen.

»Ständig. Letztes Mal hat uns ein spanisches Kriegsschiff quasi in den nächsten Hafen getrieben. Dort wurde ich sechs Stunden lang verhört. Gehört dazu. Dass wir uns wehren aber auch, diplomatisch, versteht sich.«

»Ich dachte, Ihre Firma würde mit den Spaniern verhandeln? Hat Ihr Vorsitzender das nicht gestern auf der Pressekonferenz verkündet? Und die gute Atmosphäre der Gespräche besonders hervorgehoben?«

»Verhandeln? Ja, sicher verhandeln wir. Aber währenddessen kann man uns doch ein bisschen einheizen. Stärkt die eigene Position. Ihnen gefällt, wenn sie sagen können: Wir wissen, wo ihr seid und was ihr macht. Aber das gerade, diese verdammte Militärmaschine, das waren die Franzosen. Ihr seid die Schlimmsten.«

»Ach ja?« Seltsamerweise verspürte Perez bei diesem Angriff etwas wie nationales Ehrgefühl.

»Wirklich die Allerschlimmsten«, brummte Calero. »Die DRASSM ist die schärfste Einheit weltweit. Klar, ihr Franzosen besitzt die zweitgrößte Meeresfläche der Welt, fast genauso viel wie die USA. Und alles, was da unten liegt, beansprucht der Staat für sich, schließlich geht es um einen Batzen Geld. Die DRASSM sorgt dafür, dass sich niemand daran vergreift.«

»DRASSM«, sagte Pereira. »Davon habe ich dir erzählt.«

»Wofür steht das eigentlich?«, fragte Perez.

»*Département des recherches archéologiques subaquatiques et sous-marines*. Habe ich mir gemerkt. André Malraux hat den Laden 1966 gegründet. Die Hunde verfügen über die modernste Technik. Sie machen uns übrigens nicht nur hier das Leben schwer. Immer mehr Länder engagieren die DRASSM, um durch sie die eigenen Küstengewässer sichern und sich bei den Bergungen helfen zu lassen. Inklusive Rechtsbeistand gegen Unternehmen wie das unsrige.«

»Sagen Sie, die *Sanctus Franciscus,* die sagt Ihnen doch sicher auch etwas.« Calero zog die Augenbrauen hoch. »Nach dem, was ich gerade gelernt habe«, fuhr Perez fort, »nennen Sie das Schiff natürlich anders. Vielleicht *Die sieben Todsünden* oder *312 F*? Egal! Es könnte nicht zufällig sein, dass Sie nach diesem Wrack suchen? Dass *Black Swan* in Wirklichkeit *Sanctus Franciscus* meint und all das Gewese um die *Nuestra Señora* bloß eine weitere Ablenkung ist?«

»Sagtest du nicht, dein Freund hätte kein Interesse an Wracks?«, fragte Calero Pereira verärgert.

Pereira war die Entwicklung des Gesprächs augenscheinlich unangenehm. Trotzdem zuckte er nur mit den Achseln.

»Die *Sanctus Franciscus,* Señor Perez, ist ein Mythos. Niemand hat einen eindeutigen Beweis, dass dieses Schiff überhaupt je existiert hat. Den Geschichten nach wurde es an geheimer Stelle in Rekordgeschwindigkeit gebaut. Den Männern, die daran beteiligt waren, hat man danach angeblich die Zunge rausgeschnitten. Seemannsgarn, wenn Sie mich fragen. Dieses absolut baugleiche Zwillingsschiff sollte es, so die Legende, potenziellen Seeräubern schwerer machen, die echte *Nuestra Señora* mit ihren Schätzen an Bord ausfindig zu machen. So tauchte das Schiff angeblich ständig an völlig unterschiedlichen Enden der damals bekannten Welt auf. Die einen wollten gesehen haben, wie sie aus der Karibik auslief, andere berichteten zur selben Zeit davon, sie nahe Gibraltar gesichtet zu haben. Ein Schauermärchen oder die Wahrheit, entscheiden Sie selbst. Das ist der Stoff, aus dem Legenden gewebt werden, und es ist ja auch tatsächlich eine schöne Geschichte, die unsere Fantasie bis heute beflügelt. Halten wir uns aber an die belegbaren Fakten, dann gab es niemals ein Schiff dieses Namens. Es wurden keine Pläne gefunden, keine Soldbücher, keine Frachtverzeichnisse, keinerlei Hinweise in den Archiven rund um den Globus, die ihre Existenz belegen würden. Aber anstatt nun dieses Schiff ins Reich der Fantasie zu verweisen, nährt die Legende den Ruf von sagenhaften Reichtümern.«

»Schöne Geschichte«, sagte Perez. »Eine ähnliche hat mir Monsieur Puig vorhin schon erzählt. Und doch habe ich erst kürzlich von jemandem gehört, der sich sicher ist, auf das Wrack der *Sanctus Franciscus* gestoßen zu sein. Nun ... Sie haben recht, mich interessiert das Wrack überhaupt nicht, und ich habe auch keine Meinung dazu, ob man nun den Toten ihre Ruhe lassen oder die Wracks aus welchen Gründen auch immer bergen sollte. Ich suche meinen Bruder.«

Ein leises Hupen kündigte den Eingang einer E-Mail an. Calero ging zum Rechner und las.

»Meine Kollegin ist völlig entsetzt. Weder sie noch eine ihrer Mitarbeiterinnen kennen diese Frau«, sagte Calero, nachdem er die Antwort gelesen hatte. »Ich sag's mal mit ihren Worten: Die Frau kann da eigentlich nicht gewesen sein ... Das ist echt ein Ding. Wenn Álvarez davon Wind bekommt, wird's drüben in Madrid verdammt ungemütlich. Er kann sehr unangenehm werden, wenn sich einer aus seinem Team unprofessionell verhält.«

»Er soll überhaupt ein ziemlich unangenehmer Typ sein«, sagte Perez. »Geht mich natürlich nichts an, aber mal unter uns, man erzählt sich seltsame Sachen über ihn.«

»Über alle mächtigen Männer werden seltsame Sachen in Umlauf gebracht.«

»Stimmt vermutlich, ich kenne nicht genügend. Aber erst neulich erzählte mir ein Tauchlehrer, der wohl mal für Álvarez gearbeitet hat, dass Ihr Chef Mitglied in einem seltsamen Klub sei. Klub der Milliardäre oder so was. Schon mal davon gehört?«

»Nein«, sagte Calero harsch.

»Sag mal, Juan«, schritt Pereira ein, »eins kann ich mir nicht erklären. Als wir neulich Abend telefonierten, haben wir doch über die Explosion gesprochen, bei der diese Taucherin ums Leben gekommen ist. Wenn es eine solche Explosion irgendwo zwischen dem Cap de Creus und dem Cap Béar gegeben haben sollte, und davon gehen wir ja aus, dann müssten eure teuren und hochsensiblen Geräte die Schockwellen doch eigentlich aufgezeichnet haben. Es war natürlich weit entfernt, aber ...«

Der Spanier wand sich. Zu seinem Glück klingelte in diesem Moment das Telefon. »Ich werde darüber nicht mit euch sprechen«, sagte er noch, bevor er abhob.

»Stimmen die Bestände?«, bellte er ins Telefon. Danach lauschte er. Seine Gesichtsfarbe schwand schneller, als das Flugzeug eben auf sie zugerauscht gekommen war.

Perez und Pereira warfen sich einen Blick zu. Perez presste die Lippen aufeinander. Fehlten tatsächlich nicht nur im *Arago* Sprengmittel, sondern auch hier auf der *Álvarez I.*? Wohin führte diese Spur, wenn es denn eine war?

»Und?« fragte er, nachdem Calero den Hörer wie in Zeitlupe sinken ließ.

Der strich sich durch die Haare und schüttelte den Kopf.

»Was ist los, fehlt etwas?«, wollte nun auch Pereira wissen.

»Was?«

»Fehlt Sprengstoff?«

»Keine Ahnung ... Nein ... Das war nicht ... Es wurde ein Anschlag verübt.«

»Scheiße! Auf wen?«

»Álvarez«, hauchte der Spanier.

»Ist er ...?«

Calero machte eine hilflose Geste.

Wer ist dafür verantwortlich?, fragte sich Perez. Und was hat es zu bedeuten?

Klar war nur, dass sich durch den Anruf der Zeitpunkt für Caleros Befragung von eben noch günstig zu gerade extrem ungünstig verschoben hatte.

Zeit zum Aufbruch.

Zurück auf der Jacht erstatteten sie Bericht. Sowohl über die Flugzeugattacke, die Stéphanie und Puig natürlich verfolgt hatten, als auch über das Gespräch mit Juan Calero.

»Jedenfalls«, sagte Perez gegen Ende, »konnte sich niemand erklären, wer die falsche Fabienne Benoit auf der Pressekonferenz in Wirklichkeit gewesen sein soll.«

»Falsche Fabienne Benoit?«, knurrte Puig.

»Du weißt etwas, oder? Am Ende kennst du die Dame noch«, wagte Perez einen Vorstoß.

»Spinnst du?«, sagte Puig. »Können wir jetzt los? Im Hellen kommen wir eh nicht mehr nach Hause.«

»Ich habe in der Zwischenzeit etwas über einen Milliardärsklub herausgefunden«, sagte Stéphanie und zeigte voller Besitzerstolz auf ihren Laptop. »Hast du ihn danach gefragt?«

»Das ist gut«, sagte Perez. »Ich habe ihn gefragt, ja, aber er ist ausgewichen. Vielleicht können wir Alain bitten, es später noch mal zu versuchen. Was meinst du, Alain?« Der Spanier nickte. »Macht es dir etwas aus, wenn wir heute Abend an Land darüber sprechen?«, sagte Perez zu Stéphanie. »Mein Kopf brummt, ich habe Hunger, und ich möchte endlich von diesem verdammten Meer runter.«

»Perez?«

»Was denn, Alain?«

»Juan hat mir noch was ins Ohr geflüstert.«

»Raus damit.«

»Er sagte, dass es nicht vorstellbar sei, dass der Arm der Toten in Banyuls angespült wurde und der Körper nahe Cadaqués. Das ließen die vorherrschenden Strömungen nicht zu.«

»Ach ja?«, sagte Perez konsterniert. Strömung ... Dieses verdammte Meer machte alles bloß immer noch komplizierter. »Was denkst du darüber, Francesc?«

»Lass mich bloß in Ruhe.«

»Sollte er recht haben, würde das dann nicht heißen ...«

»Ganz genau! Da hat jemand nachgeholfen. Und dann hat er mir noch bestätigt – indirekt bestätigt, verstehst du? –, dass sie die Position der *Sanctus Franciscus* ebenfalls kennen.«

»Aber die Geschichte ...«

»Hast du gar nichts verstanden, mein Lieber? Nichts ist, wie es scheint.« Er lachte.

Puig, der sich am Steuer eine Zigarette angezündet hatte, bekam einen Hustenkrampf.

»Hältst du deinen Freund eigentlich für wirklich offen dir gegenüber?«, fragte Perez.

»Ich sage mal so: im Prinzip schon. Dass sie in hellem Aufruhr sind wegen der falschen Fabienne, das glaube ich absolut. Dass sie nicht wissen, wer die Frau tatsächlich ist, das erscheint mir zweifelhaft.«

In Reichweite des Festlands erhielt Perez eine SMS.

Will dich treffen. 20 Uhr im Hotel. M.

KAPITEL 24

Perez saß trotz der Kälte auf einer Bank neben der Statue der Sardana-Tänzer gegenüber der Place Paul Reig. Gedankenverloren ließ er seinen Blick über das Mittelmeer gleiten.

Nahezu zwölf Stunden hatte er auf See verbracht. Er, der nichts mehr fürchtete als die Finsternis der Tiefsee. Wo herrschte mehr Ungewissheit als auf der Oberfläche des Meeres, wo fühlte man sich verlassener als auf dieser unendlich erscheinenden Wasserwüste?

Schon als junger Mann hatte ihn das Meer so stark verunsichert, dass er erfrischende Bäder im Hochsommer nur selten wirklich genießen konnte. Selbst die erotisch aufgeladenen nächtlichen Nacktbäder mit einer Gruppe von Freunden waren ihm als furchteinflößend in Erinnerung geblieben. Heute aber hatte er seiner Angst getrotzt.

Mit Seekrankheit hatte er Gott sei Dank nicht zu kämpfen. Ansonsten wäre dieser Ausflug unmöglich gewesen. Auf dem Rückweg hatte der alte Puig alles aus den starken Motoren rausgeholt, was sie zu leisten imstande waren. Wie so häufig auf dem Mittelmeer war zur Mittagszeit starker Wind aufgekommen, der die bis dahin noch gemäßigte See zu gewaltigen Wellenkämmen aufgepeitscht hatte. Jeden einzelnen hatte die Jacht erklimmen müssen, um oben für den Bruchteil von Sekunden zu verweilen, bevor sie sich mit voller Wucht ins dahinterliegende Tal stürzte. Wer das Mittelmeer für ein ruhiges Gewässer hielt, kannte es nicht. Im Zusammenspiel mit den Wellenbewegungen hatte die Fahrt eher einem Rodeo auf einem besonders bockigen Pferd geglichen.

Perez benötigte einige Augenblicke der Besinnung, deshalb saß er hier. Eigentlich hatte er im Augenblick keine Zeit für das Gespräch mit Marianne, vor allem hatte er Angst davor. Jedes ernsthafte Gespräch mit Marianne Finken barg ungeahnte Risiken. Für heute rechnete Perez mit zwei möglichen Ergebnissen: einem sofortigen Ende ihrer Beziehung oder einem Einlenken, als wäre nichts gewesen. Würden sie sich einen langen und verbissenen Grabenkampf liefern, ginge er aus diesem ziemlich sicher als Verlierer hervor. Marianne war ihm, was Gesprächsführung anging, in allen Belangen überlegen. Geschult durch jahrelange Erfahrung in Wohngemeinschaften und die Mitarbeit in zahllosen Bürgerinitiativen, wusste sie rhetorisch geschickt zu argumentieren. Er selbst war Einzelgänger, zeit seines Lebens, nie hatte er länger einer Gruppe angehört, stets alles mit sich selbst ausgemacht.

Nach einer letzten Zigarette wandte er sich zum Gehen.

Marianne sah nur eben auf, als Perez den Raum betrat.

Er murmelte eine Entschuldigung für seine Verspätung, zog Anorak und Mütze aus und warf sich in den einzigen Sessel gegenüber dem Schreibtisch. Dort tat er, als sähe er Marianne nicht einmal, bemerkte aber, wie sie ihn über den Rand ihrer Lesebrille immer wieder flüchtig musterte. Ihre Lippen waren ein schmaler Strich.

Umständlich zog er sein Handy aus der Thermohose und begann, planlos darauf herumzudrücken. Da er kaum einmal eine SMS verschickte und schon gar nicht im Internet surfte, kam ihm diese bemühte Geste alsbald lächerlich vor, weshalb er seine Kladde hervorzog und nachsah, welche Bestellungen aufgrund des Schneefalls liegen geblieben waren. Er versah sie der Reihe nach mit Ziffern – was er sonst nie tat – und glich im Kopf die wirklich dringenden, denen er bereits ein Ausrufezeichen verpasst hatte, mit den Beständen im *Tresor* ab. Mit Ausnahme von zweien würde er alle bedienen können. In jedem Fall wartete eine Menge Arbeit auf ihn.

Die Zeit verstrich und es wurde klar: Wer sich zuerst rührte, hatte verloren.

Als es Perez zu doof wurde, stand er auf, zog sich den Anorak wieder an und wollte gerade das Büro verlassen, als er in seinem Rücken Mariannes Stimme hörte.

»Dämlicher Sack!«

Er grinste, aber nur so lange, bis er sich umdrehte.

»Ja?«, sagte er, machte aber keinerlei Anstalten, sich wieder zu setzen. Immerhin sahen sie einander jetzt direkt an.

»Ich wollte dich sprechen.«

»Deshalb bin ich hier. Dann sprich aber auch.«

»Ich habe nachgedacht ...«

Perez ließ ihr Zeit, er verspürte bereits Erleichterung. Am liebsten wäre er ihr um den Hals gefallen. Mit Mühe gelang es ihm, seine Zockerpose fürs Erste beizubehalten.

»Sag doch auch mal was, schließlich bist du ...«

Was bin ich?, dachte er hinter der stoischen Fassade.

»Geiler Bock«, sagte sie.

Sie kam um den Schreibtisch herum und baute sich direkt vor ihm auf. Blaue Augen sahen in braune. Lange standen sie sich sprachlos gegenüber. Dann trommelte sie mit den Fäusten gegen sein Schlüsselbein, blieb aber weiter stumm. Perez ließ sie mit ihren inneren Dämonen ringen. Lenkte er zu früh ein, würde sie sich wieder verschanzen und ihn mit Vorwürfen bombardieren.

Es tat ihm weh, sie leiden zu sehen, aber er wusste auch, wie es bei ihr lief. Dieses Zugeständnis, von dem sie nicht wusste, wie sie es verpacken sollte, verlangte so viel von ihr und würde sie verletzlich machen. Er schwor sich, sie niemals zu verletzen oder zu enttäuschen. Nun mach schon, dachte er. Lange halte ich das Schweigen nicht mehr aus.

»Wehe ...«, stieß sie aus.

»Niemals!«, unterbrach er sie. Sein Blick unterstrich das Gelöbnis.

Sie küsste ihn flüchtig. Schlug erneut gegen seine Brust. Er zeigte ein vorsichtiges Lächeln. Sie legte die Hände auf seine Hüften. Er zog sie an sich. Sie küssten sich. Erst noch zaghaft. Dann wurden sie leidenschaftlich.

Kurz vor elf Uhr schlenderten sie verliebt durch die kalte Nacht. Hinüber zum *Conill*. Ihnen war nach Essen zumute und nach einem Glas guten Weins.

Im Türrahmen zum Lokal stoppten sie, noch immer Arm in Arm. Da saßen Marie-Hélène und ihr Jean-Martin an dem langen Tisch in der Mitte des Restaurants und lächelten wissend. Da standen Haziem und Stéphanie hinter dem Tresen in der Küche, voller Freude über ihre Versöhnung. Stéphanie wischte sich verstohlen eine Träne von der Wange, Haziem legte ihr den Arm um die Schultern.

Perez musste schlucken.

KAPITEL 25

Perez hatte die Nacht bei Marianne verbracht. Sie hatten sich geliebt und viel geredet. Erst gegen Morgen waren sie glücklich eingeschlafen. Mariannes Wecker hatte das Glück kaum zwei Stunden später zwar nicht zerstören können, es aber etwas geschmälert.

Trotz der frühen Stunde war Perez, als er das Haus verließ, hungrig und voller Tatendrang.

Im *Catalan* wartete bereits die gesamte IT-Abteilung auf sein Eintreffen. Jean-Martin und Stéphanie hockten hinter ihren aufgeklappten Laptops, beide noch dampfende Tassen mit heißem Kakao vor sich.

»Ob das mit dem Laptop so eine gute Idee war?«, sagte Marie-Hélène zur Begrüßung und drückte ihrem Vater einen Kuss auf die unrasierte Wange. »Gut geschlafen, Papa?« Er grunzte bloß. Seine Tochter lächelte.

»Und ihr beiden?«, sagte er. »Wisst ihr nicht, dass ich morgens gerne meine Ruhe habe?«

Stéphanie sprang auf und umarmte ihn.

»Schon gut, ich freue mich auch, dich zu sehen. Hab dich gar nicht gehört, als du gegangen bist.«

»Ich war auch extra leise«, flötete sie verschwörerisch.

»Sehr nett. Aber was macht ihr beiden hier? Schwänzt du etwa schon wieder, Steph?«

»Warte, bis du siehst, was wir gefunden haben.«

»Macht mir mal Platz, und du, JeMa, du könntest mir mein Frühstück bringen. Marie braucht Hilfe, sieh doch nur.«

Tatsächlich war der Laden brechend voll, und Marie bewältigte den Ansturm allein.

Jean-Martin sah ihn unglücklich an. »Sie will es unbedingt allein machen.«

»Setz dich durch«, sagte Perez und nickte bestätigend. »Ich war immer zufrieden mit deinem Service.« Vor allem, weil du dich nicht jeden Morgen an meinen Tisch gesetzt hast, vervollständigte er den Satz in Gedanken.

Nachdem er den ersten Kaffee getrunken und die ersten beiden Croissants gegessen hatte, schob ihm Stéphanie einen Ausdruck über die Tischplatte.

»Lies das, solange du auf deinen zweiten Kaffee wartest. Ich sagte ja, dass ich etwas über den Klub gefunden habe. Stammt von einer amerikanischen Universität. Ich hab's für dich übersetzt. Damit du mir auch glaubst, dass ich nicht nur Deutsch, sondern auch Englisch kann.« Sie grinste schelmisch. »JeMa und ich haben die Fakten eben noch mal gecheckt. Ich glaube, das hilft uns bei der Aufklärung dieser unappetitlichen Geschichte.«

Perez sah zu ihr rüber. Wie sie sich ausdrückte ... *unappetitliche Geschichte*. So was sagte sonst nur Kommissar Boucher. »Uns?«, fragte er und hob die Augenbrauen.

»Uns!«

Er hielt die Blätter ins Licht und weit von sich weg. »Die Schrift ist viel zu klein«, beklagte er sich. »Ich frühstücke in Ruhe und ihr erzählt mir, was drinsteht. Ist doch auch viel kommunikativer, findet ihr nicht?«

»Na schön«, sagte Stéphanie. »Aber deine Augen werden nicht von allein besser. Es gibt heutzutage schicke Brillen, du ...«

»Fangt endlich an«, brummte Perez und lehnte sich mit der Tasse in der Hand zurück.

»Na schön. Die Überschrift des Artikels lautet *Im Zeichen der Eule*. Und es geht um einen ...«

»Geheimbund«, fiel Jean-Martin ein. »Sie nennen ihn *Bohemian Grove*, und es ist so eine Art bizarres Zeltlager der amerikanischen Elite.«

»Ich würde nicht sagen, dass es direkt ein Geheimbund ist, schließlich haben wir einiges über den Klub im Netz gefunden«, sagte Stéphanie.

»Eine Menge Spekulationen, bis hin zu völlig hirnrissigem Zeug. Manche spekulieren sogar, dass bei diesen Treffen von Präsidenten und Wirtschaftsführern Menschenopfer dargebracht werden. Das glaubt man doch nicht.«

»Das nicht, aber ...«

»Stopp!«, sagte Perez. »Bitte erzählt mir, was in dem Artikel steht, oder lest ihn mir vor. Interpretieren können wir es hinterher immer noch. Und bitte nur einer von euch. Also?«

Stéphanie und Jean-Martin sahen sich an. »Mach du«, sagte Jean-Martin, der seine Stärken nicht im strukturierten Erzählen sah.

»Also: Der Aufsatz fängt mit der Beschreibung des Ortes an. Sonoma County liegt etwas nördlich von San Francisco. Ein total ruhiger Flecken. Aber einmal im Jahr ist es mit der Ruhe vorbei. Dann landen dort die reichsten und mächtigsten Männer der Welt und begeben sich in die Grove. Das ist ein großes Waldstück rund um Monte Rio. Für zwei Wochen im Juli ist das der bestbewachte Ort der Welt. Niemand außer den Mitgliedern und den eingeladenen Gästen hat Zutritt. Keine Presse, keine Fernsehkameras und vor allem keine Frauen.«

»Sind nicht erwünscht, die Frauen«, bestätigte Jean-Martin und setzte eine grimmige Miene auf.

»Was bedeutet *Bohemian Grove*?«, fragte Perez.

Jean-Martin blätterte, bis er die entsprechende Stelle in dem Artikel fand. Dann dozierte er, dass der *Bohemian Club* im Jahre 1872 ausgerechnet von fünf Journalisten gegründet worden war und dass es dessen Ziel gewesen sei, den Zusammenhalt unter den Autoren zu stärken. *Talent ist wichtiger als Geld*, zitierte er wörtlich. Doch schon bald habe sich alles in sein Gegenteil verkehrt. Die Reichen hätten das Kommando übernommen.

»Erst gegründet, dann nicht mehr zugelassen. Kein Wunder, dass die Journalisten dem Treiben dort kritisch gegenüberstehen«, sagte Perez.

»Heute sind dort nur noch die Herren aus den Führungsetagen. Über zweitausendfünfhundert Mitglieder, und die Warteliste ist ellenlang. Neben Prestige spielt Geld die größte Rolle. Die *Bohemian Grove* ist zwar eine Geheimgesellschaft, ihre Mitglieder sind allerdings bekannt. Die Präsidentenfamilie Bush gehörte ebenso dazu wie ein früherer deutscher Bundeskanzler. Wie hieß der noch gleich?« Er sah zu Stéphanie rüber.

»Helmut Schmidt, aber der war nur als Gast anwesend. Und ich dachte, ich sollte erzählen?«

»Kein Streit, Kinder. Ihr macht das beide sehr anschaulich. Marie, bringst du mir bitte noch einen Kaffee?«, rief

Perez zu seiner Tochter rüber, die mit glühenden Wangen vor der großen Kaffeemaschine stand und trotz ihrer vielen Arbeit ein Lächeln für ihren Vater erübrigen konnte.

»Weiter im Text. Jeder, der Kohle hat, kann also mitmachen.«

»Generell schon. Angeblich spielen Religionszugehörigkeit, Nationalität und politische Gesinnung keine Rolle. Tatsächlich aber, so steht es hier, *ist die Grove eine Hochburg der Konservativen*«, sagte Jean-Martin.

»Handys sind verboten«, ergänzte Stéphanie.

»Find ich gut«, sagte Perez.

»Die Politik soll für zwei Wochen ruhen. Networking ist angeblich unerwünscht. Stattdessen wird jede Menge Kultur geboten. Und dazu gibt es rituelle Zeremonien wie zum Beispiel die ›Cremation of Care‹, bei der die mächtigsten Männer der Welt ihre Sorgen in einem gigantischen Lagerfeuer verbrennen. Und das alles unter einer dreizehn Meter hohen Eulenstatue.«

»Great Owl of Bohemia«, ergänzte Stéphanie.

»Dabei wird natürlich ordentlich gefeiert. Jede Menge Alkohol.«

Stéphanie kicherte. Perez forderte sie auf, sich zu erklären.

»Die pinkeln zusammen.«

»Ist ein Ritual«, sagte Jean-Martin. »Viel wichtiger ist aber, dass dabei – ganz inoffiziell – doch die großen politischen Themen auf die Tagesordnung kommen. In dem Wäldchen werden viele Dinge verhandelt, die uns dann später als Ergebnis großer Diplomatie verkauft werden. Natürlich wird das alles bestritten beziehungsweise gar nicht kommentiert.«

»Das war's?«

»Im Groben.«

»Also eine Art Pfadfindertreffen. Nur dass diese Pfadfinder sehr einflussreich sind. Außerdem treffen sich, wenn ich das jetzt richtig verstanden habe, Politiker und Wirtschaftsführer, was alles andere als unproblematisch ist. Aber, ganz ehrlich, ist uns allen nicht längst klar, dass die da oben immer schon ihr eigenes Süppchen gekocht haben? Was mich noch interessieren würde: Der Klub wurde von Journalisten gegründet, die dann irgendwie zuerst rausgedrängt wurden und heute nicht einmal mehr reindürfen. Hat niemals einer versucht, sich Zutritt zu verschaffen?«

»Das haben viele versucht, und zweien ist es auch gelungen. Es soll sogar Bildmaterial geben. Vor allem über das Thema Sex wird dabei wild spekuliert. Wo so viel Testosteron ist, sollen keine Frauen sein? Man spricht von Sexsklavinnen, von homosexuellen Versuchen und, wie schon erwähnt, von Menschenopfern. Bis hin zu Mord reichen die Anschuldigungen. Aber wirklich vorstellbar ist eigentlich nur das Networking. Hier steht: *Ob es sich um eine ›Verschwörung‹ der Elite handelt, ist sicher schwierig zu beantworten, aber sicher ist, dass Vereinigungen wie die Bohemian Grove mit ihren handverlesenen Mitgliedern aus Wirtschaft und Politik das Land nicht demokratischer machen. Es darf angenommen werden, dass die Treffen für die international einflussreichen Mitglieder und ihre Gäste mehr als nur ein harmloser Abenteuerurlaub sind.*«

»Interessant«, sagte Perez, nachdem sie eine Weile geschwiegen hatten. »Übler Klub, wie es scheint, aber irgendwie auch, wie man es erwartet hätte. Bloß weiß ich nicht, wie *uns* das weiterbringen soll.«

Jean-Martin hätte seinen großen Auftritt beinahe verpasst, hätte ihn Stéphanie nicht unter dem Tisch getreten.

»Ja, ich habe dann, nachdem mir Steph ihre Übersetzung präsentiert hat, noch nach einer Liste der Mitglieder gesucht«, stotterte er. »Und habe das hier gefunden. Scheint nur eine kleine Auswahl zu sein, aber sieh selbst. Die wichtigen Namen habe ich unterstrichen ... Ich habe die Liste sehr groß ausgedruckt«, fügte er hinzu.

»Lasst uns doch beim bewährten Vorgehen bleiben. Sagt mir einfach, was ihr darauf gefunden habt, ich bewundere euch ohnehin schon für diese Recherche.«

»Brauchst uns nicht schmeicheln«, sagte Stéphanie.

»Aber es ist wirklich unfassbar, wer in der Bohemian Grove zu Gast gewesen sein soll, von den Mitgliedern ganz zu schweigen«, sagte Jean-Martin.

»Also?«

»Na ja ... neben Leuten wie Reagan, Bush, Kissinger, diesem Schmidt oder Clint Eastwood eben auch jede Menge Vorsitzende multinationaler Konzerne wie Dow Chemical, Standard Oil oder Microsoft. Aber der Hammer, und das wollten wir dir eigentlich zeigen, sind zwei Namen auf der Liste, die wir dort nicht erwartet hatten: Iker García Álvarez und Walter Delhaize! Was sagst du dazu?«

Perez warf einen Blick auf die Blätter.

»Verdammt noch mal. Das ist ja was«, sagte er, nachdem er die Liste nun doch Name für Name durchgegangen war. Ihm schwirrte der Kopf. »Das kann ja wohl nur bedeuten, dass sich Álvarez und Delhaize schon einmal begegnet sind. Vielleicht kennen sie sich sogar gut.«

»Sie kennen sich gut«, bestätigte Stéphanie. »Wir hatten noch nicht die Zeit, es auszudrucken. Ist auch nur kurz.«

JeMa ergriff wieder das Wort. »Knapp zusammengefasst steht da, dass die beiden eine Art Ableger des *Bohemian Grove* in Europa gegründet haben. Hauptsitz und Adresse ist die Avenue Foch in Paris. Ein Businessklub, sie nennen ihn *Shanghai Club*. Und natürlich werden auch hier nur Reiche und Mächtige aufgenommen. Ausschließlich Männer, wie in Kalifornien. Aber gegen diesen Klub ist die *Bohemian Grove* ein für alle offenes System. Für den *Shanghai Club* findet man weder Mitgliederlisten noch sonstige Informationen. Allerdings gibt es im Netz eine Reihe von Spekulationen. Unter anderem, dass einige Mitglieder die Leidenschaft für gefährliche Spiele teilen.«

»Gefährliche Spiele welcher Art?«

»Dazu haben wir bislang nichts Konkretes gefunden. Es scheint aber so, als sei der Sinn dieser Spiele, dem anderen größtmöglichen Schaden zuzufügen.«

»Das ist ja krank«, sagte Perez

»Gotcha! Kennt ihr das Spiel?«, fragte Jean-Martin.

»Paintball heißt es bei uns«, sagte Stéphanie.

Perez sah die beiden entgeistert an.

»Es gibt drüben bei Argelès, direkt an der Vierspurigen, doch so einen – weiß nicht, wie man das nennt – Abenteuerspielplatz, wo Kinder, aber auch Erwachsene mit Maschinengewehren spielen. So 'ne Art Strategiespiel. Zwei Mannschaften, sagen wir besser zwei Einheiten, ballern aufeinander. Wer getroffen wird, scheidet aus. Bloß dass keine echte Munition verwendet wird, sondern Farbpatronen.«

»Und so was machen die feinen Herren?«

»Nein, nein. War nur ein Beispiel. Sie spielen Gotcha in echt, könnte man sagen. Ob sie schießen, weiß ich nicht. Aber wenn sie sich gegenseitig Knüppel zwischen die Beine werfen können, wenn einer dem anderen ein Geschäft wegschnappen kann, machen sie das. So oder so ähnlich stelle ich mir das vor. Wir müssen einfach noch weiterrecherchieren.«

»Irgendwie bin ich zu alt für diese Welt«, stöhnte Perez.

»Hat Steph auch gesagt.«

»Was, dass sie zu alt ist?«

»Kranker Scheiß«, wiederholte Stéphanie lachend. »Der Spruch stammt aber von meinem Freund aus Llançà.«

»Dein Freund aus Llançà? Sprichst du von dem Typ von der Tauchbasis? Habt ihr etwa noch Kontakt?«

»Sí, claro. Wir texten.«

»Aber warum?«

»Ab heute sind meine Beziehungen wieder meine Privatsache.«

»Mademoiselle Finken!« Er drohte mit dem erhobenen Zeigefinger, lächelte aber gleichzeitig. »Das ist schon ein dickes Ding, auf das ihr da gestoßen seid. Ausgerechnet die beiden Namen, die in unserem Fall eine Rolle spielen, Wahnsinn. Wobei ich Delhaize ehrlicherweise schon fast vergessen hatte.«

»Vergessen?« Jean-Martin schaute beleidigt. »Dabei hattest du mir doch extra aufgetragen, etwas über die Delhaizes herauszufinden.«

»Stimmt, aber seither ist so viel passiert ... Was ist das denn?« Er deutete auf den Fernseher. Ein Bild von Iker García Álvarez füllte den Bildschirm.

Perez ging rüber zur Theke, seine Tochter stellte lauter, schon als sie ihn kommen sah. Ein Reporter stand vor dem Eingang des Krankenhauses, in dem der Spanier in der Nacht operiert worden war. Beim Verlassen eines Hotels sei auf Álvarez geschossen worden. Man habe ihn ins künstliche Koma versetzt, sagte der Mann. Derzeit sei nichts Näheres über seinen Zustand bekannt. Die Familie habe angekündigt, im Augenblick keine Presseerklärungen abgeben zu wollen. Aus Polizeikreisen habe man erfahren, dass die Kugel Iker García Álvarez lebensgefährlich verletzt habe.

Ein anderer Reporter, der sich kurz darauf vom Tatort meldete, berichtete davon, dass es Stimmen aus der ermittelnden Behörde gebe, die davon ausgingen, der oder die Täter hätten absichtlich keinen direkt tödlichen Schuss gesetzt, weil das Ganze als Warnung zu verstehen sei. Als Warnung wovor, habe man nicht gesagt. Als Grund für diese Hypothese gaben die Behörden an, der Schütze habe völlig freie Sicht gehabt, und ein Profi hätte Álvarez vermutlich direkt und tödlich getroffen. Von dem Täter oder den Tätern fehle bislang jede Spur. Allerdings habe man auf einem gegenüberliegenden Flachdach eine leere Patronenhülse gefunden. Das Kaliber stimme mit dem Projektil, das Álvarez getroffen habe, überein. Außerdem habe man auf dem Dach ein erst kürzlich gemaltes Graffito entdeckt. Das Bild schwenkte über die entsprechende Dachterrasse. *2001* stand dort in knalligem Rot. Die Reporter sowie die Staatsanwaltschaft hätten noch keine Idee, was dieses Graffito bedeutete, schienen aber nicht auzuschließen, dass es mit dem Anschlag in Verbindung stand. Die Terrasse gehörte zum Appartement einer alten Dame, die nach ihrer Rückkehr beteuerte, die Zahlen hätten vorher nicht dort gestanden.

Perez war es, während die Bilder liefen, glutheiß geworden. 2001. Er hatte diese Zahlen bereits gesehen. Während einer Nacht, die er am liebsten für immer aus seinem Gedächtnis streichen würde.

»Habt ihr beiden sonst noch was?«, fragte er fahrig.

»Was ist mit dir?«, wollte Stéphanie wissen.

»Nichts. Ich muss weg.«

»Ich habe hier noch die Bilder.« Jean-Martin schob sie über den Tisch. »Eine Vergrößerung des Bildes von Timoteo, das Fabienne zeigt, und einen vergrößerten Screenshot von der Pressekonferenz. Ganz wie du es wolltest.«

»Zeig mal her. Danke, ihr beiden, ihr habt mir sehr geholfen.«

»Warte«, rief Stéphanie, als Perez verschwinden wollte. »Ich komme mit.«

»Nein, Steph, jetzt gehst du bitte in die Schule. Ich will keinen Ärger mit Marianne. Na los, mach schon.«

Im Rausgehen übergab Jean-Martin ihm noch einen prallvollen Schnellhefter.

»Was ist das?«

»Meine Recherchen zu Delhaize.«

Perez sah den grünen Ordner an wie ein Alien. Blickte zu Jean-Martin hoch, setzte an, etwas zu sagen, nickte dann aber bloß und eilte aus dem Café.

KAPITEL 26

Ein Tag voller Sonne erwartete Perez, der allerdings – fast schon aus Gewohnheit – die warmen Winterklamotten trug. Die Temperaturen waren bis zum Mittag in den zweistelligen Bereich geklettert, und schon schmolzen die Reste der weißen Pracht wie Gänseleber auf der Zunge.

Es hatte ihn zwei Anrufe gekostet, um die Adresse des Tauchers Aran herauszufinden. Beim ersten hatte er erfahren, dass der Mann sich krankgemeldet hatte. Deshalb befand er sich nun auf dem Weg über die kurvenreiche Uferstraße in Richtung Spanien. Er war froh, den Kangoo endlich wieder sorgenfrei benutzen zu können, und rauchte zur Feier des Tages am Steuer eine Zigarette.

In Cerbère hielt er zum ersten Mal an und entledigte sich des Anoraks und auch der Entenjägermütze. Beides verstaute er im Laderaum und schickte ein *Auf Nimmerwiedersehen* hinterher. Hinter Llançà bog er landeinwärts in Richtung La Jonquera.

Als er den Weiler Cantallops am Fuß des Massís de l'Albera erreicht hatte, parkte er seinen Wagen im Schatten der Kirche und ging auf einen leichten Roten in die Dorfkneipe. Dort erfuhr er nach einem kurzen, freundlichen Gespräch mit einer älteren Dame, wo Aran zu finden war.

Zur Mittagsstunde klopfte er zweimal energisch gegen dessen Haustür. Der Mann, der ihm öffnete, sah schlecht aus, gramgebeugt. Ungekämmt und unrasiert, blass, mit tief in den Höhlen liegenden Augen und einem nach billigem Alkohol riechenden Atem. Aran stellte keinerlei Fragen. Er ließ die Tür offen und torkelte wortlos zurück ins Dunkel des Hauses. Perez zögerte zunächst, folgte dann aber unaufgefordert.

Sämtliche Fensterläden waren geschlossen. Sobald er die Haustür hinter sich ins Schloss geschoben hatte, empfing ihn nahezu völlige Dunkelheit. Seine Augen brauchten Minuten, um sich an das Dämmerlicht zu gewöhnen. Dann sahen sie eine Ansammlung leerer Flaschen. Ein zerknautschtes Laken auf einem ungemachten Bett, ein Haufen Schmutzwäsche. In der Luft lag der beißende Geruch von Urin.

Perez nahm auf einem Holzstuhl Platz. Aran schien über den Besuch weder überrascht noch erfreut zu sein, aber auch nicht böse. Der Mann wirkte, als sei ihm alles egal.

»Sie haben die schrecklichen Nachrichten sicher schon erhalten«, begann Perez das Gespräch.

Anstelle einer Antwort goss sich Aran das Glas voll. Perez blinzelte auf die im Halbschatten stehende Flasche. Ein einfacher Brandy. Nicht das härteste Getränk, das sich finden ließ, aber am Mittag und je nachdem, wie voll die zur Neige gehende Flasche am Morgen gewesen war, tat der Inhalt seine Wirkung. Aran schien nicht zu stören, dass Perez Zeuge seiner Verwahrlosung wurde. Er bot ihm auch nichts an. Überhaupt hatte Perez den Eindruck, selbst wenn er jetzt gleich seinen Koffer hereinbrächte, die Klamotten in den Schrank räumte und Essen kochte, kurzum: hier einzöge, Aran wäre es gleichgültig.

»Die Tote wurde identifiziert, es war Fabienne. Mein Beileid zu Ihrem Verlust.«

Aran stierte auf eine Stelle an der gegenüberliegenden Wand, auf der sich ein Feuchtigkeitsfleck ausgebreitet hatte, direkt neben einem billigen Kunstdruck.

»Sie waren schon eine Weile kein Paar mehr, richtig? Und sie wohnten nicht mehr zusammen.«

Keine Antwort, den Fleck fest im Blick.

»Aber es scheint Ihnen dennoch sehr nahezugehen. Verständlich ... natürlich.«

Aran goss sich den Rest der Flasche ins Glas.

»Wenn ich mir die Frage erlauben darf: War Timi der Auslöser ihrer Trennung?«

Der Anflug eines Grinsens.

»Nicht allein er?«

Keine Antwort.

»Darf ich?«, fragte Perez unsicher. Er hielt das Zigarettenpäckchen in die Höhe.

»Was wollen Sie?« Die Stimme hörte sich etwas eingerostet an. »Ich bin nicht an Besuch interessiert. An einem Gespräch auch nicht.«

»Entschuldigen Sie, Sie haben völlig recht. Es geht mich eigentlich überhaupt nichts an.« Perez stockte. Er dachte nach. Ging seine Optionen durch. Und entschied sich für die Wahrheit und damit für den Frontalangriff. »Ich will ehrlich zu Ihnen sein, Aran. Es geht mir weder um Ihre Ex-Frau noch um Ihren Zustand. Wir kennen uns nicht, was schert mich also, wie es Ihnen geht? Nein, das ist es nicht ... Wenn schon, dann geht es mir um Timis Tochter, die sich riesige Sorgen um Ihren Vater macht. Aber in Wirklichkeit – ich sagte ja, dass ich ehrlich zu Ihnen sein will – geht es allein um mich selbst. Sie werden es nicht verstehen, und ich möchte es nicht erklären. Okay?«

Keine Reaktion.

»Bitte sagen Sie mir, ob das Haus, in dem Fabienne wohnte, tatsächlich ihr gehörte. Außerdem würde mich interessieren, wovon sie es bezahlt hat. La Vall ist zwar am Arsch der Welt, aber selbst dort kosten Häuser mehr, als einfache Taucher sich erlauben können. Nichts für ungut.«

Wieder dieses hämische Grinsen.

»Sie meinen ...«

Ein Ruck ging durch den Mann. »Mann, Perez!«, stieß er aus. »Mach es nicht so spannend. Ja, Fabienne hat jeden gebumst, der vorbeikam. Nur um mir zu zeigen, dass sie mich nicht liebt, klar? Um mir zu zeigen, dass ich ein Versager bin, der es zu nichts bringt.«

»Scheiße«, sagte Perez. »Hast du vielleicht noch ein sauberes Glas?« Er sah keinen Grund, länger bei der Höflichkeitsform zu bleiben.

Aran taumelte in die Küche, kam zurück und knallte Perez ein Glas vor die Nase. Und eine weitere Flasche.

Der Alkohol wird die Bakterien schon kleinkriegen, dachte Perez und goss sich ein. Eine Weile sprach keiner von beiden.

»Irgendwann bin ich abgehauen.« Aran flüsterte mehr an sein Glas als an Perez gerichtet. »Ich hab's einfach nicht mehr ausgehalten. Da ist nur ein Problem, aber das verstehst du nicht. Niemand versteht es. Ich habe sie geliebt, und das tue ich noch immer.« Die Stimme versagte ihm. »Ich kann nichts dagegen tun.«

»Das kann ich sehr gut verstehen.«

»Sie hatte zig Liebhaber, während wir zusammen waren und auch danach. War ihre Art, den Schmerz zu betäuben. Irgendwann hat sie mich aber auch mal geliebt, das weiß ich genau. Aber das Haus in La Vall, das stammt nicht von einem Liebhaber. Fabi war keine Nutte, sie ließ sich nicht aushalten. Das Haus ist alter Familienbesitz, sie ist dort geboren. Ihr Vater war mein Lehrmeister.«

»Er war Taucher?«

»In der dritten Generation. Bloß dass sein Vater unter Wasser geblieben ist, bevor er sein Wissen an den Sohn weitergeben konnte. Der alte Puig hat sich stattdessen seiner angenommen. Die beiden waren gute Freunde. Kennst du Puig?«

»Flüchtig.«

»Ja, jeder kennt Puig. Fabis Vater wurde der vielleicht beste Taucher an der Küste. Er war eine Legende. Von ihm habe ich's gelernt. Seine Begabung und seine Leidenschaft hat er auch an Fabienne weitergegeben. In der Tauchschule sind wir uns das erste Mal begegnet. Es war schon damals klar, dass sie Berufstaucherin werden wollte.«

»Dieu! Das nennt man Bestimmung. Vater und Tochter, beide tauchverrückt. Muss schwer für die Mutter gewesen sein. Sicher lebte sie in ständiger Sorge um die beiden. Ich meine, das Meer ist nicht ohne. Oder war sie selbst auch Taucherin?«

»Nicht dran zu denken. Sie hasste das Meer.« Weise Frau, schoss es Perez durch den Kopf. »Trotzdem hat sie den beiden das Tauchen erst ermöglicht. Was du gesagt hast, ist richtig: Als Taucher verdient man nur Mindestlohn.«

»Womit hat sie ihr Geld verdient?«

»Putzen.«

»Klar! Blöde Frage, entschuldige.« Womit sonst können sich Frauen in strukturschwachen Urlaubsgebieten Geld verdienen? Servieren, Bettenmachen oder Putzen, dachte Perez.

»Sie hatte gleich mehrere Stellen, damit die Familie über die Runden kam. Sie war eine sehr fleißige Frau.«

»Leben die Eltern noch?«

Aran schüttelte den Kopf.

»Gott sei Dank!«, sagte Perez.

»Wie meinst du das?«

»Stell dir vor, einer von beiden hätte nun miterleben müssen, wie die eigene Tochter stirbt. Das ist das Schrecklichste, was ich mir vorstellen kann. Wenn Kinder vor den Eltern sterben.«

»Sind schon lange tot. Fabi hat das Haus in La Vall geerbt.«

»Also habt ihr beide gemeinsam dort gelebt.«

»Um Gottes willen, nein. In das Elternhaus der Frau einziehen, so was bringt Unglück.« Perez entgegnete nichts. »Wir haben damals mitten im Dorf gelebt.«

»Banyuls?«

»Ja. Fabi wollte das Haus eigentlich verkaufen, wir brauchten das Geld.«

»Aber?«

»Ihre Schwester war dagegen. Das Geld haben wir aber trotzdem bekommen.«

»Wie das?«

»Fabis Schwester hat uns Fabis Hälfte abgekauft. Unter der Bedingung, dass Fabi sich um das Haus kümmert.«

»Ziemlich schräg. Die Schwester kauft das Haus, will aber nicht selbst drin wohnen? Und die, die verkauft, muss sich drum kümmern. Ist nicht eben alltäglich, oder?«

»Hat ihr nicht wehgetan.«

»Was hat wem nicht wehgetan?«

»Die Kohle. Hat es Fabienne locker in bar rübergeschoben. Keine große Sache. Uns hat es vorübergehend den Arsch gerettet.«

»Und die Schwester wollte nichts mit dem Haus anfangen? Später vielleicht? Kann ich irgendwie kaum glauben.«

»Ich habe keine Ahnung, Mann. Fabienne sollte sich drum kümmern, und das hat sie dann gemacht. Basta.«

»Ja, aber irgendwann ist sie dann doch selbst eingezogen, also zurück in ihr Elternhaus, meine ich?«

»Nachdem wir uns getrennt hatten.«

»Mon dieu, was für eine Geschichte«, sagte Perez. Er stand auf und lief im Zimmer auf und ab. »Sag mal, hast du keinen Hunger? Wir könnten etwas essen gehen. Ist Zeit.« Er klopfte mit dem Finger auf seine Armbanduhr.

»Keinen Hunger.«

»Du siehst aber aus, als könnte dir etwas feste Nahrung nicht schaden.«

»Spreche ich undeutlich? Ich habe gesagt, ich habe keinen Hunger. Geh allein, ich halte dich nicht auf.«

Perez ließ sich wieder auf dem Stuhl nieder. »Und das mit Timi?«, sagte er.

»Das war etwas anderes.« Die Antwort kostete Aran sichtlich Überwindung.

Perez nickte. »Weil es ernst war. Er war nicht bloß ein weiterer Liebhaber, richtig? Und deshalb hat es dich besonders geschmerzt. Und zu allem Überfluss war Timi euer beider Kollege im *Arago*. Weißt du was, Aran? Du bist echt 'ne arme Sau. Ich an deiner Stelle hätte gekündigt.«

»Ach ja?«, brüllte Aran. »Und wovon hätte ich leben sollen?«

Perez wurde sein Fehler schlagartig bewusst. »Bitte entschuldige«, sagte er. »Tut mir leid. Ich wollte ...«

»Wenn ich irgendwie gekonnt hätte ... Es ging aber nicht. Die beiden waren so verliebt ...«

»Wie hast du das ausgehalten?«

Aran hob die Flasche in die Luft. »Mit meinem neuen Freund hier.«

»Merde!« Perez trank. Aran sowieso. »Was mir gerade einfällt«, sagte Perez. »Hat Timi eigentlich schon immer da oben gewohnt?«

»Er hat das Nachbarhaus erst gekauft, als Fabi schon wieder dort lebte. Es gehörte damals ebenfalls der Familie Benoit, dem Bruder vom Alten. Die beiden haben zur selben Zeit gebaut.« Nun wusste Perez, warum sich die Häuser wie Zwillinge glichen. »Als der Onkel starb, hat Timi das Haus von dessen Kindern gekauft. Leben inzwischen irgendwo im Norden. Hab mich immer gefragt, woher er die Kohle hatte. Schließlich lebte er in Scheidung und musste Unterhalt bezahlen. Aber Timi hat immer was am Laufen.«

»Mich wundert eher, wieso er nicht gleich mit Fabienne zusammengezogen ist.«

»Das hätte er sicher auch am liebsten gemacht. Liegt aber auch an Fabis Schwester. War eine der Regeln beim Kauf. Fabi durfte nur allein einziehen. Warum, weiß Gott allein.«

Perez lachte. »Diese Schwester scheint ja ein seltsames Wesen zu sein. Lebt sie in der Nähe?«

Er zuckte mit den Achseln. »Sie ist ja nur eine Halbschwester. Aber die beiden lieben sich wie echte Schwestern. Doch ein seltsames Wesen ist sie, das steht mal fest. Obwohl sie ihre Schwester liebt, ist sie nicht zu unserer Hochzeit gekommen, kannst du dir das vorstellen? Sie schrieb uns, sie sei im Ausland. Fabienne war so enttäuscht. Na ja, mir war's ja eigentlich egal. Ich hab sie alles in allem höchstens drei- oder viermal gesehen. Viermal. Ja genau.«

»Halbschwester.« Perez starrte auf den Fleck an der Wand. »Dann sehen sie sich womöglich nicht einmal ähnlich.«

»Hast du eine Ahnung«, entgegnete Aran, für seine Verhältnisse schon fast aufgekratzt. »Sie gleichen sich wie ein Ei dem anderen. Echt verrückt. Es gibt nicht wenige, die sie für Zwillinge gehalten haben. Nur die Augen waren unterschiedlich. Fabi hatte einen ruhigen, fast schon melancholischen Blick, während Utas Augäpfel immer so seltsam hin und her zucken. So, als sei sie innerlich total nervös, verstehst du. Das unterscheidet sie. Und der Mund vielleicht noch. Ansonsten: gleich schön. Die Gene der Mutter haben sich durchgesetzt. Sie ist auch eine sehr schöne Frau gewesen.«

Perez packte die beiden vergrößerten Bilder aus und legte sie vor Aran auf den Tisch.

»Ja, das sind sie«, hauchte Aran. Tränen liefen ihm über die unrasierten Wangen.

Perez musste sich angesichts von so viel Leid schwer zusammenreißen.

»Vom Charakter her kann man allerdings nicht unterschiedlicher sein«, sagte Aran, nachdem er sich wieder einigermaßen gefangen hatte. Seine Finger berührten die Fotografie seiner Frau. Zärtlich fuhr er die Konturen ihres Gesichts nach. »Darüber wurde in der Familie oft gesprochen. Überhaupt war die Schwester oft Thema. Ich erinnere mich, wie der Vater eines Tages sagte: ›Sie hält sich wohl für was Besseres.‹ Das war so die Meinung über sie, dass sie sich für die Familie schämte. Fabi hat sie aber immer verteidigt. Sie ist früh von zu Hause weg. Angeblich war sie eine Zeit lang in Paris. Und sogar in London soll sie gelebt haben. Ach egal, was soll dich das interessieren?«

»Mehr, als du ahnst. Hör zu: Vorhin habe ich gesagt, ich will ehrlich zu dir sein. Das war nicht bloß so dahergeredet.« Perez dachte noch einmal kurz nach, dann fuhr er fort. »Ich war neulich oben in La Vall, um nach Timi zu suchen. Am Tag, bevor ich bei euch im Hafen aufgetaucht bin. Er war nicht da. Also habe ich am Nachbarhaus geklingelt, um mich dort nach ihm zu erkundigen. Diese Frau hat mir geöffnet.« Er tippte auf das zweite Foto. »Damals dachte ich noch, es sei Fabienne Benoit, denn genau so hat sie sich mir vorgestellt.«

»Uta? Das gibt's doch nicht. Uta war in La Vall?«

»Wenn das ihr richtiger Name ist, ja. Uta, und wie weiter?«

»Benoit ... nehme ich zumindest an. Wenn sie nicht in der Zwischenzeit geheiratet hat, aber das würde mich wundern. Sie ist keine Frau für die Ehe. Aber wer weiß das schon? Sie könnte auch den Namen ihres Vaters angenommen haben, warum nicht?«

»Wer ist ihr Vater?«

»Darüber wurde nicht gesprochen. Ein Ausrutscher der Mutter vielleicht. Sie war nur einmal verheiratet, und zwar mit dem Vater von Fabienne.«

»Hat Fabienne denn nie darüber gesprochen?«

»Ein Mal. Aber das war alles sehr vage. Ihre Mutter hätte nichts dafür gekonnt, hat sie gesagt. Aber nix weiter erklärt. Na ja, mich geht's nichts an. War mir eigentlich auch egal. Sie hat davon angefangen, als ich sie fragte, woher Uta das Geld für das Haus nehme und überhaupt für ihren Lebenswandel. Ich meine, London ... war noch nie da, aber man erzählt sich, dass unsereiner sich dort nicht mal eine Pizza leisten kann.«

»Und, woher stammte das Geld?«

»Sie hat gesagt, Uta schwimme im Geld ihres leiblichen Vaters. Mehr wollte sie nicht sagen. Die Benoits sind eine verschwiegene Truppe, verstehst du? Später sind wir irgendwie noch mal darauf zurückgekommen. Uta wollte in ein Geschäft einsteigen, hab nicht richtig zugehört, jedenfalls hab ich am Ende gesagt, dann soll sie doch die Kohle von ihrem Vater nehmen. Verstehst du, der schwimmt im Geld, das hatten sie mir doch so gesagt. Aber Fabienne war plötzlich total empört, wie ich denn auf diese Idee käme, hat sie geschrien, der Mann sei ein widerliches Schwein.«

»Ein widerliches Schwein? Das sind harte Worte. Was hat er denn getan?«

»Keine Ahnung. Ich hab dann nicht weiter nachgefragt.«

Perez schwieg. Es wunderte ihn nicht, dass Fabienne mit Aran Probleme bekommen hatte. Mit einem Menschen, der derart viel Desinteresse zeigte, musste das Zusammenleben schwierig sein.

»Wann war das? Erinnerst du dich noch?«, fragte er.

»Nicht so richtig. Warte ... muss so gegen ... kurz vor unserer Trennung. 2002 vielleicht. Oder auch schon 2001, ist lange her, kann mich nicht erinnern.

»Uta«, sagte Perez. »Der Name ist deutsch.« Gedanklich hing er noch an der Jahreszahl. »Könnte ihr Vater Deutscher sein?«

»Ich habe keinen blassen Schimmer. Interessiert mich auch nicht. Aber was wollte sie ausgerechnet jetzt, wo Fabi tot ist, in La Vall?«

Das interessiert dich immerhin, dachte Perez. »Gute Frage«, sagte er. »Vielleicht hat sie vom Tod ihrer Schwester erfahren ... nein, das ist nicht möglich. Damals war die Identität der Leiche noch nicht bekannt.«

Uta Benoit oder Uta irgendwas, wie soll ich damit weiterkommen?, fragte sich Perez. Er würde nach La Vall fahren. Zumindest wollte er nachsehen, ob sie sich vielleicht immer noch im Haus ihrer Schwester aufhielt, in ihrem eigenen Haus, genauer gesagt. Von Cantalopps war es kein großer Umweg. Er würde einfach der Straße weiter nach La Jonquera folgen, dort noch ein paar Stangen Zigaretten kaufen, dann über den Berg runter nach Le Boulou und schließlich bis zur Abzweigung in die Berge in Richtung Küste. Eigentlich gar kein Umweg. Plötzlich hatte er es sehr eilig.

KAPITEL 27

Dass sich in La Vall – diesen neun Häusern, die noch nicht einmal zusammengenommen den Namen Kaff verdienten – etwas verändert hatte, wurde Perez schlagartig klar, als er den ersten Polizeiwagen sah, der einhundert Meter vor dem Ortsschild verkehrsbehindernd abgestellt war. Weitere Fahrzeuge verstopften eine Kehre später die Ringstraße.

Perez zirkelte den Kangoo an zwei Polizeifahrzeugen vorbei, bevor er einen Mann in der Einfahrt zum Haus der Benoits stehen sah, den er hier nicht erwartet hatte. Er bremste und kurbelte das Fenster runter.

»Kommissar Boucher, was tun Sie denn hier? Zum Skifahren müssten Sie hoch nach Font-Romeu.«

»Dasselbe könnte ich Sie fragen, aber nach unserer letzten gemeinsamen Ermittlung« – beim Wort *gemeinsam* malten seine Finger Gänsefüßchen ins Blau des Himmels – »wollte ich mir eigentlich abgewöhnen, über irgendeinen Ihrer Schritte erstaunt zu sein. Doch hier in La Vall hätte ich Sie tatsächlich nicht erwartet. Wissen Sie eigentlich, dass Sie der einzige Mensch sind, den ich kenne, dessen Seitenscheiben noch nicht elektronisch funktionieren?«

»Da Sie es erwähnen, Monsieur le Commissaire, wissen Sie, was *ich* mir abgewöhnen wollte? Mich aufzuregen, wenn Sie mitten in einem Gedankengang ansatzlos zu einem komplett anderen wechseln. Was hat mein armer Kangoo mit alldem hier zu tun? Ach, egal.« Er machte eine wegwerfende Handbewegung, offenbar wirkte der Besuch bei Aran noch nach. »Monsieur Boucher, wie geht es Ihnen?«

Er stieg aus und gab dem Elsässer brav Pfötchen. Boucher aber bestand auf einer Antwort.

»Ich wollte bloß einen alten Kumpel besuchen, er wohnt dort drüben«, sagte Perez pflichtschuldig und deutete auf Matas Haus. Noch während er sprach, dachte er darüber nach, wie er aus dieser Situation möglichst unbeschadet herauskommen könnte. »Scheint, als sei er nicht zu Hause.«

»Das kann ich bestätigen. Da ist niemand. Nirgendwo ist jemand, ein Geisterort. Aber schön ist es hier oben. Wir durchsuchen das Haus von Madame Benoit. Das ist die Tote, die auf spanischer Seite gefunden wurde«, ergänzte Boucher.

»Sagten Sie nicht neulich, das sei eine Angelegenheit der spanischen Kollegen?«

Boucher machte ein enttäuschtes Gesicht. »Stellen Sie sich vor, sehr zu meinem Verdruss hat man herausgefunden, dass es unmöglich ist, dass der Arm in Frankreich und der Torso in Spanien angespült wurden. Wegen der Strömung«, fügte er mit einer Miene hinzu, als handelte es sich bei der Strömung nicht um ein Naturphänomen, sondern um einen Kriminellen, dessen einziges Ziel es war, ihn, Kommissar Boucher, zu malträtieren. Man sah, dass er es dieser Strömung persönlich übel nahm. »Jedenfalls müssen wir jetzt über die Landesgrenze hinweg zusammenarbeiten. Das bedeutet jede Menge Abstimmung, Treffen mit Leuten, die meine Sprache nicht sprechen, noch mehr verdammte Bürokratie.«

»Komisch«, sagte Perez. »Das mit der Strömung hatte ich mir auch schon überlegt. Das Meer hier unten muss man verstehen, Boucher. Das ist für euch Nordländer schwierig. Wir hier unten, die wir damit seit Kindheitstagen vertraut sind, wir haben gleich gedacht, dass das nicht sein kann.«

»Können Sie mir mal sagen, was Sie daran überhaupt interessiert? Geht Sie doch verdammt noch mal gar nichts an.«

»Überhaupt nichts geht mich das an. Wissen Sie was, es interessiert mich nicht einmal.« Aran hatte wirklich auf ihn abgefärbt. »Ich kannte die Frau ja gar nicht. Wo ich doch hier unten sonst jeden kenne.«

»Ach ja? Sie haben die Dame nicht gekannt? Niemals zuvor gesehen? Vielleicht, wenn Sie hier zusammen mit Ihrem Freund gegrillt haben? Ein Blick über den Zaun ... na, Sie wissen schon. Der Sommer, die Hitze ...«

»Sehe ich vielleicht aus wie einer, der sich mit Schürze vors offene Feuer stellt? Nein, nie gesehen. Wie dem auch sei, ich bin dann mal wieder weg, Monsieur Boucher. Will Ihre Ermittlungen nicht weiter stören.«

»Schön, schön. Gute Fahrt. Ach übrigens, die Sache mit dem Professor ...«

»Mit welchem Professor?«

»Jetzt hören Sie mal auf mit dem Theater. Sein Tod wirft Fragen auf. Die haben da in Perpignan einen neuen Experten, so einen ... ach, was weiß ich, wie die sich nennen. Irgendwas Neumodisches aus den Staaten. Jedenfalls stellt dieser Experte die Morde nach wie ein Puppenspiel. Nachdem der Tatort freigegeben war, hat er den Tathergang mit einer Puppe und jeder Menge bunter Seile rekonstruiert. Und dabei ist er zu dem Schluss gekommen, dass, falls es sich um einen Unfall handelt, der Verunfallte anders liegen müsste. Interessant, oder?«

»Sehr!«

»Was interessiert Sie daran?«

»Mon dieu, ich habe Ihnen doch nur zugestimmt. Was Sie da erzählen, ist interessant, von einer ... übergeordneten Warte aus betrachtet. Nun seien Sie mir gegenüber doch nicht immer so misstrauisch. Habe ich Sie je enttäuscht? Also war es Mord. Der *savant fou* ist im Schwimmbecken der Familie Delhaize ermordet worden. Mir kam das gleich spanisch vor.«

»Ach ja? Ihnen kam das also spanisch vor, aber ein Interesse an dem Mord haben Sie nicht? Das, mein lieber Perez, kommt *mir* irgendwie spanisch vor.«

Er machte eine Pause, vermutlich um Perez Gelegenheit zu einer Antwort zu geben. Der aber dachte gar nicht daran, diese absurde Vorstellung auch nur mit einem Wort oder einer Geste zu kommentieren.

»Wahnsinn, was die moderne Wissenschaft alles kann«, sagte er stattdessen. »Und dass wir so einen Puppenspieler, wie Sie ihn nennen, sogar hier unten bei uns an der Côte haben. Da sage noch einer, wir seien nicht auf der Höhe der Zeit.«

Boucher nickte. »Der Experte hat in dem Blut am Beckenrand einen Fingerabdruck entdeckt. Ausgerechnet dort, wo der Professor mit dem Hinterkopf aufgeschlagen ist. Knochensplitter, Hirnmasse, Haare – na klar. Aber ein Fingerabdruck? Leider passt der Abdruck zu niemandem in unserer Datenbank. Jedenfalls könnte es sich doch um ein Gewaltverbrechen handeln.«

»Mord! Sag ich ja.«

»Könnte, sagte ich, könnte. Sicher ist es nicht.«

»Wissen Sie eigentlich, dass die Tochter des Professors am Tag darauf verstorben ist?«

Perez wiederholte die Geschichte, die ihm der schmierige Delgado im *Arago* erzählt hatte.

»Das ist grässlich!«, stellte Boucher sehr sachlich fest. »Meinen Sie, ich sollte mich doch noch mal etwas intensiver mit dem Professor befassen? ... Was nicht einfach wird, denn damit sind nun alle aus der Familie Pasquier von uns gegangen. Seine Ehefrau verstarb ja bereits kurz nach der Geburt der Tochter. Seitdem lebte Pasquier allein, soviel unsere Recherchen ergeben haben. Haben Sie denn eine Ahnung, wer uns vielleicht mehr zu ihm sagen könnte?«

»Bof, ich kannte ihn nicht.« Insgeheim nahm er sich vor, bei Delgado noch mal tiefer zu bohren. Pasquier hatte viel Zeit im *Arago* verbracht. »Na schön, Monsieur Le Commissaire, dann mach ich mich mal wieder auf den Weg. Ich war wie gesagt gerade in der Nähe und dachte, ich versuch's mal bei meinem alten Freund ... Ach Mensch, das habe ich ganz vergessen. Haben Sie eigentlich schon gehört, dass auf Iker García Álvarez ein Anschlag verübt wurde? Ganz Spanien steht unter Schock. Mitten am helllichten Tag – in Madrid. Beim Verlassen eines Hotels. Die Welt gerät aus den Fugen.«

»Wer soll das sein?«

»Kommen Sie, Boucher. Einer der reichsten Männer Europas. Und mächtig obendrein. Sie selbst haben doch neulich den Wahnsinn beklagt, den diese Schatzsucher anrichten? Nun, Álvarez ist der größte unter ihnen. Er steht mit seiner Armada vor Cadaqués und buddelt den Meeresgrund um. Vielleicht sprechen Sie mal mit den spanischen Kollegen, wer weiß, ob die tote Taucherin am Ende noch mit diesem Goldrausch zusammenhängt.«

Irgendetwas musste Perez dem Kommissar hinwerfen, damit er nicht doch noch anfing, nach Timi zu fragen, was er, wäre er ausgeruht gewesen, sicher längst getan hätte.

Wahrscheinlich käme das ohnehin noch auf ihn zu, wenn Boucher Zeit zum Nachdenken gefunden hätte. Dann würde eins zum anderen führen, und das galt es so lange wie möglich hinauszuzögern.

KAPITEL 28

Kaum war Perez wieder auf der Vierspurigen in Richtung Banyuls, als vor ihm rote Bremslichter und Warnblinkanlagen auftauchten. Ein Stau. Unglaublich zu dieser wenig touristischen Jahreszeit. Wenn sich an einem normalen Tag der Verkehr vor dem Tunnel unter dem Coll d'en Raixat staute, konnte das nur durch Bauarbeiten oder einen heftigen Unfall verursacht worden sein. Wie zum Beweis dieser These sah Perez weiter vorne, direkt vor der Einfahrt in den kurzen Tunnel, eine Gruppe Menschen neben ihren Fahrzeugen stehen. Sie rauchten und diskutierten.

Perez stellte den Motor ab, zog das, was in seinem Kangoo von der Handbremse noch übrig war, kurbelte das Fenster herunter und rauchte eine Zigarette. Mit prächtiger Aussicht auf das unter ihm liegende Collioure, das mächtige Château Royal und die Wehrkirche Notre-Dame-des-Anges, die in früheren Zeiten einmal ein Leuchtturm gewesen war. Und auf das in der Sonne glitzernde Meer, das von hier oben wie eine friedliche Idylle wirkte.

Während er das faszinierende Panorama betrachtete, gingen ihm all die Dinge durch den Kopf, die er in der vergangenen Woche erlebt und erfahren hatte. Was mit einem scheinbaren Unfall, der nun auch offiziell als Mordfall untersucht wurde, begonnen hatte, schien sich zu etwas Großem auszuweiten. Noch war es ihm nicht gelungen, all die losen Enden miteinander zu verknüpfen. Könnte er Uta – an den Namen musste er sich erst noch gewöhnen – aufspüren, mit ihr sprechen, würde sich einiges, wenn nicht gar das gesamte Puzzle zusammenfügen lassen, dessen war er sicher. Oder Timoteo Mata. Noch immer war er verschwunden, tot aber war er nicht, das spürte Perez. Und auf sein Gespür verließ er sich. Irgendwie war der kleine Timi, der immer auf der Suche nach einem Geschäft zu sein schien, in etwas hineingeschlittert, das drei Nummern zu groß für ihn war.

Als er eine weitere Zigarette rauchen wollte, weil sich noch immer nichts bewegte, war die Packung leer. Er drehte sich zur Rückbank, wo seine Einkäufe aus La Jonquera lagen. Vier Stangen Zigaretten, einer der Gründe, warum der Grenzort überhaupt existierte. Kaffee, Zigaretten, aber auch Lebensmittel waren direkt hinter der Grenze bis zu dreißig Prozent billiger als in Frankreich. Vom Benzinpreis ganz zu schweigen.

Die Kippen lagen auf Jean-Martins grünem Schnellhefter, den Perez beim Einsteigen unachtsam nach hinten geworfen hatte. »Warum nicht?«, murmelte er. Er griff nach der Akte und begann darin zu lesen.

In den nächsten dreißig Minuten erfuhr er eine Menge über die Familie Delhaize, teilweise lagen die Ereignisse Jahrzehnte zurück. Es war schon erstaunlich, was man alles in diesem Internet finden konnte. Hoffentlich, so ging ihm durch den Kopf, gibt es dort keine Akte Perez. Bei dem Gedanken wurde ihm ganz heiß.

Insgeheim leistete er Jean-Martin Abbitte und insgeheim beglückwünschte er sich dazu, dass er nun tatsächlich zwei Menschen kannte, die mit diesem neumodischen Kram nicht nur zurechtkamen, sondern ihm offenbar nahezu jede Information, die er benötigte, auch besorgen konnten.

Das allermeiste war von eher allgemeinem Interesse. Geschichten vom Aufstieg einer Familie. Geburten und Tode, Hochzeiten und Geschäftsausweitungen, weitere Hochzeiten der Kinder mit Sprösslingen aus anderen reichen Familien, Firmenzusammenlegungen, abermals Geburten, dann aber auch Scheidungen – das ganz normale Leben, hätte man meinen können. Ein Zeitungsartikel mit zwei Fotos erregte Perez' Aufmerksamkeit:

Im Geschäft Konkurrenten, im wahren Leben Freunde:
Die Finanzmagnaten Iker García Álvarez (Spanien) und
Walter Delhaize (Belgien) während eines Charity-Golfturniers in Marbella

Auf dem Foto hatte Delhaize den Arm um Álvarez' Schulter gelegt. Beide boten der Kamera ein breites Grinsen, in der Hand je einen Golfschläger.

Perez überlegte kurz, dann nahm er das Telefon vom Nebensitz und rief Alain Pereira an.

»Alain«, fiel er mit der Tür ins Haus. »Du wirst es nicht glauben: Delhaize und Álvarez sind Freunde. Sie sind sogar Gründungsmitglieder eines Klubs.« Er informierte seinen Freund in Stichworten über das Dossier von Stéphanie und Jean-Martin. »Du wolltest doch noch mit deinem Freund Juan über diesen Klub sprechen«, kam er zurück auf das aktuelle Geschehen. »Was? ... Ist doch jetzt völlig gleichgültig ... Ja, ist ja gut! Dann wollte *ich* eben, dass du mit ihm sprichst, machst du es nun oder nicht? ... Na also ... Wenn du ihn dann angerufen haben wirst, dann wäre es schön, du hättest ihn auch nach der Beziehung zwischen den beiden befragt. ... Bitte? ... Was heißt, warum ich plötzlich im Futur II rede. Also ... Nein, das hat keine Zeit. Hab ich dich jemals um etwas gebeten? ... Hab ich? Na schön, dann ist das eben eine weitere Bitte. Und hier gleich noch eine dritte: Bitte beeile dich damit ... Was? ... Ja! Ich küsse dich, *mon amour*. Ach, und lad ihn doch auf meine Kosten in dieses Snoblokal ein. Ich glaube, er steht noch immer auf dich.«

Perez vertiefte sich erneut in seine Lektüre. Offensichtlich hatten Madame und Monsieur Delhaize nie besonders zurückgezogen gelebt. Ganz anders als bei vergleichbar Wohlhabenden fand man ihre Namen – getrennt oder gemeinsam – auf nahezu allen Gästelisten großer Ereignisse. Besonders Walter war auf dem Brüsseler wie auf dem Antwerpener Parkett ein Hansdampf in allen Gassen. Äußerte sich zur großen Politik ebenso vollmundig wie zur Lokalpolitik, zu Transfers von Fußballern oder Ausrutschern eines Mitglieds der königlichen Familie. Außerdem war er regelmäßiger Gast in den Klatschspalten einschlägiger Tageszeitungen und Magazine. Etwas aus dieser letzten Rubrik erregte Perez' Aufmerksamkeit: Walter Delhaize wurden im Laufe der Jahre zahlreiche Affären nachgesagt. Er selbst hatte sich dazu nie geäußert. Aber neben den fünf Kindern mit seiner Frau – Martha, Mathilde, Eva, Harald und Bert – wurden noch mehrere uneheliche Kinder als sicher angenommen. Die Journalisten waren auf Unterhaltszahlungen gestoßen, mit denen sie Walter Delhaize konfrontierten. Er schwieg beharrlich. Perez fand diese Art öffentlicher Hinrichtung abstoßend. »Martha, Mathilde, Eva, Harald und Bert«, sagte er in Richtung Tunnel. »Er hat ein Faible für deutsche Namen.« Ob es wohl nur ein Faible war oder mehr dahintersteckte? Immerhin war kein Adolf dabei.

Perez ließ den Schnellhefter sinken und sah erneut hinunter auf Collioure. Die Dämmerung setzte langsam ein, er blickte auf die Uhr, dann wieder auf seine Unterlagen. Was ihm gerade in den Sinn kam, war abenteuerlich. Er schüttelte den Kopf, blickte erneut aus dem Fenster. Dann aber dachte er: Manchmal ist das Absurdeste ja auch das Naheliegendste. Einen Versuch wäre es wert.

Er rief Aran an, der mittlerweile kaum noch in der Lage war zu sprechen. Perez musste sehr genau hinhören, um zu verstehen, was er auf seine Frage antwortete.

Ja, sie hatte. Madame Benoit, Utas und Fabiennes Mutter, hatte einst auch eine Putzstelle in Argelès gehabt. Bei reichen Ausländern. Als Perez ihm den Namen nannte, grunzte er bloß und legte auf.

»Das soll wohl bedeuten, dass du den Namen der Herrschaft nicht kennst«, brummte Perez. »Schade.«

Er las weiter. In freundlicher Voraussicht hatte Jean-Martin alle Texte in extragroßer Schrift ausgedruckt, so machte auch das schwindende Licht das Lesen nicht schwerer.

Erst auf der letzten Seite stieß er erneut auf etwas, das ihn packte. Dabei sah es zunächst bedeutungslos aus: eine Liste der Firmen, in die die Delhaize-Gruppe investiert hatte. Besonders merkwürdig kam Perez die Zusammensetzung des Portfolios vor. Aber was verstand er schon von Wirtschaft?

Eine Kette von Fitnessstudios in Südafrika

Eine Airline auf Barbados

Eine Kette von Luxusressorts weltweit

Eine Kaufhauskette

Drei verschiedene Banken

Ein indischer Comicverlag

Eine Reihe von Getränkeherstellern

Ein Fußballverein

Ein Hockeyklub

Teeplantagen auf Sri Lanka

Ein Limousinenservice in Nordkalifornien

Zwei Finanzdienstleister in New York und London

Ein Motorrad-Taxianbieter in London

Ein Broker für Flüge mit Privatjets

Eine Flotte Privatjets mit Basen in London, Paris
und Brüssel

Ein Online-Weinhandel

Ein Online-Blumenanbieter

Ein Spieleentwickler in Taiwan

Eine Agentur für die Aufbewahrung von Stamm-
zellen

Ein U-Boot für Forschungszwecke

Eine Reiseagentur

Ein Online-Musikdienst

Und dann war da noch ein Unternehmen mit einem Namen, der Perez elektrisierte: *Treasure Finders*.

Und noch etwas fiel Perez sofort auf: *Treasure Finders*
war die letzte Firma, die dem Mischkonzern hinzugefügt
worden war. Sie hatte zwar nur einen Gesellschafter, der
in diesem Fall seltsamerweise nicht Walter Delhaize hieß,

dafür aber einen Vorstandsvorsitzenden, den er kannte:
Francesc Puig.

Perez nahm erneut sein Telefon zur Hand. Die IT-Abteilung musste noch mal ran.

KAPITEL 29

Es dauerte bis zum Mittag des nächsten Tages, bis Perez wieder etwas von Jean-Martin hörte. Am Morgen hatte die Bohnenstange doch tatsächlich keine Zeit für ihn gehabt. Marie-Hélène lag mit Migräne im Bett, und ihr Ehemann vertrat sie im *Catalan*. Und da auch Stéphanie endlich wieder zur Schule ging, hatte er sich mit ihnen zum Mittagessen im *Conill* verabredet.

Als Perez, der die wenigen Stunden des Vormittags und das inzwischen wieder schöne Wetter dazu genutzt hatte, wenigstens die eiligsten Bestellungen auszuliefern, das Restaurant betrat, winkte Stéphanie bereits. Zwei weitere Tische waren besetzt. Der eine mit einer großen Runde angetrunkener Winzer, die sich jeden Mittwoch hier trafen, der andere von einer Familie, die seit Generationen im Ort wohnte. Sie feierten den Geburtstag der Großmutter, die soeben sechsundachtzig geworden war und sich sichtlich bester Gesundheit erfreute.

Am Tisch der Winzer ließ Perez im Vorbeigehen tapfer einige Zoten über sich ergehen. Am Tisch der Großfamilie überbrachte er seine Glückwünsche und tauschte mit der Jubilarin Erinnerungen an bessere Zeiten aus. Da die ältere Dame etwas schwerhörig war, schrien sie einander an, allerdings mit beiderseitig freundlichen Mienen. In dem Tumult, den die Winzer am Nebentisch verursachten, fielen ein paar laute Stimmen mehr nicht weiter ins Gewicht.

Kurzum: Im *Conill* herrschte ausgelassene Stimmung. Nur einer schwitzte, und das war Haziem, der ganz alleine den Ansturm bewältigte.

»Wie oft soll ich dir noch sagen, dass du dir an solchen Tagen Hilfe holen musst?«, sagte Perez, als er endlich neben seinem Freund stand. Für den in dieser Situation wenig hilfreichen Satz erntete er einen bösen Blick und traute sich erst gar nicht mehr, nach der Tageskarte zu fragen.

»Steph hat mir geholfen. Ich bin fast durch. Den Rest kannst du ja dann erledigen«, sagte Haziem.

»Bring mir einfach irgendwas, wenn's zeitlich bei dir passt«, sagte Perez und klopfte seinem Freund aufmunternd auf die Schulter.

Inzwischen war Jean-Martin eingetroffen. Wenig später kam auch noch Marianne auf ein schnelles Mittagessen vom Hotel herüber. Damit war die kleine Gaststube endgültig voll besetzt.

Bis Perez den ersten Hunger gestillt hatte, verging eine Stunde. Er tupfte sich den Mund ab und warf seinen Computerfachleuten einen auffordernden Blick zu. Am Vorabend hatte er sie aus dem Auto heraus instruiert, sich mit Delhaizes *Treasure Finders* zu beschäftigen.

»Jetzt kommt euer Auftritt«, sagte er. »Aber bevor ich es vergesse: Das Dossier war tolle Arbeit, Jean-Martin. Vielen Dank dafür.«

»Wie viel willst du wissen?«, fragte Jean-Martin und versuchte sich an einem Pokerface. Die Ringe unter seinen Augen dokumentierten, dass er wieder die ganze Nacht vor dem Computer gesessen hatte.

»Wir sind ziemlich tief eingestiegen«, erklärte Stéphanie.

»Wenn ich an dieser Stelle mal kurz als Mutter etwas einwerfen darf«, meldete sich Marianne zu Wort, während sie weiter die köstliche Linsensuppe *à l'orange* schlürfte. »Mir gefällt nicht, dass meine Tochter sich die Nächte mit diesem PC um die Ohren schlägt, anstatt zu schlafen und am nächsten Morgen ausgeruht zur Schule zu gehen. Darüber würde ich gerne reden.«

Aber doch nicht jetzt, dachte Perez. »Das geht natürlich nicht«, sagte er und versuchte seiner Stimme einen empörten Unterton zu verleihen. »Steph, die Recherchen sollten nicht in der Nacht stattfinden. Sag deiner Mutter bitte, dass mich keine Schuld trifft.«

»Ich schwöre, Maman!« Sie hob drei Finger ihrer rechten Hand in die Luft und strahlte dabei ihre Mutter an. »Perez hat mich nicht dazu angestachelt. Ich habe das Gespräch zwischen JeMa und Perez zufällig mitgehört, und plötzlich steckten wir mittendrin, ist es nicht so, JeMa?«

Das Gesicht des Dürren verzog sich zur Grimasse. Er schwieg.

»Wann kommt der Schwede, Marianne?«, fragte Perez. »Du Arme hast vorher sicher wieder eine Menge Arbeit.«

»Keine Angst, ich bin gleich wieder weg. Dann habt ihr eure Ruhe.« Marianne schob den mit einem Stück Brot sauber geriebenen Teller von sich weg. »Wollte euer Detektivkränzchen nicht stören.« Sie putzte sich den Mund mit der Serviette ab, gab Perez einen Kuss und verließ schnellen Schritts das Restaurant.

»Uff!«, sagte Stéphanie, nachdem Marianne außer Hörweite war. »Gut, dass Ekengren kommt. Das lässt Maman keine Zeit, sich mit uns zu streiten.«

»Noch mal glimpflich davongekommen.« Perez lachte. »Im Ernstfall hätten wir sowieso alles auf dich geschoben, Jean-Martin. Steph und ich hatten das im Vorfeld abgesprochen.«

Der Dürre nahm das für bare Münze, wusste aber nichts darauf zu erwidern, bis Perez ihm freundschaftlich auf die Schulter klopfte.

»Okay, Leute, dann mal los. Nur die relevanten Fakten.«

Stéphanie und Jean-Martin sahen sich an wie Geschäftspartner, die sich gegenüber dem Kunden darüber verständigten, wer die Gesprächsführung übernehmen sollte.

»Die wichtigste Info ist wohl, dass Delhaize und diese *Treasure Finders*, während wir hier sitzen, mit der französischen Regierung in Paris über ein Gebiet im Golfe du Lion verhandeln.«

»Delhaize verhandelt? Da sieh mal einer an. Wer genau führt die Verhandlungen, wisst ihr das? Delhaize hat offiziell gar nichts mit der Firma zu tun. Und Puig ... nein, das kann ich mir eigentlich nicht vorstellen. Puig ist hier unten 'ne Größe, aber sobald er sein Territorium verlässt, ist er bloß noch irgendein Südfranzose mit viel Kohle. Auf dem politischen Parkett kann ich mir unseren Paten nicht vorstellen.«

Stéphanie sah Jean-Martin fragend an. Der schüttelte bloß den Kopf.

Perez nickte. Er nannte die Koordinaten aus Matas

Kladde. »Und ihr seid sicher, dass über dieses Gebiet in Paris verhandelt wird? Welches Ministerium ist dafür zuständig?«

»Kultur und Kommunikation.«

»Die kümmern sich um so was? Hätte ich nicht gedacht. Na ja, was wissen wir hier unten schon? Die *Treasure Finders* wollen also Bergungsrechte. Wenn ich recht informiert bin, sind wir Franzosen damit aber alles andere als großzügig?«

»Perez!«, sagte Stéphanie streng. »Darum geht es doch überhaupt nicht.«

»Und worum geht es dann?«

»Darum, dass die *Treasure Finders* offensichtlich ein direkter Konkurrent der *Maritime Treasure Hunters* geworden sind. Schließlich hat sich Álvarez doch angeblich auch um dieses Gebiet beworben. Oder er wollte es tun. Das hast du selbst gesagt.«

Perez dachte nach. »*Treasure Finders, Treasure Hunters!*«, sagte er dann. »Ist das am Ende ein offener Kampf der Giganten? In dem Namen, den sich Delhaize gegeben hat, steckt schon eine Art von Verunglimpfung seines Gegners. Er teilt Álvarez damit mit, dass ein Delhaize sich nicht bloß mit Suchen begnügt.«

»Du hast recht, das ist so eine Klub-Sache.« Stéphanie sprang auf.

Perez verstand das nur zu gut. In Momenten wie diesem konnte man der Ermittlungsarbeit verfallen.

»Ein Zockerspiel. Die *Hunters* gegen die *Finders* in der Liga der Superreichen.«

»Wahnsinn«, entfuhr es Jean-Martin. Er war bleich geworden.

»Das ist tatsächlich der Wahnsinn. Vor allem deshalb, weil dieses Spiel aus dem Ruder gelaufen ist. Keine Farbpatronen, wie bei diesem komischen Spiel, von dem ihr mir erzählt habt.«

»Gotcha!«

»Paintball.«

»Richtig. Diese Sache hat sich ungut entwickelt, es gab Kollateralschäden.«

»Und jetzt?«, wollte Stéphanie wissen. »Was machen wir jetzt?«

Perez gab keine Antwort. Seine Gedanken rasten längst weiter. Delhaizes Tochter, Uta, war die Halbschwester von Fabienne. Und Uta war es, die als eine der wenigen Kenntnis von Perez' Ermittlungsarbeit gehabt hatte. Neben seiner Familie und Onkel Luca. Sie hatte also tatsächlich den Finger in seiner Wohnung platziert, war bei ihm eingedrungen, um ihm diese Warnung zu überbringen. Wahrscheinlich steckte sie mit Delhaize unter einer Decke.

»Nun denn«, sagte er nach einer Weile. »Sehen wir mal, wohin uns das alles noch führt. Ich muss los, hab noch was zu erledigen. Ich halte euch auf dem Laufenden.«

»Moment noch!«, rief Jean-Martin.

»Was denn?«

»Ich habe doch auch noch Timis Computer zu Hause.«

»Mach dir darüber keinen Kopf, den bringe ich bei Gelegenheit zurück. Ist im Augenblick nicht unsere größte Sorge.«

»Nein, nein.«

»Was, JeMa? Was möchtest du mir sagen?«

»Perez!«, zischte Stéphanie.

Er nahm wieder Platz. »Ich höre, mein Freund.«

»Auf dem PC befindet sich nichts Konkretes zu dieser *Sanctus Franciscus*, da bin ich mir inzwischen sicher.«

»Du meinst, keinerlei Dokumente? Das ist vermutlich vollkommen normal. Weil es nach meinen Informationen keinerlei Material zu dem Schiff gibt. Es ist so eine Art Geisterschiff. Hat niemals existiert.«

»Aber es ist das Schiff, das Delhaize bergen will.«

»Genau wissen wir das nicht. Er hat eine Bergungsfirma gegründet, das ist im Augenblick alles, was wir definitiv sagen können.«

»Und wahrscheinlich auch Álvarez.«

»Du meinst, auch der will die *Sanctus Franciscus* bergen? Kann sein, kann nicht sein. Die suchen eine *Black Swan*. Alles Irre, wenn ihr mich fragt. Aber, wie gesagt ...«

»Die Bergung verspricht sagenhafte Reichtümer. Und sogar noch mehr.«

»Jean-Martin! Nun mach's mal nicht so spannend. Das bekommt dir nicht. Was ist los?«

»Ich habe sein E-Mail-Konto gehackt.«

»Wessen? Das von Álvarez oder das von Delhaize?«

»Nein!« Er griff sich an den Kopf. »Von Mata. Davon rede ich doch die ganze Zeit. Matas Computer.«

»Et alors?«

»Mata stand in regem E-Mail-Verkehr mit Walter Delhaize.«

»Ach du Scheiße!«, sagte Perez und griff sich in die Locken. »Die beiden kannten sich also auch? Das würde bedeuten, dass Puig auch tief mit drinsteckt, der alte Verbrecher. Sehr gut, JeMa, das ist ein wichtiger Hinweis.«

»Sie schreiben sich immer sehr verklausuliert. Also

nicht so *Black-Swan*-mäßig, sie nennen sie *unser Schiff*. Aber wenn man einmal auf der Fährte ist, versteht man schnell, dass es um eine Bergung geht, draußen beim Canyon Bourcart. Und jetzt kommt der Hammer. Wenn ich das alles richtig verstanden habe, dann hat sich durch einen Zufall ein weiteres Schiff auf *unser Schiff* draufgelegt, im Ersten Weltkrieg.«

»Was sagst du da?«

»Ja, eine *Léon Gambetta*. Daneben gibt es sogar noch eins, die *Ganekogorta-Mendi*.«

»Haltet ihr das für glaubhaft? Ich meine, wie groß ist die Wahrscheinlichkeit für so etwas? Eins zu einer Million?«

»Ist das wichtig?«, fragte Stéphanie.

Perez sah sie an, schüttelte dann den Kopf. »Spürt ihr, der Nebel lichtet sich. Bald verstehen wir die ganze Geschichte.«

»Und dann?«, flüsterte Stéphanie.

»Dann folgt das größte Problem für uns Hobbydetektive, Mademoiselle Finken. Dann muss man die Täter überführen und sie der Polizei übergeben. Und all das ohne jegliche Befugnis. Ich kann ja schlecht bei der Polizei in Belgien anrufen und denen Anweisung erteilen, sich Delhaize vorzuknöpfen. Egal, das ist jetzt noch nicht wichtig, das ist erst der letzte Teil der Arbeit. Ich muss los.«

»In einer Mail stand noch, dass ihnen ein gewisser *P* in die Suppe spucken will ... Aber die war noch ungelesen.«

»Du meinst ...?«

»Das Mailprogramm ist so eingestellt, dass es automatisch alle fünf Minuten nach neuen Mails sucht. Mata hat sie nicht gelesen.«

»Mein Gott. Percz, bist du mit *P* gemeint? Wollen Sie dir was antun?«

»Nein, nein.« Er legte Stéphanie die Hand auf den Unterarm. Und doch ging ihm wieder Uta durch den Kopf. »Das glaube ich nicht. Ich schätze mal, es steht für *Professor* oder für *Pasquier*, was ja dasselbe wäre. Verdammt, Leute, ich muss nachdenken. Wir sehen uns. Danke fürs Essen, Haziem.«

KAPITEL 30

Perez bog von der Départementale ab und hatte Angst, der ohnehin ausgewaschene Weg, der hinunter zu seinem Weinberg führte, könne sich durch die Wetterkapriolen der vergangenen Woche in noch schlechterem Zustand befinden als ohnehin schon. Normalerweise bewältigte der Kangoo die Strecke ohne Probleme, obwohl Perez' Kollegen ihn häufig mit der Klapperkiste aufzogen und ihm ein baldiges Auseinanderbrechen prophezeiten.

Als er jetzt zu Tal holperte, war Perez nahe dran, den Unkenrufen Glauben zu schenken, so sehr wurde er im Inneren des Fahrzeugs durchgerüttelt. Da er aber hier, im Gegensatz zum beunruhigenden Mittelmeer, jeden Stein und jedes Schlagloch seit Urzeiten kannte, blieb er möglichst gelassen. Er überließ sich den Bewegungen, ließ den Wagen seinen eigenen Weg finden und kam sicher ans Ziel.

Unten, vor der Parzelle, die ihm sein persönliches Gold, den *Creus,* Jahr um Jahr bescherte, stellte er den Wagen ab, hob zwei schwere Wackersteine hinter die Räder, damit der Kangoo die steile Auffahrt nicht rückwärts hinabrollte, und öffnete das Gatter zum Weinberg. Unter dem jahrzehntealten Olivenbaum hockte er sich auf das umrundende Mäuerchen.

Kaum hatte seine Kehrseite Kontakt mit dem kühlen Stein, kamen seine Gedanken zur Ruhe.

Die ganze Geschichte, die mit dem toten Professor und dem plötzlichen Auftauchen von Milla Mata im *Conill* vor einer Woche ihren Anfang genommen hatte, fügte sich mehr und mehr zu einem Ganzen. Was zunächst wie die Laune eines gestressten Menschen ausgesehen hatte, der einfach mal wegwollte, wurde immer mehr zu einem weitverzweigten Fall, der erhebliche gesellschaftliche Erschütterungen zur Folge haben konnte. Ein Fall, viel zu groß für einen kleinen Hobbyermittler von der Côte Vermeille.

Eine Erkenntnis, der sich Perez nicht verschloss, gleichzeitig aber sah er keinen Weg, seine bisherigen Ermittlungen so bei Boucher zu platzieren, dass der in der Lage wäre, den Fall in aller Konsequenz abzuschließen. Nein, die richtige Zeit, um die Behörden einzuschalten, war noch nicht gekommen.

Das fehlende Teil im Puzzle trug einen Namen: Timoteo Mata. Was Perez, trotz seines Zugewinns an Wissen, wieder an den Anfang seiner Ermittlungen zurückführte.

Wo steckte Mata? Was war mit ihm, dem kleinen Korn zwischen den großen Mühlrädern namens Álvarez und Delhaize, geschehen? Eine Möglichkeit wollte er unter allen Umständen ausschließen: Matas Tod. Wahrscheinlich hatte Mata sich aus dem Staub gemacht, als ihm die Sache zu heiß oder zu kompliziert wurde. Unter Umständen war er sogar in Fabiennes Tod verstrickt. Doch wohin war er geflohen? Er war nicht der Typ, der sich ins Ausland absetzte. Perez glaubte eher, dass Mata gar nicht im eigentlichen Sinn flüchtig war, er hockte nicht irgendwo anonym in Paris oder war außer Landes, er war bloß untergetaucht, unsichtbar geworden. Wartete irgendwo ganz in der Nähe darauf, dass der Staub sich legte. Oder aber er war verletzt worden und lag in irgendeinem Krankenhaus.

In diesem Augenblick klingelte das Telefon. Lange hörte Perez nur zu, stellte wenige, gezielte Fragen. Alain Pereira hatte erledigt, worum Perez ihn gebeten hatte, er hatte seinen Freund Juan auf den *Shanghai Club* angesprochen und vor wenigen Minuten eine Antwort erhalten.

Juan Calero selbst hatte nichts über die Verbindung von Álvarez zu Delhaize gewusst und deshalb auch keine Kenntnis von dem ominösen Klub an der Pariser Avenue Foch. Aber er hatte sich schlaugemacht, bei einem Mann, der lange Zeit als Privatsekretär für Álvarez gearbeitet hatte und den Großindustriellen besser als viele andere kannte. Was Calero dabei hatte in Erfahrung bringen können, wies exakt in die Richtung, in die auch die Recherchen von Jean-Martin und Stéphanie gedeutet hatten.

»Und dieser Privatsekretär erzählt Juan einfach so mir nichts, dir nichts die Details aus Álvarez' Leben? Und Juan gibt dir das weiter. Was muss ich dazu wissen?«

»Nichts musst du wissen. Glaube mir, das ist besser so. Sagen wir, Juan hat dem Mann zu der Zeit, als wir noch zusammen waren, aus Schwierigkeiten geholfen. Ich war in gewisser Weise daran beteiligt. Heute geht es ihm wieder gut, und er ist immer noch sehr dankbar für unsere Hilfe damals. Mehr nicht dazu.«

Perez akzeptierte und lauschte nun wieder der Geschichte.

Die beiden Industriellen pflegten ein äußerst eigenwilliges Hobby. Ihre Freundschaft hielt sie anscheinend nicht davon ab, sich geschäftlich bis aufs Messer zu bekämpfen. Fair Play, eine Tugend anständiger Kaufleute, galt diesen reichen Männern offenbar als Unwort. Täuschen, foulen, grätschen. Alles, was zum Sieg führte, war erlaubt.

Und der besondere Kick: Bevor sie in den Ring stiegen, wetteten sie. Laut Caleros Quelle handelte es sich dabei um immense Summen. Ging es beispielsweise um Schürfrechte irgendwo in Afrika, wetteten sie darauf, wer den Claim abstecken konnte und die Rechte vom Staat erlangte. War die Wette platziert, bedeutete das gleichzeitig das Ende aller Regeln und den Beginn des obskuren Spiels.

»Wie große Kinder, die nicht wissen, wohin mit ihrer Langeweile«, sagte Alain.

»Und Uta?«, fragte Perez.

Juan habe nichts von alledem gewusst, erklärte Pereira weiter, deshalb habe er auch die ganze Aufregung um die Frau auf der Pressekonferenz zuerst nicht einordnen können. Er kannte weder Delhaize noch dessen Tochter und konnte folglich auch keine Ahnung haben, dass diese nicht von ungefähr dort aufgetaucht war. Erst von Álvarez' Privatsekretär habe er das alles erfahren und auch, dass Uta dem Klub angehörte. Nicht offiziell, weil Frauen auch dort per Statut verboten waren, aber Delhaize ließ sie an seiner Seite mitspielen, wann immer er es für richtig hielt oder Uta sich selbst einbrachte – so genau kannte die Quelle die Interna der Belgier nicht. Und nun witterte man im Umfeld des Spaniers, dass Uta irgendwie auch im Zusammenhang mit dem Anschlag auf Álvarez stehen könnte. Und wenn dem so war, dann vermutlich auch Delhaize selbst.

»Wenn Uta hinter dem Anschlag steckt, was wollte sie dann zuvor noch auf der Pressekonferenz?«, fragte Perez nachdenklich.

»Darüber habe ich auch nachgedacht. Ich kann aber keinen Sinn darin erkennen.«

»Eine Machtdemonstration?«

»Wozu?«

»Um ihm Angst einzujagen? Ich habe keine Ahnung.«

»Gehört vielleicht auch zu diesem seltsamen Spiel?«

»Vielleicht ... Dann hätte sie sich ins Bild geschlichen, an all seinen Sicherheitsleuten vorbei, und wäre verschwunden, bevor sie bemerkt werden konnte. Wenn das so geplant war, dann muss sich Álvarez fürchterlich erschrocken haben, als die Bilder hinterher ausgestrahlt wurden.«

»Wenn er sie gesehen hat, ja. Jedenfalls vermute ich, dass irgendeins ihrer Spiele aus dem Ruder gelaufen ist«, sagte Pereira gegen Ende des Telefonats. »Delhaize ist einen Schritt zu weit gegangen. Kann mir zwar kaum vorstellen, dass Mord auch noch zu den erlaubten Mitteln ihrer Spiele gehört. Schon gar nicht, wenn es sich um sogenannte Freunde handelt. Und doch scheint man dieses Attentat in Álvarez' Umfeld mit Delhaize in Verbindung zu bringen. Seltsamerweise, so Juans Quelle, wurde die Polizei nicht über diesbezügliche Vermutungen in Kenntnis gesetzt. Spricht eher für die These, oder?«

»Ja«, bestätigte Perez. »Da ist etwas aus dem Ruder gelaufen. Aber keineswegs erst kürzlich. Sondern unter Umständen bereits im Jahre 2001! ... Damals könnte etwas passiert sein, dessen Auswirkungen wir gerade erleben. Du hast die Bilder des Anschlags auf Álvarez doch auch gesehen und erinnerst dich sicher an das Graffito auf der Terrasse? Die Zahl? 2001! Ich habe dieselbe Jahreszahl als Tattoo auf Utas Unterarm gesehen, das kann kein Zufall sein. Ich brauche noch ein paar weitere Informationen zu Uta Delhaize oder Uta Benoit oder wie immer sie heißt. Zu ihr und der Beziehung zu ihrem Vater.«

»Und wie willst du das anstellen?«

»Ich kenne da jemanden ...«

KAPITEL 31

Perez tippte Bouchers Nummer.

»Monsieur le Commissaire, vertrauen Sie mir eigentlich?«, sagte er anstelle einer Begrüßung.

»Perez«, stieß der Elsässer aus, als störe ihn seine Schwiegermutter. Freude hörte sich definitiv anders an.

»Genau! Ich bin's.«

»Was wollen Sie? Wissen Sie denn nicht, was hier los ist?«

»Also? Vertrauen, ja oder nein?«

Ein Knurren reichte Perez als Antwort.

»Ich bitte Sie, etwas für mich zu erledigen, ohne dass ich Ihnen im Augenblick näher erläutern kann, was dahintersteckt.«

Das Knurren wurde lauter.

»Kommen Sie. Ich werde Ihnen später alles haarklein erklären, versprochen. Im Augenblick reicht es völlig, wenn Sie sich an unseren letzten Fall erinnern. Und da vor allem an eine Sache: Perez braucht kein Lob und keine positive Erwähnung. Mich gibt es eigentlich gar nicht. Sie hingegen, Monsieur le Commissaire, ihr Licht wird heller strahlen als tausend Sonnen.«

Das unmittelbar darauf einsetzende Geräusch entstammte eher dem Tierreich und machte deutlich, dass Perez nun besser zur Sache kommen sollte.

»Würden Sie für mich noch mal mit Ihren belgischen Kollegen telefonieren?«

Perez war sich sicher, dass sein Gegenüber mit diesem Ansinnen am allerwenigsten gerechnet hatte. Zeit für eine angemessene Reaktion ließ er dem Kommissar nicht.

»Bitte fragen Sie Ihre Kollegen nach einer gewissen Uta. Nachname entweder Benoit ... Was sagen Sie? ... Ja, genau, wie Fabienne Benoit. Die beiden sind Schwestern, genauer gesagt Halbschwestern. Ich habe Grund zu der Annahme, dass Delhaize ihr leiblicher Vater ist. Madame Benoit beging wohl während ihrer Ehe einen folgenschweren Seitensprung. Oder aber es war eine nicht ganz so freiwillige sexuelle Vereinigung, wenn Sie verstehen, was ich meine.«

Am anderen Ende der Leitung verlegte Boucher sich nunmehr aufs Schnaufen.

»Bitte tun Sie es, es ist von großer Bedeutung ... Und Ihr Schaden wird es nicht sein. Bitte vertrauen Sie mir auch in diesem Fall, bislang haben Sie damit keine schlechten Erfahrungen gemacht. Also, tun Sie es? ... Ich danke Ihnen ... Nein, nein. Sie erreichen mich rund um die Uhr. Danke, Boucher. Und nochmals, es wird nicht zu Ihrem Nachteil sein. Was Sie bei diesem Anruf erfahren werden, könnte Ihr Blut ganz schön in Wallung bringen, wenn ich nicht ganz falschliege! ... Hallo? ... Boucher ... Ich kann Sie nicht mehr hören. Die Verbindung ...« Perez drückte auf das Symbol mit dem roten Hörer und lächelte. »Du machst das schon, mein Lieber.«

Nach einem letzten Blick über das glitzernde Meer verließ er den Weinberg und fuhr zurück nach Banyuls. Gleich am Ortseingang stellte er den Wagen ab. Ein weiterer Besuch bei Hervé Delgado sollte ihm noch mehr Informationen zu Professor Abel Pasquier bringen. Vielleicht stand das *P* in der E-Mail tatsächlich für den Professor. Und wenn sein Tod auch noch in irgendeinem Zusammenhang mit dem der echten Fabienne stünde, dann hätte dieser Fall ein umso größeres Ausmaß. Noch gab es dafür keinen Beweis, aber Perez spürte dieses Grummeln im Bauch, und das war ausnahmsweise kein Zeichen von Hunger.

Der Einlass ins Aquarium verlief wie bei seinem Besuch in der vergangenen Woche. Wieder ließ ihn die Bleistift-Dame vom Empfang zappeln, nicht ohne ihn erneut von oben bis unten gemustert zu haben. Wieder waren die Büros gut geheizt, weshalb auch Delgados Sekretärin wieder in einem unverschämten Stück Stoff steckte.

Perez ließ alle Anmeldeformalitäten stoisch über sich ergehen, kam dann aber, als er endlich vor Delgado saß, unmittelbar zur Sache.

»Pass auf«, sagte er, »ich bin wegen des verrückten Professors hier. Erzähl mir alles, was du über ihn weißt. Privates und Berufliches, ganz egal.«

»Weshalb sollte ich?«, fragte Delgado bockig.

»Weil ich sonst dem Direktor, einem persönlichen Freund von mir, davon erzählen werde, wie freizügig du mit internen Personaldetails um dich schmeißt. Oder glaubst du, ich hätte ein Recht gehabt, in Matas Büro vorzudringen und mich dort ungestört umzusehen? Also mach schon, ich hab's eilig.«

Man sah, wie es hinter Delgados Stirn arbeitete.

»Wie sieht es denn überhaupt mit Mata aus?«, fragte er, um Zeit zu gewinnen.

»Delgado! Beantworte meine Fragen. Ich bin nicht zum Plaudern hier. Also, Pasquier, seine Tochter, seine Frau, alles, was du über ihn weißt. In knapper Form.«

Delgado goss sich umständlich Wasser ins Glas, Perez rückte näher an den Schreibtisch. Endlich fand Delgado seine Sprache wieder.

Perez lauschte, stellte ab und an Zwischenfragen, um die Richtung des Gesprächs zu ändern. Was er erfuhr, war für seine Ermittlungen unbedeutend. Details zur Erkrankung der Tochter, Details zu den Anschuldigungen, die der Professor gegen die Ärzteschaft erhoben hatte, Details über dessen Zustand nach dem Tod der eigenen Frau.

Den Abstecher hätte er sich sparen können.

Als Perez sich Richtung Tür bewegte, rief Delgado ihm hinterher:

»Ich sagte dir doch neulich, dass wir gegen Mata wegen der Fehlbestände bei den Sprengmitteln vorgehen.«

Perez drehte sich noch einmal um. »Ich erinnere mich.«

»Das war nicht die ganze Wahrheit. Tatsache ist, ich wäre ihn gerne los. Mata ist ein Störfaktor, meckert an allen Entscheidungen rum, ist unfähig, im Team zu arbeiten, und kocht ständig sein eigenes Süppchen. So was kann ich nicht gebrauchen und auch nicht dulden.«

»Und dafür schiebst du ihm einen Diebstahl in die Schuhe? Eine völlig aus der Luft gegriffene Behauptung?« Perez war aufgebracht. Welch eine dreiste Ungerechtigkeit.

»Nicht völlig aus der Luft gegriffen. Der Sprengstoff fehlt tatsächlich, das ist Fakt! Wenn aber Mata ihn nicht geklaut hat, und dafür spricht inzwischen einiges, dann kann es nur der Professor gewesen sein, das wollte ich dir sagen.«

Perez stellten sich die Nackenhaare auf. Ein Film startete vor seinem geistigen Auge. Dem Streifen fehlten noch einige Szenen, aber was er sah, war bereits jetzt ungeheuerlich genug.

»Sollte ich die Reputation eines so verdienten Mannes kaputt machen?«, hörte Perez in seinem Rücken, während er auf die Aufzüge zustrebte. Er hatte keine Zeit für Delgados Notlage, ihm war schwindelig.

Pasquier hatte nicht gewollt, dass Schiffe vom Meeresboden gehoben wurden. Fabienne Benoit war auf See umgekommen, so wie es aussah, durch eine Explosion. Durch Sprengstoff, den Abel Pasquier, *le savant fou*, aus den Beständen des *Arago* geklaut haben könnte. Den zerfetzten Körper von Fabienne hatte irgendwer so ins Meer geschmissen, dass ihn verschiedene Strömungen über die Küste verteilt hatten. Dazu kam noch Timis Verschwinden, der Anschlag auf Álvarez, der Finger auf Perez' Nachttisch, der inzwischen vakuumiert im Kühlschrank des *Conill* lag. Und Uta, sein One-Night-Stand. Wozu war diese Frau fähig? Sie war ihm innerlich zerrissen vorgekommen, wenn er genau darüber nachdachte, auf eine eigenartige Weise bedürftig. Aber hatte er tatsächlich mit einer Mörderin geschlafen? Ihm graute bei dem Gedanken.

Was, verdammt noch mal, war da draußen wirklich geschehen?

Perez brauchte Nahrung und Ruhe zum Nachdenken. Essen und Wein und etwas Schlaf, um morgen, gleich nach dem Frühstück, mit voller Kraft weiterzuermitteln.

Dumm nur, dass für all diese Bedürfnisse im Augenblick keine Zeit blieb. Seine Unruhe war größer als sein Hunger, was höchst selten vorkam.

KAPITEL 32

Es war bereits dunkel, als Perez den Wagen in Port-Vendres abstellte. Die letzten Meter des Chemin de la Mirande ging er zu Fuß, vorbei am Leuchtturm La Redoute du Fanal bis zum Wendehammer oberhalb des Hafengeländes. Er wusste, dass Puig Kameras in seiner Toreinfahrt platziert hatte. Sie übertrugen jede Art von Bewegung auf dem kleinen Platz ins Innere der Festung. Deshalb, und auch weil er vor einiger Zeit im *Catalan* ein Gespräch belauscht hatte, in dem ein Forstarbeiter der Gemeinde behauptete, von einem Ort oberhalb des Hauses gesehen zu haben, wie Puig sich mit einer Frau vergnügt hatte, schlug er sich in die Macchia, die den ansteigenden Hang bis hinauf zu den hässlichen Sendemasten überzog.

Während das Gestrüpp ihm die Beine zerkratzte, fluchte er leise vor sich hin. Oberhalb des weitläufigen Anwesens verharrte er, um Luft zu schnappen. Zu Fuß gehen gut und schön, aber einen Berg erklimmen, das ging doch entschieden zu weit. Natürlich hätte er klingeln und darauf vertrauen können, dass der Alte ihn reinließ. Was aber, wenn Puig sich über seine Ermittlungsergebnisse lustig machen sollte, wenn er einfach alles abstritt? Er hatte bloß eine Indizienkette und sein Bauchgefühl, Beweise hatte er keine.

Als Perez an dem Ort stand, den der Forstarbeiter beschrieben hatte, sah er dessen Ausführungen bestätigt. Er hatte von seinem Standpunkt aus tatsächlich einen exquisiten Einblick in alle zur Rückseite gelegenen Fenster des Obergeschosses. Leider waren diese im Augenblick entweder dunkel oder durch Vorhänge vor neugierigen Blicken geschützt.

Er kämpfte sich den Hang wieder hinunter, bis er die das Anwesen schützende Mauer erreichte. Inzwischen hatten sich seine Augen so weit an die Dunkelheit gewöhnt, dass er seine Umgebung einigermaßen klar wahrnahm. Der Dreiviertelmond unterstützte ihn mit fahlem Winterlicht.

Hier unten machte Perez eine unerwartete Entdeckung: eine kleine, extrem schmale Tür. Nahezu unsichtbar, weil sie bündig in die Außenmauer eingepasst, fugenlos und in der gleichen Farbe gestrichen war wie die Mauer selbst. Ein Fluchtweg. Warum sonst würde man einen Durchlass so schmal konzipieren? Falls der Alte doch mal vor der Staatsmacht flüchten musste und man ihm den Weg übers Meer versperrte – Puig hatte einen eigenen Anleger in der Bucht zu Füßen seines Adlerhorstes, den man über eine in den Stein gehauene Treppe erreichte –, konnte er durch diese sehr gut getarnte Tür entkommen. Von hier aus über den Hügel auf die andere Seite. Dort existierte ein zugewachsener Pfad, den nur noch wenige kannten. Über diesen gelangte man in eine weitere kleine Bucht, die allgemein als nur von See aus erreichbar galt. Ein Teil des alten Schmugglerpfads, der entlang der gesamten Küste verlief, den heute aber nur noch kannte, wessen Familientradition eng mit den Schmugglern vergangener Tage verknüpft war.

Perez erschrak. Die Stahltür gab auf Druck sofort nach und öffnete sich ohne das geringste Geräusch. Darauf war er nicht vorbereitet gewesen. Er sah sich nach allen Seiten hin um, bevor er sich durch die schmale Öffnung zwängte.

Ohne Schwierigkeit war er ins Innere der Festung gelangt – welch eine Nachlässigkeit von Puig. Oder war es Absicht, dass die Tür nicht verschlossen war?

Langsam bewegte er sich zur östlichen Ecke des Hauses und achtete dabei auf jeden seiner Schritte. Er befand sich jetzt im Rücken des großen Rolltors zum Wendehammer und damit auch im Rücken der Kameras. Er hoffte, es möge keine weitere elektronische Überwachung auf dem Gelände geben.

In diesem Augenblick bangen Hoffens kündigte eine Vibration in der Hosentasche an, dass jeden Moment sein Handy losbellen würde. Und zwar im Wortsinn, seit Stéphanie ihm diesen kläffenden Schäferhund als Klingelton eingestellt hatte.

Intuitiv tat Perez zweierlei. Zum einen rannte er zurück in Richtung Tür, zum anderen nahm er das Gespräch an, ohne dass er hätte sprechen können.

Erst draußen riss er das Handy ans Ohr und hechelte seinen Namen.

»Boucher, sind Sie wahnsinnig?«, flüsterte er atemlos, nachdem er den Anrufer identifiziert hatte. »Bleiben Sie dran, verflucht.«

Er jagte den Hang hinauf, bis er sicher sein konnte, von niemandem gehört zu werden. Ohne Rücksicht auf seine Kleidung zu nehmen, ließ er sich auf den Hintern fallen und schnappte gierig nach Luft.

»Okay«, keuchte er nach einer Weile ins Telefon.

»Wo zum Teufel stecken Sie? Sie haben gesagt, Sie seien Tag und Nacht erreichbar. Es ist gerade einmal halb neun. Und was um alles in der Welt keuchen Sie denn so? Sie sind doch nicht ...«

»Was gibt es?«

»Das sollte ich Sie wohl besser fragen.«

»Verstehe! Sie haben mit Brüssel gesprochen.«

»Die Kollegen haben mich ausgefragt wie einen Schwerverbrecher, das war nicht schön, Perez. Gar nicht schön.«

»Und?«

»Und? Und? Ich habe denen alles von der toten Taucherin erzählt, was glauben Sie denn? Das heißt alles, was ich darüber weiß. Am liebsten hätte ich die Belgier gleich an Sie verwiesen.« Jetzt klang der Elsässer ein wenig verschnupft. »In diesem Drei-Länder-Fall scheinen Sie ohnehin der Einzige zu sein, der einen Überblick hat ... ihn aber für sich behält.«

Den letzten Satz hatte er beinahe geschrien. Perez hielt das Telefon ein Stück von seinem Ohr entfernt, blieb jedoch ruhig. Seine Lungen hatten sich inzwischen wieder mit Luft gefüllt. Recht hast du, dachte er bloß. So wird das nichts mit Europa.

»Also?«, fragte er knapp.

»Es gibt tatsächlich eine Frau mit Namen Uta Delhaize. Eine uneheliche Tochter des Industriellen. Allerdings eine, die er nie verleugnet hat. Was wohl seine Frau dazu sagt? ... Seltsam, diese Reichen. Wenn *ich* mit so was ankäme ... Nun, früher waren Vater und Tochter ein Herz und eine Seele – erzählt man sich.«

»Früher?«, fragte Perez neugierig.

»Dem Vernehmen nach stand der Alte ihr näher als seinen ehelichen Kindern. Dann aber ist wohl irgendwas Schlimmes vorgefallen ...«

»Weiß man Genaueres?«

»Nun, aus den Äußerungen der Kollegen kann man den Schluss ziehen, dass es sich um einen Übergriff des Vaters handelte. Sie wissen schon. Es muss so schwerwiegend gewesen sein, dass Uta den alten Delhaize angezeigt hat. So schwerwiegend, dass sie, nachdem die Justiz daraufhin zwar Ermittlungen aufgenommen, Delhaize aber nicht vor Gericht gebracht hatte, dem Vater gedroht haben soll, ihn zu töten.«

»Das haben sie gesagt?«

»Nicht direkt ...«

»Ist ja schrecklich. Weiß man, wo sie sich aufhält?«

»Aber das ist es ja gerade, Perez. Darum waren die Kollegen ja so in Aufruhr, als ich sie mit dem Namen konfrontiert habe. Die Frau ist vor einigen Wochen aus einer psychiatrischen Anstalt entflohen. Na ja, was heißt entflohen. Sie ist schon vor längerer Zeit aus der Geschlossenen in eine offene Behandlung entlassen worden. Aber ebendort meldet sie sich seit Wochen nicht mehr.«

Perez wurde erst heiß, dann schlagartig eiskalt. »Weiter«, hauchte er.

»Nun fürchtet man offenbar, sie könne ihre Drohung von damals wahr machen. Man bezichtigte sie bereits eines Versuchs. Sie soll dem Alten schon einmal Gift ins Essen gemischt haben. Deshalb wurde sie in die Psychiatrie verfrachtet, nachdem sie von einem Gericht für temporär nicht zurechnungsfähig erklärt worden war. Gift, Perez. Das ist 'ne verdammte Horrorgeschichte.

»Wann war das, diese ...«

»Mitte 2001.«

»Ja, das dachte ich mir schon.«

»Wie bitte? Woher ...?«

»Und jetzt ist sie also abgehauen«, unterbrach Perez den Elsässer.

»Sag ich doch. In Belgien hätte der Fall sicher ganz schön Staub aufgewirbelt, wenn er an die Öffentlichkeit gelangt wäre. Ist er aber nicht. Der Grund für Uta Delhaizes Inhaftierung gefällt den Kollegen vor Ort wohl nicht besonders. Es gibt einige, die erhebliche Zweifel an der Gift-Geschichte hegen. Und auch an der nachfolgenden medizinischen Untersuchung und der Unterbringung in der Geschlossenen. Die Möglichkeiten von Delhaize scheinen unbegrenzt zu sein. Seine Verbindungen, das ist ja klar bei all der Kohle, reichen bis in die höchsten Kreise der Politik, aber auch in die Justiz. Das zumindest hat mir der Kollege erzählt, und er klang dabei ziemlich verbittert. Man kann sich denken, wie wütend er und seine Leute sind. Aber was willst du als kleiner Beamter machen? Die da oben ziehen dich einfach von 'nem Fall ab, wenn's ihnen beliebt. Ich hab's am eigenen Leib erlebt. Damals in Straßburg ...«

»Ich weiß, Kommissar, ich kenne die Geschichte. Sagen Sie, Sie haben doch schon einmal mit den Brüsseler Kollegen telefoniert. Damals klang das alles noch anders, sehr viel freundlicher. Delhaize, der gute und großherzige Bürger, die Stütze der Gesellschaft ...«

»Ein anderer Kollege und eine andere Abteilung. Öffentlichkeitsarbeit – die färben alles schön.«

Für einen Moment herrschte Stille zwischen den Männern. »Was würden Sie sagen«, hob Perez erneut an, »wenn ich Ihnen erzählte, dass ich Uta Delhaize vor einer Woche im Haus ihrer Halbschwester Fabienne oben in La Vall gesehen habe und dass sie mir alles andere als verrückt vorkam?«

»Perez!« Bouchers Stimme überschlug sich. »Sie kommen jetzt sofort zu mir ins Büro. Unmittelbar, verstehen Sie? Perez ... Perez?«

Perez legte auf.

KAPITEL 33

Perez kletterte erneut den Hang hinab und zwängte sich lautlos durch das schmale Tor. Er stieg die Stufen zu der ausladenden Terrasse hinunter, die den vorderen Teil des Hauses umgab. Aus dem Wohnzimmer fiel Licht, gerade so viel, dass man die Umrisse des Geländers erkennen konnte. Dahinter ging es steil in die Tiefe. Die Lage des Hauses war einzigartig an der Côte.

Doch Perez hatte momentan keinen Sinn für die Schönheit des Ortes. Er drückte sich an die Mauer und linste vorsichtig um die Ecke. Von seinem Standpunkt aus konnte er nicht den ganzen Raum überblicken. Was er sah, war Puig, der mit dem Rücken zu ihm vor dem Schreibtisch stand und in Papieren wühlte. An die beiden Dobermänner, die jeden zerfleischen würden, der sich ungebeten Zutritt verschaffte, erinnerte sich Perez erst in dem Augenblick wieder, als er sie entdeckte. Sofort sank seine Entschlossenheit gegen null. Konnten Hunde eigentlich durch Mauern hindurch Witterung aufnehmen? Ferdinand hieß der eine, auch daran erinnerte er sich jetzt wieder. Noch lagen er und sein Zwillingsbruder friedlich zu Füßen ihres Herrchens.

Schnell zog Perez den Kopf wieder zurück.

Er entschied sich, das Haus auf der anderen Seite zu umrunden. Kaum hatte er drei Schritte getan, als er über ein Hindernis stolperte. Bruchteile von Sekunden später schlug er hart auf den Beton auf. Aus Angst, die Hunde könnten den Krach gehört haben, hielt er die Luft an. Erst als sich nichts regte, traute er sich weiterzuatmen.

Mit dem Atmen kam der Schmerz. Er rappelte sich auf und sah nach, worüber er gestürzt war. Eine Holzleiter, kaum zu erkennen bei diesen Lichtverhältnissen.

Er war mit dem Kinn aufgeschlagen und mit dem rechten Knie. Vorsichtig zog er das Knie zur Brust, was schmerzte. Er streckte das Bein aus, auch das tat ziemlich weh. Dann griff er sich ans Kinn. Sofort überzog eine klebrige Flüssigkeit seine Handfläche, er blutete.

»Nicht mit mir«, grummelte er, während er ein Taschentuch auf die Wunde presste.

Entschlossen stand er auf, versicherte sich noch einmal, dass sein Handy nun auch tatsächlich auf lautlos gestellt war, und wuchtete die Leiter hoch. Er lehnte sie gegen die Regenrinne des überstehenden Flachdachs und kletterte hinauf. Mit einem Satz, den er sich selbst nicht zugetraut hätte, landete er auf dem Vordach, das die gesamte hintere Haushälfte vor Regen oder Sonne schützte.

Wie in windstarken Gebieten üblich, wurden auch an der Côte Vermeille die Dachziegel in ein Mörtelbett verlegt. Dieser Umstand ermöglichte Perez einen guten Stand und leichtes Vorankommen. Gebückt hoppelte er von Fenster zu Fenster, stets bemüht hineinzuspähen. Hinter drei Scheiben herrschte völlige Finsternis. Die beiden letzten Fenster in der Reihe waren erleuchtet. Und er hatte Glück: Zwar waren die Gardinen zugezogen, blickdicht waren sie aus der Nähe jedoch nicht.

Der erste Raum, ein gewöhnliches Schlafzimmer, war leer. Aufgrund der spärlichen, man könnte sagen, lieblosen Möblierung vermutete Perez, dass es sich bei dem Raum um ein Gästezimmer handelte. Aber es war belegt, wie ein aufgeklappter Koffer auf dem Bett nahelegte. Perez schlich weiter.

Das Eckzimmer dominierte ein professionelles Krankenbett, das man in einem Privathaus nicht unbedingt vermutet hätte. Könnte der Raum von Puigs sechsundneunzigjähriger Mutter sein?, dachte Perez. Andererseits hatte er gehört, die alte Dame sei noch sehr gut zu Fuß.

Ein hübsch anzusehender Rücken verdeckte die Person, die hier gepflegt wurde. Er gehörte einer Blondine, die ganz und gar nicht wie eine Krankenschwester aussah. Was nicht allein an der fehlenden Schwesterntracht lag. Ihr gegenüber saß ein Mann auf dem Bettrand, der ein Stethoskop um den Hals trug. Er war damit beschäftigt, eine Blutdruckmanschette in seinem Arztkoffer zu verstauen.

In diesem Augenblick stand die Blondine auf und gab den Blick frei auf die Person im Krankenbett. Perez' Augen weiteten sich. Nach einem Moment der Schockstarre nickte er grimmig. Jetzt bestand kein Grund mehr, den Paten von Port-Vendres noch länger zu verschonen.

KAPITEL 34

Perez hätte sich beim Anschlagen der Hunde vor Angst fast in die Hose gemacht, hätte ihn nicht der gefährliche Ausdruck auf Puigs Gesicht noch mehr verängstigt. Im Blick des Alten lag mehr als bloße Verachtung, Perez erkannte eine unkontrollierbare Wut auf den Eindringling, fast schon Hass. Perez hatte ihm in den vergangenen eineinhalb Jahren einiges zugemutet und Anteil daran gehabt, dass ein millionenschwerer Immobiliendeal für Puig geplatzt war.

»Verschwinde! Sofort!«, bellte der Alte.

Die ins Schloss krachende Tür nahm Kontakt mit Perez' Nasenspitze auf. Er schreckte zurück, legte aber mitten in den Nachhall dieser Ablehnung schon wieder den Finger auf den Klingelknopf. Sollten die hässlichen Köter ihn doch zerfleischen. Er hatte nicht alles durchgestanden, was er in den vergangenen zehn Tagen erlebt, getan und herausgefunden hatte, er war nicht auf die Schnauze gefallen und blutete jetzt an Kinn und Knie, nur um unverrichteter Dinge wieder abzuziehen.

Als sich die Tür nach einer gefühlten Ewigkeit erneut öffnete, hob Perez zu einer Erwiderung an, stoppte aber, noch bevor die erste Silbe seine Lippen verlassen konnte. Ihm gegenüber stand nicht etwa Puig, sondern die Blondine, die er am Krankenbett gesehen hatte.

Sie taxierten einander wortlos.

Sicher fragte sie sich, was diese derangierte Kreatur von Puig wollte und warum dieser nicht kurzen Prozess mit ihr gemacht hatte.

Perez seinerseits fragte sich, in welchem Verhältnis die etwa Vierzigjährige mit dem runden Gesicht und den asymmetrischen Ohren zu Puig stehen mochte. War sie seine neue Freundin? Obwohl ... Perez wusste, dass der Alte seine Liebschaften niemals in sein Haus einlud, auch wenn der Forstbeamte anderes gesehen haben wollte. Puig hatte viele Liebschaften, aber zu diesem Zweck unterhielt er eigens ein Liebesnest oberhalb von Port-Vendres. Rücksicht auf die strengen Sittenregeln von Mutter Puig, die mit ihm im Haus wohnte, waren der Grund dafür.

War es also keine Freundin, ersetzte die Frau unter Umständen Puigs letzten Bodyguard, einen Koloss namens Momo, mit Hawaiihemden, Cargohosen und einer bürstenartigen Frisur, der zusammen mit seinem Zwillingsbruder Momoko im Fall der Immobilienmillionen, die Puig entgangen waren, eine entscheidende Rolle gespielt hatte.

»Ich würde gerne Monsieur Puig sprechen«, sagte er und setzte ein Sonntagslächeln auf. Fromm und unschuldig.

»Will er dich nicht sehen.«

Osteuropäerin, schloss Perez messerscharf. Das *e* klang nach nach einem Umlaut, die Satzstellung verdichtete den Verdacht. Allerdings gab ihre Herkunft keinen Hinweis auf ihre Funktion innerhalb des Puig-Imperiums.

»Vielleicht sagen Sie ihm, dass er sich besser anhört, was ich zu sagen habe. Ich habe – und bitte richten Sie es ihm genau so aus – nur zwei mögliche Ansprechpartner für das, was mir auf der Seele brennt. Meinen guten Freund Francesc oder den fürchterlich anstrengenden Commissaire Boucher. Und ich hasse die Polizei, das müssen Sie ...«

Wieder knallte die Tür mit Wucht ins Schloss.

Gerade wollte er erneut klingeln, als die Tür wie von Geisterhand wieder aufflog. Perez zögerte kurz, trat dann aber entschlossen über die Schwelle. Er hatte nun die Hunde vor sich und Olga – wie er sie gerade getauft hatte – in seinem Rücken. Ein Zurück gab es nicht mehr.

Er versuchte sich an einem Pokerface und schritt mit Todesverachtung direkt auf die Dobermänner zu. Jeder Schritt, den er näher kam, erhöhte ihren Unmut. Kurz bevor er sie erreichte, fletschten sie zusätzlich zu ihrem bedrohlichen Knurren die Zähne.

»Aus!«, ertönte es sehr zu seiner Erleichterung in diesem Moment aus der offen stehenden Tür zum Salon. Sofort verschwanden die prachtvollen Wächter ins Innere. Perez folgte, mit Olga dicht auf den Fersen.

»Puig, mein Freund!« Er verordnete sich bedingungslose Offensive. »Selten war ein Empfang herzlicher.«

Der Alte stand mit einem Cognacschwenker in der Hand vor der riesigen Panoramascheibe und sah hinaus in die Nacht.

»Was ist aus Momo geworden? Bin überrascht, dass die Frau Mama sich auf einen weiblichen Sheriff im Haus eingelassen hat. Obwohl, wahrscheinlich ist sie, wie Momo damals, bloß wieder deine Privatsekretärin. Ist sie gut in Steno?«

Mit diesen Worten ließ sich Perez in die tiefen Polster der Sofalandschaft fallen.

»Sehr bequem«, seufzte er, als stünde ein Herren-abend mit Zigarren, Whiskey und ein paar Videos an. »Falls du dich übrigens wundern solltest, wie ich auf dein Grundstück gelangt bin ... Nun, es ist so: Ich ging spazieren. Weißt du, seit Neuestem trainiere ich ein we-nig. Meine kleine Stéphanie wünscht sich, mit mir auf den Canigou zu steigen. Perez auf dem heiligen Berg ... Kannst du dir das vorstellen, Fran? Natürlich habe ich versucht, es ihr auszureden. Aber du weißt ja, wie die Gö-ren sind. Haben sie sich erst mal etwas in den Kopf ge-setzt, bringt sie nichts und niemand mehr davon ab. Na ja, die Kleine hat keinen Vater. Und üblicherweise gehen ja die Väter mit ihren Kindern zumindest einmal im Le-ben am Johannistag auf den Berg, um das Feuer zu ent-zünden. Na, jedenfalls absolvierte ich drüben auf der an-deren Seite des Hügels mein Training, als mir plötzlich in den Sinn kam, dass ich dich besuchen könnte. Mir ging nämlich, während ich so vor mich hin schwitzte, etwas durch den Kopf. Besser gesagt, ich hatte da plötzlich so eine Art Erleuchtung in dem Fall, an dem ich gerade ar-beite. Und du spielst dabei eine zentrale Rolle. Komisch, nicht wahr? Das Schicksal ist ein unberechenbarer Ge-sell. Ich also hoch auf den Hügel und auf der anderen Seite wieder runter und da stehe ich plötzlich vor diesem nahezu unsichtbaren Törchen ...«

Puig drehte sich mit einer schnellen Drehung zu ihm um. Seine Wut schien ins Unermessliche gewachsen.

»Ich drücke dagegen, und es gibt doch tatsächlich nach. Gibt es einen Grund dafür, dass du es offen lässt? Ich halte das für nicht allzu optimal – rein aus Sicherheitsgründen. Oder erwartest du nächtlichen Besuch?«

»Mutter«, knurrte der Alte, holte einmal tief Luft und schüttelte mit zusammengepressten Lippen den Kopf. »Hatte ich dir nicht gesagt, Olga, dass du immer hinter ihr kontrollieren sollst? Sie sucht auf dem Hügel irgendwelche Kräuter ...«, fügte er als Erklärung an. »Also schön, Perez. Was genau willst du schon wieder von mir?«

Perez war noch dabei, sich über seine hellseherischen Fähigkeiten in Bezug auf den Namen der Sekretärin zu wundern, kam aber der Aufforderung sogleich mit dem nötigen Ernst nach.

»Setz dich, Fran. Die Geschichte, die ich dir erzählen möchte, kann eine Weile dauern.«

Er wartete, bis der Alte sich gesetzt hatte, räusperte sich, hätte gerne eine Zigarette geraucht, legte dann aber endlich los.

»Damit wir gut in die Geschichte reinkommen, solltest du dir vor deinem geistigen Auge ein paar Personen vorstellen:

Da ist zum einen ein armer Taucher, der aufgrund intensiver Recherchen und großer Besessenheit auf die Koordinaten eines vor langer Zeit gesunkenen Schiffs gestoßen ist. Ein Wrack, auf dem legendäre Schätze vermutet werden. Ein Umstand, der den armen Taucher, sollte ihm die Bergung gelingen, auf einen Schlag von allen Sorgen befreien würde.

Als zweite Person haben wir einen emeritierten Professor, der überall als Koryphäe der Unterwasserarchäologie geachtet, aber auch ein bisschen gefürchtet wird. Weil er nämlich einen Spleen hat. Eigentlich ist auch er besessen. Davon nämlich, alle Dinge unter Wasser für immer an ihrem Platz zu belassen. Sein Hauptargument: Hebt man ein gesunkenes Schiff, begeht man Frevel, weil man genau genommen einen Friedhof schändet. So in der Art jedenfalls. Der Professor sieht die gesunkenen Schiffe in erster Linie nicht als Schatztruhen, sondern als letzte Ruhestätte ertrunkener Seeleute.

So weit alles klar? Gut.

Person zwei ist nun leider auch in den Besitz besagter Koordinaten gelangt, frag mich nicht, wie, aber nimm es einfach mal als gegeben hin.

Noch eine Nebenbemerkung: Person eins und Person zwei kennen einander seit Jahren, sie waren sogar mal so etwas wie Arbeitskollegen.

Okay. Person Nummer drei kommt ins Spiel. Du passt doch gut auf, mein lieber Francesc? Bei Nummer drei handelt es sich um einen Industriellen aus Belgien. Einen Mann, der so reich ist, dass ihn sein Leben langweilt, und der folglich ständig auf der Suche ist, ihm etwas Pfeffer zu verleihen. Auch er ein Besessener. Mehr noch: Er liebt es, besessen zu sein. Laufend gründet er neue Unternehmen, von denen er sich neue Kicks erhofft. Leider sind nahezu alle seine Neugründungen erfolgreich. Und du ahnst, was kommt: Auf Dauer ist ständiger Erfolg auch wieder langweilig. Vorbei der Kick, also schnell etwas Neues, etwas mit noch mehr Thrill. Den versprach sich Person Nummer drei letztens von der Gründung eines Unternehmens, das auf das Aufspüren von Unterwasserschätzen spezialisiert ist. Genau genommen gründete er dieses Unternehmen nur, um einen Konkurrenten zu ärgern, einen Spanier, der wie er sein Geld an den Internationalen Märkten verdient.

Du hast aufgepasst, Francesc? Jaaaa, ich sehe es in deinen Augen.

Dieser Konkurrent, der Spanier, du ahnst es längst, ist unsere Nummer vier!

Diese beiden, also Nummer drei und vier, sind schon an vielen Orten der Welt und auf ebenso vielen Geschäftsfeldern aneinandergeraten. Noch verrückter: Sie suchen dieses Aufeinandertreffen, quasi als offenen Kampf. Und um den Wahnsinn zu komplettieren, wetten sie auch noch auf den Ausgang ihrer verrückten Kämpfe. Krank, oder?

Sag mal, Fran, kann ich vielleicht etwas zu trinken bekommen? Mein Hals ist schon ganz trocken vom vielen Quatschen. Du weißt ja, dass ich sonst eher der verschlossene Typ bin. Aber du musst schon zugeben, dass das eine tolle Geschichte werden kann, nicht wahr?«

Puig machte keine Anstalten, Perez' Wunsch nachzukommen. Auch auf eine Antwort wartete Perez vergebens. Selbst tätig zu werden war angesichts der beiden Hunde, die Puig einrahmten, keine Option. Also fuhr er mit trockenem Mund fort.

»Ach ja, ich habe noch etwas vergessen: Der Spanier, also unsere Nummer vier, liebt den Kampf ebenso wie die Nummer drei, sie sind vom gleichen Schlag, wie man so schön sagt. Das musst du wissen, damit diese Wetten einen Sinn ergeben.

Na schön, bevor ich nun zu Person Nummer fünf komme, noch einige Querverbindungen:

Der arme Taucher – Person eins – ist irgendwie in Kontakt gekommen mit Person drei, dem reichen Belgier. Leider hat die Eins einen Fehler begangen, indem sie dem Belgier vom Fund erzählt hat. Dieser – ein Spieler, du erinnerst dich – wittert eine Chance, seinem reichen Gegenspieler aus Spanien in die Suppe zu spucken.

Denn der, das habe ich vergessen zu erwähnen, betreibt ebenfalls eine Firma zur Hebung von Unterwasserschätzen. Also!« Perez klatschte in die Hände. »Ring frei für die nächste Runde. Person Nummer fünf betritt das Spielfeld: eine uneheliche Tochter des Belgiers. Vor langer langer Zeit war sie einmal Papas Liebling. Vielleicht ... Wie soll ich das formulieren ... Vielleicht ein wenig zu sehr Liebling. Na, du weißt schon. Das muss so um das Jahr 2001 herum gewesen sein. Der Vorfall, meine ich, denn kurz darauf hat sie sich mit ihm überworfen. Und wie es der Teufel so will, mein lieber Fran, ist dieses geschändete Geschöpf doch tatsächlich die Schwester der Frau, die die große Liebe unseres kleinen Tauchers ist. Das heißt, sie war es, denn des Tauchers große Liebe starb vor Kurzem, kam ums Leben bei einem Sprengstoffunfall, einem Sprengstoffattentat, was weiß ich, jedenfalls war Sprengstoff im Spiel.

Da fällt mir gerade ein, Francesc, irgendwie scheint immer Dynamit im Spiel zu sein, wenn ich dich hier aufsuche, du erinnerst dich an unseren letzten Fall. Nun, das tut wahrscheinlich nichts zur Sache.

Viel wichtiger: Die beiden Schwestern liebten einander sehr. Verdammt ...« Perez tippte sich an den Kopf. »Nun habe ich doch tatsächlich vergessen, dem Explosionsopfer, also der Schwester unserer Nummer fünf, selbst eine Nummer zu geben. So komplex, das alles, ich sag's dir, so komplex. Wo war ich stehen geblieben? Sie haben sich geliebt, die beiden Schwestern. So sehr, dass die eine, also unsere Nummer fünf, aus der Psychiatrie flüchtet, als sie vom Tod der anderen erfährt. Dorthin hatte man sie gegen ihren Willen und vielleicht auch gegen gültiges Recht gebracht. Sie macht sich aus dem Staub, um Rache zu nehmen. Nun aber endlich zur letzten entscheidenden Person.«

Perez machte eine Pause. Las er Puigs Körpersprache richtig, blieb ihm für seine Ausführungen nur noch wenig Zeit. Er schluckte und fuhr fort.

»Da gibt es einen Mann in Port-Vendres, den macht der Belgier, unsere Nummer drei, zum alleinigen Geschäftsführer der Schatzsucherfirma ...«

»Jetzt ist Schluss«, brüllte Puig so laut, dass die Hunde ohrenbetäubend anschlugen. Perez riss die Arme vors Gesicht und zog die Beine an.

KAPITEL 35

Als er vorsichtig durch die Finger blinzelte, stand Puig tatsächlich direkt über ihm. Schnell schloss er die Augen wieder. Er wusste für den Moment tatsächlich nicht, ob Puig auf ihn losgehen würde.

»Marianne und zwei weitere Personen sind auf exakt demselben Stand wie ich«, rief er, während er die Arme sinken ließ. Angriff war seine einzige Waffe. »Es nützt gar nichts, mir etwas anzutun. Melde ich mich nicht stündlich per SMS zurück, rückt Boucher an. Francesc, man kann alles regeln. Und Timoteo wäre nicht einverstanden, wenn du seinem alten Freund etwas antust. Ich weiß, dass er oben liegt. Er sieht fürchterlich aus. Wie schwer sind seine Verletzungen tatsächlich?«

Seine Intuition rettete ihn wieder einmal aus der brenzligen Situation. Puigs Blick verriet jetzt Unsicherheit. Auch weil man nie sicher sein konnte, ob Perez nur bluffte oder die Wahrheit sprach.

Puigs Impuls, Perez zu attackieren, führte zu keiner Handlung. Perez bemerkte, wie der Alte plötzlich nicht mehr ihn fokussierte, sondern über seine Schulter hinweg in Richtung Flur starrte. Er rappelte sich aus den Kissen hoch und sah nach, was den Alten derart irritierte.

Auf zwei Krücken, ein Bein eingegipst, den Kopf mit

Mullbinde umwickelt, die freien Stellen durch Hämatome entstellt, stand dort, bedrohlich schwankend, Timoteo Mata. Im ersten Augenblick wusste Perez nicht, ob ihn Timis Auftauchen freuen oder ob er der angestauten Wut erlauben sollte, sich Bahn zu brechen.

Noch bevor einer der Männer ein Wort sagen konnte, eilte Olga mit einem Rollstuhl herbei und bugsierte Mata hinein. Im Hintergrund sah Perez Docteur Brossard, den Arzt aus Banyuls, in gebückter Haltung davonhuschen. Er hoffte wohl, unbemerkt verschwinden zu können.

Die exakten, wie einstudiert wirkenden Bewegungen Olgas legten die Vermutung nahe, dass sie Ähnliches bereits zuvor gemacht hatte.

»Sie sind doch nicht etwa Krankenschwester?«, sagte Perez.

Eine Antwort erhielt er nicht. Dafür erfuhr er, dass die Mumie sprechen konnte. Allerdings musste man sich anstrengen, um Timis Worte zu verstehen. Wahrscheinlich waren nicht nur Knochen gebrochen, sondern auch einige Zähne auf der Strecke geblieben.

»Du hast gut ermittelt«, krächzte das, was früher einmal Timoteo Mata gewesen war.

Auf Puig wirkte dieser erste Satz wie ein Wachmacher, er stieg wieder ins Geschehen ein.

»Setzen wir uns«, sagte er, dabei war er der Einzige, der stand. »Schieb Timi rüber«, forderte er Olga auf. »Und du, Perez, sagst mir zuallererst mal, woher du wusstest, dass Timi sich hier bei mir befindet!«

»Ich sag dir mal, was hier zuallererst geschieht: Zuallererst schickst du deine zwei Köter Gassi. Vielleicht kann Olga das übernehmen? Olga, würden Sie ... Und dann gibst du mir endlich was zu trinken. Früher warst du ein anständiger Gastgeber.«

»Bedien dich«, brummte der Alte.

Perez tat, wie ihm geheißen, er goss sich Pernod über ein paar Eiswürfel, kein Wasser.

»Also schön«, sagte er nach dem ersten Schluck. »Auf der Fahrt raus zur *Álvarez I.* hast du dich mehr als einmal verraten. Man braucht kein Detektiv zu sein, du bist einfach ein miserabler Schauspieler. Ich habe dich sofort durchschaut, mein Freund, Pereira ebenso, und selbst die Kleine hat hinterher gefragt, weshalb du so komisch reagiert hast. Zum ersten Mal hast du dich bei der Nennung der Koordinaten verraten. Du kanntest sie. Und nicht mal einer wie du weiß sofort, wenn ein paar Zahlen genannt werden, wo genau der Spot liegt. Und auch als ich den abgerissenen Arm erwähnte und die restliche Leiche, warst du nicht eben locker. Du vergisst immer wieder, wie lange wir uns schon kennen. Aber selbst wenn du dich nicht durch dein Verhalten verraten hättest, wäre ich zwangsläufig irgendwann bei dir gelandet. Mata ...«, er stockte und sah seinem alten Schulfreund kopfschüttelnd in die Augen. »Ihm musste etwas zugestoßen sein«, fuhr er dann fort. »Das war ja wohl klar. Wenn nicht, hätte er seine Tochter doch längst kontaktiert und ich wäre nie ins Spiel gekommen. Die Arme ist verrückt vor Sorge um ihren Vater. Also fragte ich mich, wo er sich wohl verstecken mochte, hier unten an der Côte? Zuerst bin ich nicht darauf gekommen, aber nach und nach kamst nur noch du infrage. Ihr kennt euch, du bist der Präsident des Verbands der Berufstaucher und sein Mentor. Also entweder, ich würde ihn bei dir finden, oder meine Möglichkeiten hätten sich erschöpft. Ich hab's einfach versucht. Aber es ergab alles Sinn. Du würdest Timi nicht rausschmeißen, nicht, wenn es nach einem lukrativen Geschäft riecht, dabei kannst du einfach nicht widerstehen. Der Rest war vergleichsweise einfach. Ich hab draußen eine Leiter gefunden, bin auf dein Vordach gestiegen und habe Olga, Docteur Brossard und Timi im Krankenzimmer gesehen. Wie eben erwähnt, am Schutz deines Hauses musst du arbeiten. Denk dir nur, da käme einer, der es nicht so gut mit dir meint wie ich ...«

»Hör endlich auf mit dieser Samariterscheiße!«, brüllte der Alte. Irgendwo im Haus bellten die Dobermänner. »Weißt du eigentlich, wie sehr du nerven kannst? Deine dämliche Geschichte – Person eins, zwei, drei ... Was für eine Kacke!«

»Lass Francesc aus dem Spiel«, krächzte es aus dem Rollstuhl. Perez konnte Timi kaum ansehen. »Ohne ihn wäre ich jetzt tot.«

»Das sagst du, weil er dein Präsident ist – Berufstaucherehre ...«

»Halt die Fresse!«, stieß Puig aus.

»Bitte«, sagte Timi leise. »Es ist wahr. Wir kennen uns seit ewigen Zeiten. Wie du gesagt hast, Fran ist eine Art Mentor für mich, mehr noch, er ist mein Freund. Deshalb bin ich zu ihm gegangen, um ihn ins Vertrauen zu ziehen. Die Sache war zu groß für mich, das habe ich schließlich eingesehen. Ich brauchte Geld, viel Geld, und wollte Fran überzeugen, bei mir einzusteigen.«

»Das hast du doch wahrscheinlich sehr gern getan, nicht, Fran?«

Der Alte antwortete nicht.

»Nein«, sagte Timi an seiner statt. »Francesc hatte kein Interesse, weitere Firmen zu gründen. Aber er schlug mir stattdessen vor, mich mit einem potenziellen Investor zusammenzubringen.«

»Delhaize!«

»Ja«, krächzte die Mumie.

»Da hörst du es«, sagte Puig. »Ich habe nichts mit der ganzen Sache zu tun. Du liegst falsch, Perez. Ich wollte Timi helfen, das ist alles. Für neue Geschäfte bin ich nämlich zu alt. Ich wusste, dass der Belgier viel Geld und viel Interesse an spannenden Projekten hat. Und dass er sich sehr für Unterwassersport begeistert. Die beiden haben miteinander verhandelt, ich hatte nicht das Geringste damit zu tun.«

»Ach ja?«

»Hör endlich auf ... Sie haben sich schließlich geeinigt. Timi hat eingeschlagen, aber nur unter der Voraussetzung, dass er selbst Herr des Verfahrens bleibt und dem Belgier nicht die Koordinaten preisgeben muss. Das war ihm wichtig. Ich habe ihn gewarnt, dass ein Geschäft, das er nicht kontrolliert, nicht zu Delhaize passt ... Egal, man kann Geschehenes nicht rückgängig machen.« Er nahm einen Schluck aus seinem abermals aufgefüllten Cognacschwenker. »Und so kam es dann leider. Delhaize wollte die volle Kontrolle. Deshalb ließ er Timi beobachten, das haben wir aber erst später herausgefunden.«

»Von wem?«, wollte Perez wissen.

»Er hat Leute«, war Puigs Antwort. »Zunächst lief alles rund. Timi stellte die Bedingungen, und Delhaize ging darauf ein. Unter der Voraussetzung, dass auch seine Bedingung erfüllt würde. Er wollte, dass seine Beteiligung, also de facto sein Alleinbesitz der Firma, erst bekannt würde, wenn das Schiff geborgen wäre. Zwar hätte man den eigentlichen Eigentümer jederzeit per Handelsregister ausfindig machen können, aber das war ihm anscheinend egal, oder er hat auch da Vorsorge getroffen. Die Firma ist auf den Caymans registriert. Für die Öffentlichkeit wollte er in jedem Fall unsichtbar bleiben.«

»Um Álvarez unerkannt angreifen zu können.«

»Möglich. Jedenfalls brauchte er einen Strohmann. Und das sollte, so seine Bedingung, ich sein.«

»Aber du warst ja raus, oder hat er dich überredet?«

»Hat mir ein fürstliches Salär geboten, im Grunde fürs Nichtstun. Ich meine, wie hättest du dich entschieden? Viel Geld in kurzer Zeit ohne eigenes Risiko. So ein Deal kommt nicht jede Woche um die Ecke. Dafür ist man nie zu alt.«

Perez legte die Stirn in Falten.

»Was?«

»Ach nichts. Ihr seid euch also einig geworden, habt die neue Firma gegründet und die Verhandlungen mit der Regierung aufgenommen. Hast du das gemacht?«

»Perez, von großen Geschäften verstehst du nichts.«

»Das ist keine adäquate Antwort auf meine Frage.«

»Leck mich.«

»Mal noch 'ne Frage: Die *Sanctus Franciscus* ist doch bloß das baugleiche Schwesterschiff der *Santa Maria*. Gebaut, um von dieser abzulenken. Das heißt doch wohl, dass sich auf der *Sanctus Franciscus* keine Schätze befinden, sondern nur auf der *Santa Maria*. Und an der ist Álvarez dran. Was wollt ihr also mit dem Kahn?«

»Ach Perez, das mit dem Doppelgänger ist doch Unsinn. Da unten liegt nur ein einziges Wrack von Wert, die

Santa Maria. Bei Alvarez heißt sie *Black Swan,* bei Timi *Sanctus Franciscus.*«

»Was für eine Geschichte«, stöhnte Perez.

»Na schön, ist für mich nicht wichtig. Sag mal, könnte Olga vielleicht Kaffee machen? War ein harter Tag.«

Puig verließ den Raum.

»Wie ging's dann weiter?«, fragte Perez an Timi gewandt, nachdem der Alte verschwunden war.

»Es war schrecklich ...«

Timi kamen die Tränen. Perez hatte Mitleid. Er stand auf und ging zu Timi rüber.

»Tut mir leid, Timi. Bitte beruhige dich doch wieder.«

Er spürte, wie Timis Hand nach der seinen suchte. Sie war kalt wie die einer Leiche. Er drückte sie sanft. Nun hatte auch er einen Kloß im Hals.

»Was ist denn hier los?« Puig war zurück mit einer Tasse Kaffee in der Hand.

»Timi wollte mir gerade erzählen, wie's weiterging.«

»Lass ihn in Ruhe, das wühlt ihn alles zu sehr auf. Ich erzähl's dir. Unser Problem begann, als Timi Fabienne von seinem neuen Geschäftspartner erzählte, was er streng genommen, laut Vereinbarung, gar nicht gedurft hätte. Und vielleicht wäre alles nicht so gekommen, wenn er sich daran gehalten hätte ... hat er aber nicht. Er hatte natürlich keine Ahnung, dass dieser Delhaize der leibliche Vater von Fabis Schwester ist. Fabienne war außer sich und bestand darauf, dass Timi die Kooperation mit Delhaize sofort kündigen solle. Als er nicht umgehend zustimmte, informierte sie ihre Schwester über diese Entwicklung. Die büxte daraufhin aus der Psychiatrie aus und stand keine zwei Tage später vor der Tür des Hauses in La Vall.«

»Stimmt es, was man sagt? Delhaize hat sich an Uta vergangen? Und um die ganze Sache unter den Teppich zu kehren, hat man Uta aus dem Verkehr gezogen?«

»Die beiden Frauen haben zusammen auf mich eingeredet.« Timi hatte sich wieder gefangen, schien aber die Frage nicht gehört zu haben oder nicht beantworten zu wollen. »Sie haben mir klargemacht, dass es nicht in Ordnung wäre, ausgerechnet mit Delhaize gemeinsame Sache zu machen. Am Ende musste ich mich entscheiden: Wollte ich den Schatz heben oder mit Fabienne zusammen sein. Ich traf mich also mit Delhaize und bat ihn, den Vertrag aufzulösen. Er wollte nichts davon hören.«

»War extrem aggressiv«, sagte Puig.

»Wir haben uns angeschrien. Ich drohte, ihm niemals die Koordinaten zu überlassen. Er sagte, er habe sie längst, weil er mich von Anfang an observiert hätte. Ich hatte nicht das Geringste davon bemerkt. Er meinte, ich könne gerne aussteigen, aber die *Sanctus Franciscus* gehöre nun ihm und seinem Team.«

»Wie hast du das Schiff eigentlich gefunden?«

»Lange Geschichte! Das *Arago* hat vor einigen Jahren eine Reihe von Expeditionen in den Canyons durchgeführt. Ich war einer der Taucher, der Einzige, der alle drei Canyons betaucht hat. Eines Tages, ich untersuchte gerade die Fauna rund um die gesunkene *Léon Gambetta*, entdeckte ich einen eigenartig geformten Haufen Muscheln und wollte ihn etwas genauer untersuchen. Zu meiner Überraschung stellte ich fest, dass es keinesfalls Muscheln waren, sondern von Korallen überwachsene Goldmünzen, fast versteinert. Ich habe ein Stück davon ausgebrochen und geborgen. Später, zu Hause, habe ich eine Münze freigelegt und untersucht. Es war ein spanischer Taler, eine Acht-Reales-Münze, viel zu alt, um von der *Léon Gambetta*, die ja im Zweiten Weltkrieg gesunken ist, zu stammen. Danach habe ich die Geschichte mühsam Steinchen um Steinchen recherchiert, bis mir allmählich dämmerte, dass dort noch ein weiteres Schiff liegen musste und dass es eventuell die sagenumwobene *Sanctus Franciscus* sein könnte. Ein unglaublicher Zufall, die *Gambetta* hatte sich exakt auf die völlig unter Korallen begrabene *Sanctus Franciscus* gelegt. Ich war ihr so lange auf der Spur gewesen, aber gefunden habe ich sie nicht durch meine Recherchen, sondern durch einen blöden Zufall. Verrückt!«

Perez gingen die ganzen Pseudonyme auf die Nerven. Er fand diese Art Versteckspiel kindisch. Trotzdem verzichtete er auf wiederholte Richtigstellung, es gab im Augenblick weiß Gott Wichtigeres.

»Ich dachte, die Canyons sind so tief, dass man da nichts bergen kann? Jedenfalls nicht ohne Tauchroboter.«

»Sind sie auch. Aber die *Gambetta* liegt auf einer Art Hochplateau und somit auch die *Sanctus*. Genau bei siebenundvierzigeinhalb Meter. Kein Problem für einen erfahrenen Taucher.«

»Die Canyons sind doch sicher ein beliebtes Revier für Hobbytaucher. Und über all die Jahre hinweg soll niemand sonst entdeckt haben, was du entdeckt hast?«

»Der *Canyon Bourcart* liegt viel zu weit draußen. Da kommen nicht viele Tauchboote hin. Dauert zu lange und wäre somit zu teuer. Die Wracktaucher fahren maximal bis zum ersten der drei Canyons, dort liegt unter anderem die *Estérel*. Und wenn sie doch weiter rausfahren, dann schweben sie bei fast fünfzig Metern Tiefe über der *Gambetta,* machen Fotos von sich und den Überresten und haben im Nu die Flasche leer. Man braucht mehr als bloß Erfahrung, um ein Wrack wie die *Sanctus Franciscus* aufzuspüren. Auch eine Portion Glück gehört dazu. Die alten Schiffe waren keine Stahlboote, sondern Holzschiffe, man braucht ein gutes Auge, um sie überhaupt noch als Schiff identifizieren zu können. Hinzu kommt, dass man niemals ein zweites Boot unter einem ersten vermuten würde.«

»Mich hat Delhaize übrigens auch zwingen wollen, Timi zur Räson zu bringen«, fiel Puig ein. Offensichtlich wollte er das Gespräch von dem Wrack weglenken. »Ich habe ihm klipp und klar gesagt, dass ich Timi unterstütze und er meinen Vertrag auflösen soll, wenn Timi nicht mehr an Bord ist. Kein Mata, kein Puig.«

»Wie hat er reagiert?«

»Unnachgiebig. Er hat mir sogar gedroht, mir, Francesc Puig.«

Ja, dachte Perez, du bist nur so lange wichtig, bis ein noch viel Wichtigerer kommt. »Und was geschah dann? Wie kam es zu der Explosion, und was für eine Rolle spielt der Professor in eurem Spiel?«

»Viele Fragen, Perez, zu viele, wenn du mich fragst.«

»Lass mal, Francesc«, fiel ihm Mata ins Wort. »Die Schwestern bestanden auf einer einzigen Sache: dass wir nichts mit Delhaize machen! Ich wollte ihm aber die *Sanctus* nicht einfach so überlassen. Drei Jahre Arbeit und Schätze von unvorstellbarem Wert!«

»Der klassische Konflikt: Liebe gegen Gier.«

»Für mich gab es nie eine Wahl für oder gegen Fabienne.«

Timi verstummte, wieder liefen ihm Tränen über die Wangen. Puig ging zu ihm, gab ihm ein Taschentuch und drückte seine Hand. Er füllte ein Glas mit Wasser und hielt es ihm hin.

»Ich erzähl's dir«, sagte der Alte, während Timi trank. Eine Art Resignation schwang in seiner Stimme mit. »Uta hatte schließlich die völlig verrückte Idee, das Wrack zu sprengen. So könnte man zumindest verhindern, dass Delhaize Timis Arbeit stahl, meinte sie. Sie haben ellenlang darüber diskutiert, kannst du dir ja vorstellen. Ich habe mich übrigens, bevor du wieder schlecht über mich redest, völlig rausgehalten. Jedenfalls hat Timi schließlich eingewilligt. Fabi ist ... Fabi war die Liebe seines Lebens, so sehr, dass er dafür sogar den Schatz opfern wollte. Ich fand das Irrsinn, muss aber zugeben, dass es mich gerührt hat. Ein Mann, der zu seiner Familie steht, ist ein Mann nach meinem Geschmack!«

»Lass das«, sagte Perez. »Mach einfach weiter.«

»Vor einiger Zeit hatte Timi den Professor dabei beobachtet, wie er Dynamit im *Arago* klaute. Also rief er, nachdem die Entscheidung gefallen war, den *savant fou* an, um ihm von dem Plan zu erzählen. Unnötig zu erwähnen, dass der direkt Feuer und Flamme war. Lieber sprengen als bergen, ein Irrer! So gelangten sie an die Munition.«

»Das hättest du leichter haben können, Timi«, sagte Perez. »Dein Freund Francesc ist geradezu ein Spezialist, der kann Sprengstoff besorgen. Ist so, oder, Fran?«

»Er wollte nichts damit zu tun haben«, entgegnete Timi schwach. »Bitte glaube ihm, er hat nichts Unrechtes getan.«

Perez dachte gar nicht daran, den Alten freizusprechen, auch wenn in diesem Fall wenig auf eine Mitschuld hindeutete. »Also seid ihr mit dem Sprengstoff raus zur *Sanctus Franciscus* gefahren und dort kam es zum Unfall.«

»Die beiden Frauen, Timi und der Verrückte, bei Nacht – ein völliger Irrsinn. Ohne mich einzuweihen. Hätte ich gewusst, was daraus wird, hätte ich es selbst erledigt. Dann wäre Fabi noch am Leben. Aber diese Amateure haben's vermasselt. Sie wollten den Sprengstoff über der *Gambetta* abwerfen. So viel, dass alles da unten zerstört würde. Abwerfen! Mit einem Aufschlagzünder! Den Fehler begehen nicht einmal Anfänger.«

Die Idiotie dieser Aktion verstand sogar Perez, ohne je wie Puig beim Militär als Sprengstoffexperte gedient zu haben.

»Aber warum Fabienne?«

»Fabienne ging zuerst von Bord«, sagte Timi leise. »Ich hatte Probleme mit meinem Kompass. Als ich endlich ins Wasser sprang, explodierte der Sprengstoff unter mir ...«

»Irgendwas muss bei Fabienne schiefgegangen sein«, sagte Puig. »Was genau, wissen wir nicht. Die Aktion war so ... naiv und ungeplant. Außerdem waren sie alle besoffen. Sie hatten sich Mut angetrunken ... ein Wahnsinn.« Der Alte schüttelte den Kopf, als könne er das Ausmaß der Dummheit noch immer nicht fassen.

»Nur Sekunden später schoss Fabiennes Körper an mir vorbei«, flüsterte Timi.

»Timi hatte riesiges Glück, die Druckwelle hat ihn zwar erreicht, aber Gott sei Dank ist zumindest ihm nicht mehr passiert als das, was du vor dir siehst.«

»War Fabienne sofort tot?«

»Wir haben an Bord alles versucht, um sie wiederzubeleben, aber ohne Erfolg«, sagte Timi tonlos. »Ihr Arm fehlte. Uta suchte mit dem Bordscheinwerfer danach, fand einen Finger, den Arm aber nicht. Wir funkten Puig an, damit er die Sanitäter rufen konnte. Es dauerte viel zu lange. Der Canyon ist so weit draußen ...«

Perez schwieg betreten.

»Timi wollte nicht wahrhaben, dass Fabi spätestens irgendwo auf dem Weg zurück an Land gestorben war. Kaum hatten sie angelegt, rannte er mit Fabienne auf dem Arm und trotz seiner eigenen Verletzungen die Stufen hinauf. Dabei ist er gestolpert und mit ihr drei Meter tief auf den Strand gefallen. Er verlor das Bewusstsein. Ein Wunder, dass er überlebt hat.«

»Perez. Sag ihm, er soll mir erzählen, was sie mit Fabiennes Leiche gemacht haben. Wo sie ...« Timis Stimme versagte.

Perez und Puig versuchten ihn zu trösten und sahen einander fragend an.

»Na sag schon«, sagte Perez laut, ohne zu wissen, wozu er Puig aufforderte. »Du siehst doch, wie er leidet.«

»Na schön«, sagte Puig. Er holte tief Luft. »Sie war tot, als ihr hier ankamt, Timi. Da war nichts mehr zu machen, verstehst du? Sie war es schon, als sie aus dem Wasser hochschoss, davon bin ich überzeugt. Deshalb hatte ich erst gar keine Sanitäter gerufen. Schließlich musste in dem ganzen Chaos einer einen klaren Kopf behalten. Sanitäter hätten auch gleich Polizei bedeutet. Das will keiner von uns.«

»Also kamst du auf die Idee, ihren Körper vor Cadaqués ins Meer zu werfen«, sagte Perez. Er hatte inzwischen verstanden, dass Timi dieser Teil der Geschichte von Puig vorenthalten worden war. Wahrscheinlich hatte Puig ihn damit verschonen wollen, bis er wieder vollständig genesen war. »Ich verstehe bloß nicht, warum?«

»Bitte sag mir, dass das nicht wahr ist«, flüsterte Timi flehentlich.

»Das war nicht ich, Timi, es war die Idee des Professors. Mann, der war wirklich irre. Dachte sich, so könne man auch Álvarez stoppen, zumindest behindern. Man würde die Tote unmittelbar mit den Bergungsschiffen dort drüben in Verbindung bringen, meinte er. Und das hat ja auch geklappt.«

»Und du warst damit einverstanden?«

»Ehrlich gesagt war ich ausreichend beschäftigt, Timi zu versorgen, Brossard zu verständigen und mich um Uta zu kümmern.«

»Ein ziemlich perfider Plan für einen Typen, dem die Toten angeblich heilig sind. Fabiennes Körper zu benutzen, um sein Ziel zu erreichen – ekelhaft. Wie ging's dann weiter?«

»So genau weiß ich es nicht. Ich habe mich wie gesagt um Timi gekümmert, habe Brossard ins Vertrauen gezogen und am nächsten Tag Olga eingestellt. Mehr konnte ich nicht tun.«

»Und wer weiß sonst noch davon?«

»Uta ist tatsächlich die Einzige.«

»Uta! Wo steckt die überhaupt?«

»Keine Ahnung. Zunächst hing sie völlig in den Seilen, und dann ist sie plötzlich zusammen mit dem Professor hier raus. Hab sie seitdem weder gesehen noch von ihr gehört.«

Perez tigerte im Wohnzimmer auf und ab. Puig versorgte Mata erneut mit Wasser. Schließlich ließ Perez sich wieder aufs Sofa fallen und erzählte den beiden vom Klub der Milliardäre und kam zurück auf das Verbrechen, das Delhaize an seiner eigenen Tochter verübt haben sollte.

»Das stimmt nicht«, fiel Timi an dieser Stelle ein. »Soweit ich weiß, war es nicht Delhaize, sondern einer seiner reichen Freunde. Während einer Party geriet alles außer Kontrolle. Jedenfalls behauptet Uta seit diesem Tag, Álvarez habe sie vergewaltigt. Ihr Vater weigerte sich, die Geschichte zu glauben, und auch, die Polizei zu verständigen. Stattdessen setzten sie Uta dermaßen unter Druck, dass sie zunächst Angst hatte, ihrerseits die Polizei einzuschalten. Ich kenne keine Details, das ist der grobe Ablauf der Ereignisse, wie Fabienne ihn mir erzählt hat. Uta war lange in Therapie. Eines Tages rief sie Fabi an und sagte, dass sie nun bereit sei, gegen ihren Stiefvater vorzugehen. Ich dachte noch: Wie komisch! Sie will gegen Delhaize vorgehen, nicht aber gegen Álvarez ...«

»Das ist gar nicht komisch«, unterbrach Perez. »Ihr Stiefvater hat sie verraten, indem er nicht zu ihr gehalten hat. Ich kann sie verstehen. Ein Vater muss zu seiner Tochter halten, unter allen Umständen! Außerdem hatte sie vielleicht schon damals einen anderen Plan, wie sie mit Álvarez abrechnen wollte. Und den hat sie vor zwei Tagen in die Tat umgesetzt.«

Perez fischte seine Zigaretten aus der Tasche und ging auf die Terrassentür zu.

»Du kannst drinnen rauchen«, hörte er Puig hinter sich sagen. »Glaubst du tatsächlich, dass sie es war, die den Anschlag auf ihn verübt hat?«

»Die Indizien sind erdrückend. Und ihr habt wirklich keine Ahnung, wo sie sich aufhalten könnte?« Beide schüttelten den Kopf. Perez zündete die Zigarette an und nahm einen tiefen Zug. Sie schmeckte ihm nicht. Er suchte nach einem Aschenbecher und drückte sie aus. »Und der Professor? Welche Rolle spielte er im Fortgang der Ereignisse?«

»Wie schon gesagt, die beiden sind zusammen verschwunden. Irgendwie hatte ich das Gefühl, sie führen etwas im Schilde ...«

»Was könnte das gewesen sein?«

»Ich weiß es nicht.«

Der Abend dauerte noch lang. Sie diskutierten, besprachen bestimmte Ereignisse aus verschiedenen Perspektiven, gaben einander nach und nach ihre Geheimnisse preis. Immer wieder kamen sie zurück auf den Professor, auf Delhaize, den mit dem Tod ringenden Álvarez und natürlich auf Uta.

Puig hatte endlich doch noch die Gastgeberrolle übernommen, etwas Salami aufgeschnitten und Wein aufgezogen, und als Perez das Haus schließlich am frühen Morgen verließ, war er angetrunken. Doch sein Kopf war klar.

»Puig«, hatte er noch in der Tür stehend gesagt, »kann ich mich in dieser Sache voll und ganz auf dich verlassen?«

Der Alte hatte genickt, und zum ersten Mal seit Jahren hatte Perez den Eindruck gehabt, ihm trauen zu können.

»Dann wirst du gleich morgen früh Delhaize anrufen und ihm Folgendes sagen ...«

KAPITEL 36

Die Nacht war wolkenverhangen. Der Treffpunkt hätte nicht schlechter gewählt sein können. Am frühen Nachmittag war eine Nebelbank aufgezogen, hatte sich über den Coll de les Portes gelegt und sowohl das Fort als auch den Leuchtturm auf dem Cap Béar verschluckt. Doch genau dort, unterhalb des Leuchtturms, hatten Puig und Delhaize ihr Treffen vereinbart. Genauer gesagt, Puig hatte die Anweisung erhalten, sich dort um Punkt neun Uhr abends einzufinden. Und zwar allein. Bis zu dieser Vereinbarung hatte sich der Alte, wenn auch mit leichtem Widerwillen, an Perez' Drehbuch gehalten.

Am Morgen nach Perez' Besuch hatte Puig brav zum Hörer gegriffen und Delhaize angerufen, das Gespräch war binnen kürzester Zeit eskaliert.

»Du weißt so gut wie ich«, hatte der Alte begonnen, »dass deine Tochter Uta auf Álvarez geschossen hat. Wir beide kennen ihr ungewöhnliches Tattoo und haben das Graffito auf der Terrasse, von der aus auf den Spanier geschossen wurde, gesehen. Ich frage mich, wie du damit umgehst? Es ist doch wohl klar, dass dieser Tötungsversuch auch eine direkte Warnung an deine Adresse ist. Du bist als Nächster dran. Ich kenne die ganzen Zusammenhänge, Walter. Und ich weiß über die Avenue Foch Bescheid, über euren feinen Milliardärsklub.«

Sie ergingen sich in gegenseitigen Beschimpfungen und Drohungen.

»Uta hat mir auch gedroht, weil ich angeblich mit dir unter einer Decke stecke. Und das eine kann ich dir sagen, ich habe ihr dabei in die Augen gesehen. Deine Tochter kann einem echt Angst machen, verrückt ist die, total irre. Wir müssen sie stoppen, und das können wir nur gemeinsam«, insistierte Puig.

Endlich hatte er die volle Aufmerksamkeit des Belgiers. Genau wie Perez es vorausgesagt hatte.

»Und wie stellst du dir das vor?«, hörte er Delhaize fragen.

»Ich weiß, wo sie sich versteckt hält.«

»Wo?«, bellte Delhaize.

»Immer mit der Ruhe. Du erfährst es unter einer Bedingung: Du musst persönlich hier unten erscheinen, allein. Mit einer notariellen Beglaubigung im Gepäck, die besagt, dass ich nicht länger der Geschäftsführer dieser Firma bin.«

»Das ist alles?« Ein hartes Lachen dröhnte aus dem Telefon.

»Fast. Eine eidesstattliche Erklärung, ebenfalls notariell beglaubigt, dass wir uns niemals persönlich begegnet sind. Du übergibst mir das Dokument, dafür zeige ich dir das Versteck deiner Tochter. Danach will ich nie wieder etwas von dir hören. Und ich will auch nicht wissen, was du mit ihr machst, klar? Wir haben uns nie gekannt oder persönlich gesehen.«

»Und Mata?«, fragte Delhaize.

Puig zählte in Gedanken bis fünf, bevor er mit trauriger

Stimme sagte: »Der ist gestern Nacht seinen Verletzungen erlegen.«

»Ich brauche vierundzwanzig Stunden. Wir treffen uns übermorgen um Punkt neun am Cap Béar, direkt beim Leuchtturm.«

Perez wusste nicht, was Puig sich eigentlich vorgestellt hatte, als sie den Plan entwickelt hatten. Aber natürlich war das der Moment gewesen, an dem die Polizei hinzugezogen werden musste. Und ebenso natürlich war allein Boucher die Person, die Perez ins Vertrauen zu ziehen beabsichtigte. Schließlich hatten sie schon einmal eine vergleichsweise heikle und nicht ganz legale Aktion erfolgreich durchgeführt. Aber Puig, der alte Starrkopf, hatte sich ab der ersten Erwähnung Bouchers verweigert. Was auch immer Perez ins Feld führte, der Alte blieb bei seinem Standpunkt, niemals mit der Polizei zusammenzuarbeiten.

Mit dieser schweren Bürde war Perez schließlich zu Boucher aufs Präsidium gefahren. Nach dem üblichen Gezeter hatte der Elsässer ihm brav zugehört, nicht schlecht gestaunt über das, was Perez als Privatmann herauszufinden in der Lage gewesen war, und unter wüsten Beschimpfungen, gehörigem Wehklagen und weiteren Verrenkungen schließlich zugestimmt, die Sache gemeinsam zu Ende zu bringen.

»Ich sehe nur eine Möglichkeit«, sagte Boucher schließlich. »Wenn sich Ihr Bekannter, wie Sie ihn nennen, weigert, dann müssen Sie selbst Delhaize gegenübertreten. Eine Ausrede, warum sie an seiner statt dort sind, wird uns schon noch einfallen.«

»Ich?« Perez verschluckte sich an dem Kaffee aus Bouchers neuer Maschine. »Sind Sie verrückt? Wenn der Belgier mich nicht umbringt, zerren Sie mich hinterher als Zeuge vor Gericht. Auf keinen Fall. Halten Sie mich für einen Kollaborateur?«

»Dann weiß ich nicht, wie wir die Sache zu Ende bringen sollen. Wir müssten diese Uta finden, was im Augenblick bereits zwei Länder versuchen. Ich habe keine Kenntnis darüber, wie weit die Spanier sind. *Wir* haben jedenfalls nicht den geringsten Ermittlungserfolg vorzuweisen. Und selbst wenn wir diese Uta festnehmen könnten, wäre noch lange nicht sicher, ob sie gegen ihren Vater oder Álvarez aussagen würde. Mensch, Perez, die Geschichte ist aber auch so was von unappetitlich ...«

»Machen Sie es doch!«

»Ich bin die Polizei.«

»Wenn Sie die Uniform ablegen, sind Sie einfach ein Typ, der geschickt wurde, weil der, den Delhaize eigentlich erwartet – also Puig –, sagen wir mal, eine Kontaktallergie entwickelt hat. Und Sie sind Profi. Denken Sie sich was aus, wie Sie den Mann zu einem Geständnis bringen können. Dann nehmen Sie ihn fest.«

»Und dann? Widerruft er.«

»Wir verkabeln Sie, alles wird aufgezeichnet.«

»Sie verkabeln mich. Das wird sicher eine Spitzenfestnahme. Haben Sie vielleicht auch noch ein paar Einsätze für Ihre Familienmitglieder vorgesehen? Madame Finken vielleicht?«

»Lassen Sie meine Familie aus dem Spiel ... Mir fällt gerade etwas ein: Es gibt doch lediglich eine einzige Straße, die zum Leuchtturm raufführt.«

»Unfug, Perez. Alles Unfug, hören Sie auf damit! Sie machen das, oder wir vergessen die ganze Sache. Ich habe jede Menge Arbeit und eigentlich nichts mehr mit den Untersuchungen in diesem Fall zu tun. Álvarez ist Sache der Spanier. Uta Delhaize ebenso. Zusätzlich kümmern sich andere Einheiten aus Perpignan darum. Ebenso um den toten Professor. Der Fall ist übrigens auch noch nicht aufgeklärt.«

»Ich bin sicher, da steckt Delhaize ebenfalls mit drin – zumindest mittelbar.«

»Ein Grund mehr.«

Perez steckte sich eine Zigarette an, ging zum Fenster und blies den Rauch hinaus. Erst nach dem letzten Zug drehte er sich wieder Boucher zu. Er sah ihm lange in die Augen.

»Ich bekomme eine schriftliche Zusicherung, nicht als Zeuge auftreten zu müssen«, sagte er mit erhobenem Zeigefinger. »Mein Einsatz endet da oben auf dem Felsen. Außerdem bekomme ich eine schriftliche Zusage, dass Sie Mata in Ruhe lassen. Verhören Sie ihn meinetwegen, aber er muss nicht vor Gericht erscheinen.«

»Vielleicht will er das ja. Wenn Delhaize zumindest mitverantwortlich für den Tod von Fabienne Benoit ist. Sollte Ihr Freund seine Freundin derart geliebt haben, wie Sie es schildern, könnte der Gang vor Gericht für ihn eine Form der Rache darstellen.«

Perez überlegte kurz. »Na schön«, sagte er. »Aber Sie zwingen ihn nicht dazu, okay?«

»Einverstanden. Wir verkabeln Sie und bleiben unten am Campingplatz, bis Delhaize wieder runterkommt. Dann erst erfolgt der Zugriff. Ich halte Sie da raus. Das

328

bedeutet aber auch, dass wir Ihnen nicht zur Seite stehen können, wenn es eng wird.«

»Ich weiß«, sagte Perez, um einiges bleicher als zu Beginn des Gesprächs.

Und so hockte er nun seit über dreißig Minuten, erneut in Winterklamotten, auf den Stufen des Leuchtturms inmitten dieses verdammten Nebels. Man sah die Hand vor Augen nicht und hatte den Eindruck, mit jedem Atemzug einen Schluck Wasser zu trinken.

Die ersten Minuten würden entscheidend sein. Es war unmöglich vorauszusagen, was Delhaize tun würde, wenn er sah, dass nicht Puig am Treffpunkt auf ihn wartete, sondern ein dicker, kleiner Mann mit leuchtendem Anorak und einer Entenjägermütze auf dem Kopf. Vielleicht würde er ihn einfach umbringen oder, was die bessere Alternative wäre, ihm keine Beachtung schenken. Einfach wieder in sein Auto steigen und abrauschen. Alles war möglich. Perez' erste Aufgabe bestand darin, den Mann in ein Gespräch zu verwickeln. Gelang dies, musste er improvisieren.

Minuten später fraß sich ein Scheinwerferpaar durch den dichten Nebel. Die schmale, ungesicherte Straße schlängelte sich unterhalb des Fort Béar den Hang entlang, durchquerte eine vom Leuchtturm aus nicht einsehbare Senke, bis sie auf dem Parkplatz wenige Meter tiefer endete.

Fünf Minuten später hörte Perez das Knirschen der Reifen auf dem Schotter. Dann schlug eine Tür zu.

Perez wischte sich die schweißnassen Hände an der Thermohose ab und stand auf.

Der Nebel war so dicht, dass er die Person erst erkannte, als sie sich fast schon auf Armeslänge gegenüberstanden. Perez stockte er Atem. Das war nicht der Mann, den er von den Fotos kannte. Das war keinesfalls Walter Delhaize. Vor ihm stand ein großer, ziemlich kräftig gebauter Mann, etwa Mitte dreißig. Schwarze Haare, wie Perez selbst, wenn der Typ sie auch deutlich länger und zu einem Zopf gebunden trug. Schmale Lippen und ein auffälliges Muttermal unter dem rechten Auge.

Perez' Gedanken rasten. Er kannte dieses Gesicht. Gerade als ihm einfiel, woher, öffnete der Neuankömmling den Mund.

»Monsieur Delhaize lässt sich entschuldigen. Doch bevor Sie sich aufregen, Monsieur Puig, ich habe alles, worum Sie Monsieur Delhaize gebeten haben.«

Konnte es tatsächlich möglich sein, dass sein Gegenüber ihn für Puig hielt? Die Ansprache ließ keine andere Interpretation zu.

»Ich hatte Delhaize ausdrücklich gesagt: nur er und ich. Sag ihm, er kann mich am Arsch lecken«, knurrte Perez und war selbst über Tonfall und Ausdrucksweise überrascht. »Was hast du mit Delhaize zu tun?«, fuhr er fort. »Du bist Patrice, nicht wahr? Der Gärtner. Ich kenne deine Schwester.«

Dem Mann blieb der Mund offen stehen. Das Aufdecken seiner Identität löste eine Art Schockstarre bei ihm aus.

Perez hatte alles auf eine Karte gesetzt, denn durch Delhaizes Planänderung kam sein eigener Plan nicht etwa ins Wanken, er gewann vielmehr eine ganz neue Dimension.

Der Junge war Noémie Schneider, der Haushälterin,

die den Professor in Delhaizes Swimmingpool gefunden hatte, wie aus dem Gesicht geschnitten. Bloß, dass seine Schwester klein und zierlich war, während es sich bei Patrice um einen Hünen mit breitem Kreuz handelte. Schon allein deshalb blieb Perez nur, ihn verbal in Schach zu halten. Körperlich wäre Patrice ihm sicher überlegen gewesen. Für diesen Fall, aber auch für jede andere denkbare Bedrohung hatte er vorgesorgt.

Perez zog eine Pistole aus dem Anorak und hielt sie so, dass Patrice sie sehen konnte, ging aber mit keinem Wort darauf ein. Im dichten Nebel war nicht zu erkennen, dass sie aus einem Spielzeugladen stammte, zumindest hoffte er darauf.

»Noémie, nicht wahr?«, fuhr Perez fort. »Du bist ihr Bruder Patrice. Und du machst die Schmutzarbeit für Delhaize.«

Die Kleine hatte Boucher angelogen. Patrice, der Gärtner, hatte sie gesagt. Nachname unbekannt. Eigentlich kenne sie ihn kaum. Eine völlig absurde Lüge, was im Nachhinein bewies, wie aufgeregt sie zum Zeitpunkt des Verhörs durch Boucher gewesen sein musste. Jetzt erinnerte sich Perez auch wieder daran, wie sie nach der Vernehmung zum Telefon gegriffen hatte. Entweder hatte sie Patrice angerufen oder aber Delhaize. Warum allerdings die Polizei nicht nach diesem ominösen Gärtner gesucht hatte, war Perez schleierhaft. Er war sich sicher, dass Boucher sich gerade in Grund und Boden schämte.

»Monsieur ...«

»Ich weiß Bescheid. Du bist Delhaizes Mann vor Ort. Er hat's mir erzählt. Dumm gelaufen mit dem Professor.«

»Monsieur ...«

Perez atmete tief durch. Manchmal musste man einfach auf seine Intuition vertrauen.

»Du willst mir jetzt sicher erklären, dass der Tod des Professors ein Unfall war, es dir leidtut. Mir kommen die Tränen ... Na komm schon. Ein Unfall ... so wie ich heute einen erleiden soll? Nachdem ich dir Utas Aufenthaltsort verraten habe?«

»Nein«, stieß der Mann aus. Seine massige Erscheinung ließ ihn gefährlicher wirken, als er vermutlich war, das zeigte sein entgleister Gesichtsausdruck. »Ich bringe Ihnen nur die Papiere, und Sie sollen mir sagen, wo Uta sich aufhält. Bitte glauben Sie mir.«

Patrice hielt Perez einen Umschlag hin. Perez schob ihn in eine Anoraktasche.

»Was hat der Professor getan?«

»Er wollte ihm etwas verkaufen.«

»Delhaize? Was denn?«

»Koordinaten, soviel ich weiß. Ich sollte ihm das Geld übergeben und dafür von ihm einen Zettel erhalten.«

Perez lachte laut auf. Der Belgier hatte also weder Timi noch sonst wen beschatten lassen. Alles nur Bluff. Die Koordinaten stammten vom Professor direkt. Was für eine irre Geschichte ...

»Keine Ahnung, wofür Monsieur Delhaize sie brauchte. Wirklich nicht. Ich hatte nichts damit zu tun, bitte glauben Sie mir.«

Perez spürte die Angst des Mannes. Was er hier tat, tat er nicht freiwillig.

»Was ist dann passiert?«, fragte Perez.

»Ich sollte ihm den Zettel abnehmen, aber das Geld nicht übergeben. Leider ist der alte Mann davongelaufen.

Kurz vor dem Pool hab ich ihn erreicht. Wir haben gekämpft und dann ... Es war nicht meine Absicht ...«

»Dann hätten Sie die Polizei rufen können.«

»Ich war panisch. Und bin abgehauen ...«

»Weiter!«, sagte Perez scharf.

»Meine Schwester hat gesagt, dass wir das Ganze zu Ende bringen müssen, um das Geld zu bekommen.«

»Welches Geld?«

»Monsieur Delhaize hat versprochen, dass ich die Hälfte des Geldes behalten kann, wenn ich dem Professor die Koordinaten abnehme und ihn zum Teufel jage. Wir brauchen das Geld ...«

»Für euren kranken Vater?«

»Woher wissen Sie davon?«

»Spielt keine Rolle. Weißt du, dass der Professor das Geld auch nicht für sich wollte? Er wollte damit seine Tochter retten ... Na schön. Wie ging's weiter? Nein, lass mich es dir sagen: Noémi ist rüber ins Haus der Delhaizes und hat von dort die Polizei informiert. Einfach so getan, als hätte sie den Toten gefunden und wisse ansonsten von nichts. Clever gemacht von der Kleinen. Ganz schön kaltschnäuzig. Aber beinahe hätte sie dich verraten ...«

»Nein, wir haben es zusammen gemacht. Ich wollte den Professor eigentlich aus dem Pool ziehen und irgendwo anders ablegen. Als Noémi sah, wie ich in das Blut gegriffen habe, hat sie mich weggeschickt und die Sache selbst in die Hand genommen. Bitte, Monsieur, ich habe das alles nicht gewollt ...« Patrice verstummte, er war am Ende.

»Das bedeutet, wenn die Polizei Ihre Fingerabdrücke nimmt, sind sie identisch mit denen, die im Blut des Professors sichergestellt wurden?«

Patrice schwieg.

»Was sollst du tun, nachdem ich dir den Aufenthaltsort von Uta genannt habe?«

»Nichts, wirklich nicht. Ich soll Monsieur anrufen und ihm Utas Aufenthaltsort mitteilen. Ich schwöre, das ist alles.«

»Na schön, dann wirst du das jetzt mal machen.«

*

Von der Wache aus telefonierte Patrice unter Bouchers Aufsicht mit Delhaize.

»Hast du die Adresse?«, fragte der Belgier grußlos.

Patrice nannte ihm Ort, Straße und Hausnummer, dazu die Etage und gab noch ein paar unsinnige Details durch, um die Schilderung glaubhafter erscheinen zu lassen. Dort würde ihn allerdings nicht seine Tochter, sondern die Polizei erwarten.

»Was wollen Sie mit Uta machen?«, sagte Patrice am Ende des kurzen Telefonats. Boucher hatte ihm auch diese Frage aufgetragen.

»Das geht dich nichts an. Um Uta wird sich Gerald kümmern.«

KAPITEL 37

Perez, der den nahezu apathischen Patrice Schneider in seinen Wagen bugsiert und ihn angewiesen hatte, nach Hause zu fahren, blieb so lange auf dem Parkplatz vor dem Leuchtturm stehen, bis er von Boucher eine SMS erhielt: *Paket eingetroffen!* stand da. Für Perez bedeutete das, Patrice Schneider war verhaftet und die Polizei abgerückt. Niemand würde ihn zu Gesicht bekommen.

Erst danach stieg er in den Kangoo und fuhr nach Port-Vendres hinein, wo er eine halbe Stunde später vor Puigs Haus zum Stehen kam. Dieses Mal klingelte er ordnungsgemäß am Haupttor, lächelte in die Kameras und wurde ohne Warten eingelassen.

»Fran«, rief er, als er des Alten ansichtig wurde, »zieh dir was an, ich lade dich ins *Conill* ein.«

Puig blinzelte unsicher zu ihm rüber. Perez trug noch immer seine Winterkollektion, beim Warten im feuchten Nebel war ihm trotzdem kalt geworden, und da die Heizung im Kangoo nicht funktionierte, fühlte er sich weiterhin leicht unterkühlt.

»Na mach schon«, forderte er Puig erneut auf. »Brauchst keine Angst zu haben, alles ist vorüber, alles glattgegangen. Die Einzelheiten erzähle ich dir unterwegs. Und die Papiere von Delhaize habe ich auch für dich im Wagen.«

Auf der kurzen Fahrt hinüber nach Banyuls fühlte sich der Alte noch sichtlich unbehaglich. Ständig rutschte er auf dem Sitz hin und her, als fände er keine passende Position, räusperte sich in einem fort, fuhr sich durchs Haar oder ließ seine Fingergelenke knacken.

Erst nach der ersten Flasche Wein im *Conill* wurde er lockerer.

Perez erzählte derweil der versammelten Truppe von den Erlebnissen und Erkenntnissen der letzten Tage und besonders dieser Nacht.

Haziem servierte Gericht um Gericht, es wurde ausgiebig getrunken und endlich auch entspannt gelacht.

Marianne hatte zwischenzeitlich Milla Mata kontaktiert und ihr mitgeteilt, dass sie und ihre Tochter sich nicht länger Sorgen machen mussten. Sie versprach, dass sie am darauffolgenden Tag zu ihrem Ex-Mann und Vater gebracht würden. Milla hatte sich bedankt und versprochen, die guten Nachrichten sofort ihrer Tochter weiterzuleiten. Allerdings wolle sie selbst auf den Besuch lieber verzichten.

Gegen Mitternacht verließ die gesamte Truppe das Restaurant und zerstreute sich in Richtung ihrer jeweiligen Behausungen. Perez lud Puig wieder in den Kangoo und chauffierte ihn in eigentlich fahruntüchtigem Zustand zurück nach Port-Vendres.

»Was wird nun aus der *Sanctus Franciscus* oder wie auch immer das Schiff heißt?«, fragte Perez kurz hinter dem Ortsausgang. Er hatte den letzten Kreisverkehr annähernd fehlerfrei genommen. Ansonsten schlingerte der Wagen wie ein Boot in der Dünung.

»Sag du es mir.«

»Lassen wir den Toten ihre Ruhe!«, sagte Perez. Er kurbelte das Fenster runter und schmiss Timis Tagebuch in weitem Bogen in die Nacht.

Puig lachte.

»Ich weiß«, sagte Perez. »Du bist ebenfalls im Besitz der Koordinaten. Die Spanier auch und Delhaize sowieso. Sogar Uta weiß, wo das Wrack liegt. Nützt ihnen allen aber nichts. Und weißt du auch, warum, Fran? Weil wir die Sache zu Ende bringen werden. Du und ich. Du hast die Koordinaten und ein Boot, du hast Sprengstoff und kannst damit umgehen. Wäre ja nicht das erste Boot, das du hochjagst.«

Der Alte knurrte.

»Sag mal, hast du dir dieses dämliche Knurren eigentlich von deinen Hunden abgeguckt, oder ist es umgekehrt?«

»Na schön«, sagte der Alte. »Wenn du unbedingt willst, dann sehen wir uns morgen.«

»Wozu?«

»Zu deiner ersten Tauchstunde. Hast du nicht eben gesagt, dass wir beide das zusammen durchziehen? Dazu musst du tauchen können. Elf Uhr, Paulilles!«

Perez wurde weiß wie die Gischt auf den Wellen. Der Alte sah zu ihm rüber, fing an zu grinsen und lachte schließlich so herzhaft, dass der altersschwache Kangoo bedenklich wackelte.

*

Perez schreckte hoch. Kurz starrte er an die Decke, bis er sich bewusst wurde, was sich verändert hatte, seit er ins Bett gefallen war. Schnell zog er den rechten Arm an sich, der bis dahin aus dem Bett gehangen hatte. Irgendetwas hatte an seiner Hand geleckt. Geleckt?

Er stieß einen spitzen Schrei aus und setzte sich aufrecht hin. Ganz vorsichtig bewegte er die tatsächlich feuchte Hand in Richtung Nachttischleuchte. Sobald das Licht aufflammte, hörte er ein Geräusch.

Er beugte den Oberkörper vor, Zentimeter um Zentimeter, bis er in die braunen Augen eines kleinen Beagles blickte, der, als er sich sicher war, bemerkt worden zu sein, fröhlich mit dem Schwanz wedelte und leise Quietschgeräusche der Freude ausstieß.

»Was soll das denn?«, rief Perez, ohne Hoffnung auf eine Antwort.

Erst jetzt bemerkte er das Stück Papier, das an exakt derselben Stelle lag, an der vor einigen Nächten der Finger gelegen hatte.

Mit einem Satz war er aus dem Bett und rannte zur Eingangstür, riss sie auf und spähte in den dunklen Hausflur. Der Hund folgte und tat es ihm gleich.

Perez schloss die Tür wieder und lief hinüber zum Fenster, öffnete es und streckte den Kopf hinaus in die Kälte. Er sah die Straße hinauf und hinunter zum Meer. Am Horizont dämmerte es.

Keine Menschenseele. Vorsichtshalber sah er noch im Bad nach. Dann ließ er sich schwer gezeichnet aufs Bett sinken. Seinen neuen Begleiter würdigte er keines Blickes.

Mit spitzen Fingern griff er nach dem Papier, hielt es ins Licht und begann zu lesen.

Lieber Perez stand da in einer Schrift, die sich nach rechts lehnte, als ob der Tramontane auf sie einge-

prügelt hätte. *Ich wollte mich von dir verabschieden.*
Und mich bei dir bedanken. Entschuldige die Sache mit
dem Finger. Mir wäre lieber gewesen, du hättest dich
aus der Sache herausgehalten. Ich wusste, es könnte ge-
fährlich werden. Leider bist du ein Dickkopf, aber ein
sympathischer. Trotzdem: Danke für deine Hilfe und
dafür, dass du den Bullen nichts gesteckt hast. Mich
werden sie nicht bekommen. Mir ist ohnehin alles egal.
Hauptsache, das Schwein Álvarez ist tot!
PS: Kannst du dich um Hippy kümmern.? Da, wo ich
hingehe, kann ich ihn nicht mitnehmen. Sorg dafür,
dass er zu jemandem kommt, der ein Herz für Tiere
hat. Er ist sehr lieb.

»Hippy«, brummelte Perez.

Kaum hatte er den Namen des Hundes ausgesprochen, sprang der auch schon freudig quietschend aufs Bett und leckte seinem neuen Herrchen die Hand.

»Verdammt! Was soll ich denn bloß mit dir machen? Kannst du mir das mal sagen? ... Hippy, was ist das überhaupt für ein Name? Nur damit wir uns gleich von Anfang an richtig verstehen, mein Freund: Du hörst jetzt sofort auf, an mir rumzuschlecken wie an einer Leckmuschel, sonst kannst du gleich wieder verduften, kapiert?«

Hippy legte den Kopf schief. Perez musste gegen seinen Willen grinsen.

»Ein lustiges Kerlchen bist du schon«, sagte er und streckte die Hand nach ihm aus. »Bist mir damals schon aufgefallen, als du mir in den Zeh gebissen hast. Hast Charakter, was? Aber behalten kann ich dich nicht.«

Seine Gedanken drehten sich noch eine ganze Weile

um den Hund; für das Wesentliche, nämlich dass Uta schon wieder bei ihm eingebrochen war, schien seine Psyche noch nicht bereit zu sein.

Er überlegte. Sowohl Marie-Hélène als auch Stéphanie hatten ihm beziehungsweise ihren jeweiligen Müttern damit in den Ohren gelegen, dass sie sich nichts sehnlicher als einen Hund wünschten. Zumindest Steph fing auch heute noch manchmal davon an. Würde er ihr nun aber nach dem Laptop auch noch einen Hund zum Geburtstag schenken, was aus seiner Sicht eine elegante Lösung wäre, riskierte er ernsthaften Ärger mit Marianne. Eine andere Möglichkeit wäre, den Hund gleich ins Tierheim zu bringen, noch ehe einer aus der Sippe, und dabei schloss er Jean-Martin und vor allem Haziem ausdrücklich mit ein, Hippy zu Gesicht bekam.

Er sah das Tier an, streichelte es und spürte, wie es sich an seine Hand drückte.

Perez schüttelte den Kopf. Nein, das brachte er nicht übers Herz. Immerhin war das kleine Geschöpf gerade erst verstoßen worden. In keinem Fall ging man so mit Lebewesen um, nicht mal mit einem Hund. Gut, würde es sich bei Hippy um einen Hund der Gattung Dobermann handeln, sähe seine Entscheidung vermutlich anders aus, aber so ...

»Merde«, rief er dem Hund entgegen. »Wie's aussieht, muss ich aus dir ein Familienprojekt machen. Aber das müssen wir geschickt anfangen, hörst du ... Und hör endlich auf zu lecken, ist ja ekelhaft.«

Erst beim Zähneputzen, Hippy zu seinen Füßen, als wäre es nie anders gewesen, fing Perez zögerlich an, über

Uta nachzudenken. Dass sie sich erneut Zutritt zu seiner Wohnung verschafft hatte, noch dazu während er seinen Rausch ausschlief, machte ihm seltsamerweise nichts aus. Er wusste, dass von ihr keine Gefahr für sein Leben ausging. Allerdings würde er den Fakt, dass es offenbar problemlos möglich war, seine Wohnungstür zu knacken, in Angriff nehmen müssen. Er fragte sich, wie Uta dazu kam, Álvarez für tot zu halten. Da war wahrscheinlich der Wunsch der Vater des Gedankens gewesen. Noch gab es keine Nachricht über sein Ableben. Noch mehr fragte er sich, ob er Uta, wie sie in ihrem Brief schrieb, tatsächlich vor den Bullen beschützt hätte, wenn es ihm möglich gewesen wäre? Nein, das hätte er ganz bestimmt nicht getan. Eine Frau zu decken, die versucht hatte, einen Menschen zu töten – auch wenn sie selbst Opfer war –, kam für ihn nicht infrage. Selbstjustiz gutzuheißen war doch etwas anderes, als Wein an den Steuerbehörden vorbei ins Land zu schmuggeln.

Die Zahnpasta in seinem Mund produzierte Bläschen.

Er zog sich an, pfiff seinen neuen Freund herbei und schickte sich an, sein Frühstück einzunehmen.

KAPITEL 38

Zwei Tage später saß Perez gut gelaunt im *Catalan,* Hippy zu seinen Füßen, vor einem eigens für ihn angeschafften Napf. Herr und Hund waren *das* vorherrschende Gesprächsthema in Banyuls.

»Hast du schon gesehen? Perez hat einen Hund.«

»Weißt du schon das Neueste? Perez hat einen Hund und geht mit ihm Gassi ... Ja, zu Fuß. Ist es zu glauben?«

»Weißt du, wie er heißt? Hippy! Perez nennt seinen Hund Hippy.«

Hätte Perez früher geahnt, was er nach zwei Tagen als Hundehalter wider Willen wusste, hätte er sich schon viel früher einen Hund angeschafft. Der weibliche Teil der Banyulencs lag ihm zu Füßen. Insbesondere von seinen beiden Töchtern und Marianne erhielten Hippy und er mehr Liebesbezeugungen als jemals zuvor. Und natürlich waren alle bereit, den Vierbeiner als neues Familienmitglied aufzunehmen und sich zu kümmern, sollte Perez aus zeitlichen Gründen verhindert sein. Genau genommen deutete sich bereits so etwas wie ein Kampf um Hippy an, was der Beagle sichtlich genoss.

Nachdem Perez den letzten Schluck Kaffee getrunken hatte, kratzte er sich wohlig den Bauch und schlug den *L'Indépendent* auf.

Auf Seite drei fand er die Schlagzeile:

Aus der Psychiatrie entflohene Frau tot aufgefunden

Perez' Hände begannen zu zittern. Er überflog die wenigen Zeilen. So stark wurde das Zittern, dass er die Zeitung sinken ließ. Versteinert saß er da, die Augen fest auf einen Punkt der gegenüberliegenden Wand gerichtet. Neue Gäste betraten das Café und grüßten ihn, er reagierte nicht. Seine Umgebung nahm er nur noch unscharf wahr. Irgendwann lockte er Hippy mit einem Zuckerstückchen zu sich auf die Bank und kraulte ihn unterm Kinn. Der Hund war der Einzige, mit dem er seinen Schmerz teilen konnte. Kurz darauf verließen sie das *Catalan* und gingen hinüber zur Strandpromenade, wo sie sich auf eine Bank setzten. Perez rauchte, während sein Blick über die glatte Fläche des Mittelmeers wanderte.

EPILOG

Achtundvierzig Stunden später verbreitete sich die Nachricht, dass Iker García Álvarez aus dem Koma erwacht und von bleibenden Schäden verschont geblieben war.

Ungefähr zur selben Zeit verzeichnete das Radar der *Álvarez I.* seismische Wellen, die von einem Erdbeben oder einer heftigen Explosion herrührten. Die Öffentlichkeit erfuhr davon nichts.

*

Patrice Schneider wurde der Prozess gemacht. Raub mit Todesfolge wurde ihm neben einigen anderen, kleineren Vergehen vorgeworfen. Der Angeklagte war geständig und wurde rechtskräftig verurteilt.

Zeitgleich beschloss die Staatsanwaltschaft Perpignan, auf eine Anklage gegen Noémi Schneider zu verzichten. Komplizenschaft konnte ihr nicht nachgewiesen werden, und ihre Falschaussage gegenüber der Polizei reichte nicht für eine Anklage, zumal sie mit der Wahrheit ein Familienmitglied belastet hätte. Jeder noch so schlechte Anwalt hätte für Madame Schneider vor Gericht einen Freispruch erwirkt.

Einen knappen Monat später stand ein Mann namens Gerald Martens ebenfalls in Perpignan vor Gericht. Er konnte in Belgien verhaftet werden, nachdem die Polizei von Port-Vendres fünf Wochen zuvor vergeblich vor einem Haus auf ihn gewartet hatte.

Aufgrund von DNA-Proben, die von der Leiche Uta Delhaizes stammten, konnte der Mann des Mordes überführt werden. Das Verbrechen hatte sich in einem verlassenen Dorf inmitten der Cevennen zugetragen. Zum Tathergang schwieg er. Auch konnte nicht geklärt werden, wie es ihm letztlich gelungen war, Uta Delhaize aufzuspüren.

*

Der Mitangeklagte Walter Delhaize wurde mangels Beweisen freigesprochen. Seine Aussage wurde vor einem Gericht in Brüssel unter Ausschluss der Öffentlichkeit zu Protokoll genommen.

Eine Anwesenheit beim Prozess von Gerald Martens war nicht für nötig befunden worden. Das aufgezeichnete Zitat: »Um Uta wird sich Gerald kümmern«, das die Staatsanwaltschaft als Beweismittel vorlegte, war zwar Grundlage für die Polizei gewesen, Gerald Martens zur Fahndung auszuschreiben, wurde aber vom Richter nicht als Bedrohung für Utas Leib und Leben gewertet.

Wie schon Patrice Schneider zuvor entlastete Gerald Martens mit seinem Geständnis den belgischen Großindustriellen Walter Delhaize vollumfänglich.

*

Im *L'Indépendant* vom 17. Januar 2018 fand sich unter der Rubrik *Immobilien* folgender Eintrag:

Argelès-sur-Mer: Wunderschöne Villa im landestypischen Stil. 14 Zimmer, 6 Bäder, Wohnküche voll ausgestattet, mehrere offene Kamine. Alleinstehend in Park auf 2200 qm mit altem Baumbestand und eigenem Schwimmbad. Videoüberwachungsanlage u. weitere Sicherheitseinrichtungen. Hochwertige Einrichtung inkl. Kunst kann auf Wunsch übernommen werden. VB 2,5 Mio. (ohne Einrichtung).

Gestatten: Perez – Lebemann, Kleinganove, Hobbyermittler

Yann Sola. Tödlicher Tramontane.
Ein Südfrankreich-Krimi. Taschenbuch.
Verfügbar auch als E-Book

Yann Sola. Gefährliche Ernte.
Ein Südfrankreich-Krimi. Taschenbuch.
Verfügbar auch als E-Book

Am liebsten würde sich Perez in aller Ruhe seinem Restaurant und dem Schwarzhandel mit spanischen Delikatessen widmen. Doch als in Strandnähe eine Yacht explodiert und seine Freundin Marianne spurlos verschwindet, ahnt der Hobbydetektiv, dass es mit der Ruhe vorbei ist ...

Es sind Sommerferien – die Touristen haben sich breit gemacht und der Delikatessenschmuggler Perez hängt mit seinen Lieferungen hinterher. Als in den Weinbergen seines Vaters ein Toter gefunden wird, schnüffeln Ermittler auf dem Weingut herum. Der Hobbyermittler sieht sich gezwungen, die Sache selbst in die Hand zu nehmen.

Machen Sie Urlaub an der Côte d'Azur
mit Kommissar Duval